So kannst du am besten mit diesem Heft arbeiten:

Hier lernst du, Frankreich mit deinem Land zu vergleichen.

PORTFOLIO

Das Ergebnis dieser Aufgabe kannst du in deinem Portfolio-Ordner sammeln.

11–14 Audio
Die Ziffer kennzeichnet die Tracknummer auf dem beiliegenden Datenträger.

Die Lieder befinden sich aus lizenzrechtlichen Gründen nur auf der zusätzlich erhältlichen Audio-CD.

Video

Partnerarbeit

Gruppenarbeit

Übungen, die auf die DELF-Prüfung hinführen

→ En plus S. 30, Nr. 2

Verweis auf Ergänzungsübungen im „En plus"-Teil dieses Heftes

einfachere Übungen

schwierigere Übungen

MK Medienkompetenz

Capsule (Videoclip)

D1 Dokument/Arbeitsblatt online

(G 5) Die Ziffern nach dem G verweisen auf den Paragrafen im Grammatischen Anhang in deinem Buch und im Grammatischen Beiheft.

(SB S. 33, Nr. 4)

Der Verweis gibt an, zu welcher Stelle in deinem Schülerbuch diese Übung passt.

Mehr dazu vk3e6h Der Mediencode führt unter www.klett.de zu Material im Internet.

Mit diesem Cahier d'activités kannst du durch selbstständiges Arbeiten vertiefen, was du im Unterricht gelernt hast. Der Aufbau eines Kapitels ist dem Aufbau deines Schülerbuches sehr ähnlich.

Wiederholen

Vor jeder Unité stehen „Entraînement-Seiten".
Sie sind ein „Aufwärmtraining".
Du kannst hier wiederholen, was du schon gelernt hast.

Lösungen

Lösungen und Lösungsvorschläge findest du zu den Aufgaben der Bereiche **Entraînement, Bilan** und **Plateau** im Anhang ab Seite 137.

Hören, sehen und noch mehr üben

Auf dem beiliegenden Datenträger findest du die Hörtexte und sämtliche Videodokumente sowohl aus dem Schülerbuch als auch aus dem Cahier d'activités.
Auf der beiliegenden **CD-ROM** findest du einen Vokabeltrainer.

Audios und Videos zum Arbeitsheft und Schülerbuch online und in der App verfügbar!

1. Auf **schueler.klett.de** registrieren
2. Nutzer-Schlüssel oder QR Code einlösen
3. Digitale Medien online nutzen oder in die **Klett Lernen App** laden

Nutzer-Schlüssel
LEWS-uZsT-Xib9

Le quizzzzz ...

Ecole

1. En France, sur un bulletin scolaire, la meilleure note, c'est

- [ ] **1.**
- [ ] **20.**
- [ ] **15.**
- [ ] **6.**

Vie de tous les jours

2. Quand on va chez le médecin, on présente sa carte

- [ ] de patient.
- [ ] médicale.
- [ ] de maladie.
- [ ] vitale.

Francophonie

3. Dans quels pays est-ce qu'une partie de la population est francophone?

- [ ] La Belgique
- [ ] La Suisse
- [ ] L'Afrique du Sud
- [ ] Le Canada
- [ ] La Tunisie
- [ ] L'Italie

Langue

4. Quels mots ne font pas partie du français standard? Barre l'intrus.

Les gens – un copain – un job – un papi – un vélo – rigoler – chic

Quel est leur équivalent en français standard?

____

Francophonie

5. Quelle ville est la capitale du Québec?

- [ ] Montréal
- [ ] Nunavik
- [ ] Québec
- [ ] Ottawa

Statistiques

6. Tire des traits entre les chiffres et les bonnes cases.

6800	kilomètres	dans le monde
66 millions	de francophones	entre Paris et la Martinique
220 millions	d'habitants	en France

Die Lösungen findest du auf S. 137.

Ecole

7. En France, quand les élèves veulent travailler (en silence), ils vont

- ☐ en permanence.
- ☐ au gymnase.
- ☐ au CDI.
- ☐ à l'infirmerie.

Francophonie

9. En Bretagne, on parle …

- ☐ le celtique.
- ☐ l'anglais.
- ☐ le français.
- ☐ le breton.

Langue

8. Que signifient ces abréviations?

CDI → ______

BD → ______

Corres → ______

TGV → ______

Interro → ______

Bac → ______

Récré → ______

Vie de tous les jours

10. Les stations de péage se trouvent

- ☐ dans les supermarchés.
- ☐ dans les gares.
- ☐ sur les autoroutes.
- ☐ dans les couloirs de métro.

Un peu d'entraînement

→ Lösungen findest du auf S. 137.

Jeu de mots

1 Quiz: connais-tu bien la France?

A *Coche la bonne réponse.* 2 points

1. C'est une photo …

- ☐ du château des ducs de Bretagne à Nantes.
- ☐ du château d'If à Marseille.
- ☐ de la cité de Carcassonne.

2. Quels fleuves/quelles rivières traversent Lyon?

- ☐ La Seine et le Rhône
- ☐ La Seine et la Loire
- ☐ La Saône et le Rhône
- ☐ La Saône et le Rhin

B *Relie les mots à la bonne ville ou région.* 10 points

1 Une traboule	**a)** Lille
2 L'océan Atlantique	**b)** Limoges
3 Le grand éléphant	**c)** la Normandie
4 La porcelaine	**d)** la Bretagne
5 Les Champs-Elysées	**e)** Marseille
6 La bouillabaisse	**f)** les Alpes
7 Le parc du Mercantour	**g)** la Camargue
8 L'Eurostar	**h)** Lyon
9 Un gardian	**i)** Nantes
10 La tapisserie de Bayeux	**j)** Paris

C *Complète les phrases.* 8 points

1. Le musée du MuCEM se trouve dans la ville de ______________________ .

2. C'est à Lyon qu'un dentiste a inventé la marionnette ______________________ .

3. En septembre, on peut voir une montagne de moules à la braderie de ______________________ .

4. En 2019, les cyclistes du ______________________ sont passés deux fois au Pont du Gard.

5. Chaque année en mai, le Festival international du film a lieu à ______________________ .

6. L'écrivain Jules Verne est né à ______________________ en 1828.

7. Les plages du débarquement du 6 juin 1944 sont dans la région ______________________ .

8. Le quartier très moderne de Paris avec la Grande Arche s'appelle la ______________________ .

Total: ___ / 20 points

En forme

2 Le futur proche

*Complète le texte avec les verbes ci-dessous et utilise **le futur proche**.*

faire | traverser | avoir | discuter | commencer | pas pleuvoir | voir | être | aller | finir | m'offrir | acheter | pouvoir

STRATEGIE

Im Französischen kannst du zukünftige Handlungen mit dem **Futur proche** ausdrücken. Erinnere dich an Band 1 von Découvertes. In dieser Unité wirst du eine zweite Möglichkeit lernen, zukünftige Handlungen auszudrücken.

1. L'été prochain, ma famille et moi, nous ______________ «un tour de France». **2.** Notre tour ______________ à Strasbourg où nous ______________ d'abord et il ______________ à Mulhouse où nous ______________ la frontière allemande. **3.** J'espère qu'il ne ______________ et que je ______________ beaucoup de choses intéressantes. **4.** Comme je / j' ______________ 15 ans en août, mes parents ______________ un cadeau spécial: ils ______________ des billets pour un festival de musique! **5.** Sur le site Internet, on peut lire: «Vous ______________ avec les stars après le spectacle.» **6.** Ça ______________ génial! Tu crois que tu ______________ discuter avec des stars un jour?

Vocabulaire

3 Une région française au cœur de l'Europe

A *Ecris les bons titres dans la bonne colonne du tableau.*

un dialecte | une ville | un land | un pays | un fleuve

______	______	______	______	______
der Rhein	Rheinland-Pfalz	die Schweiz	Mühlhausen	Elsässisch
die Maas	Saarland	Luxemburg	Basel	Luxemburgisch
		Belgien	Freiburg	

B *Regarde la carte à droite et trouve les mots français correspondants aux noms allemands dans le tableau. Note aussi l'article défini si nécessaire.*

Mühlhausen ______________
Basel ______________
Freiburg ______________
die Schweiz ______________
Luxemburg ______________
Belgien ______________
Rheinland-Pfalz ______________
Saarland ______________
der Schwarzwald ______________
der Rhein ______________
die Maas ______________
die Mosel ______________

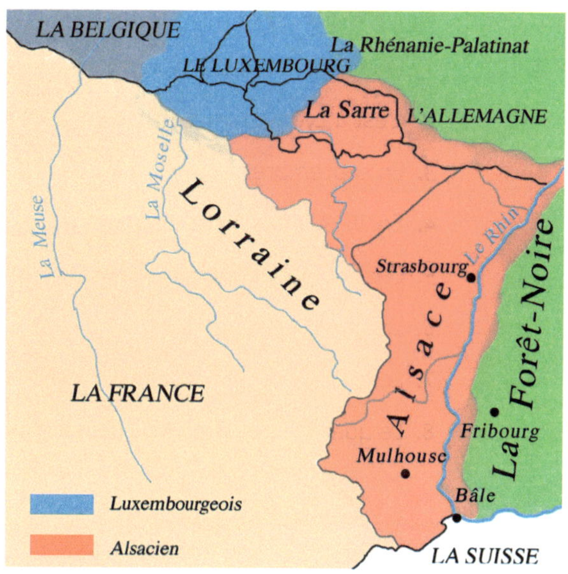

Civilisation

4 C'est qui? C'est quoi?

A *Quels mots vont avec quelle image?*
Ecris les mots suivants sous la bonne image.

les madeleines — Charlemagne — Tomi Ungerer — ARTE — les mirabelles — le Parlement européen — les Vosges — Jeanne d'Arc — Notre-Dame de Reims — Place Stanislas à Nancy — Patricia Kaas — la route des vins d'Alsace

1. ______________________

2. ______________________

3. ______________________

4. ______________________

5. ______________________

6. ______________________

7. ______________________

8. ______________________

9. ______________________

10. ______________________

11. ______________________

12. ______________________

B *Tu connais les personnes, les choses et les endroits de A?*
Choisis une image de A, cherche des informations sur Internet et présente-la devant la classe.

(→ Stratégie „Einen Vortrag halten": Schülerbuch, S. 145)

Unité 1
Grand Est

Découvertes

ivilisation

1 Bienvenue en Alsace!

A *Voici une liste de particularités françaises. Lesquelles sont typiques de l'Alsace? Souligne les neuf intrus. Si tu veux, tu peux utiliser un dictionnaire ou chercher des informations sur Internet.*

les Alpes | les autoroutes gratuites | le bretzel | le camembert | une capitale européenne | le métro | le champagne | TV5 Monde | les cigognes | la crêpe | le crémant | les Vosges | le kouglof | la choucroute | ARTE | les macarons | le prosecco | la tarte flambée | le Rhône | les moules-frites | le Rhin | le Parlement européen | le riesling | le gewurztraminer

B *Ecris les mots typiques de l'Alsace de A dans la bonne catégorie.*

1 Région gastronomique

2 Région de vin

3 Région naturelle

4 Région européenne

C *Travaillez en équipe. Présentez à vos camarades de classe une particularité alsacienne pour chaque catégorie (1, 2, 3, 4).*

Atelier A

En forme

1 Que faire à Reims? (G1) (nach SB S. 14, Nr. 2)

→ En plus S. 24, Nr. 2 △

A *Lis d'abord le courriel. Puis complète-le avec les mots suivants:*

à pied | Champagne | Reims | la cathédrale | la tour | la place | chef-d'œuvre

STRATEGIE

Mit dem **Futur simple** werden Handlungen ausgedrückt, die in der Zukunft stattfinden und eine gewisse Vorausplanung beinhalten.

B *Trouve les bons verbes et mets-les à la bonne forme du **futur simple**.*

Coucou, Lena! Ta famille et toi, vous ________________ *(passer)* un séjour en ________________ ? C'est génial! Je vous ________________ *(montrer)* ma ville! Tu ________________ la ville de ________________, c'est sûr! Le premier jour, nous ________________ *(découvrir)* le centre-ville ________________ ! Comme tous les touristes, vous ________________ votre visite par LE monument de Reims: ________________ ! Un guide nous ________________ *(montrer)* la façade de ce ________________ du style gothique. Puis, on ________________ sur ________________ nord. De là, on ________________ *(profiter)* d'une vue magnifique. Après, nous ________________ *(descendre)* et nous ________________ *(marcher)* jusqu'à ________________ Drouet d'Erion. Ensuite, on ________________ *(aller)* faire la visite d'une maison de Champagne. Le soir, nous ________________ *(sortir)* au restaurant. Qu'est-ce que tu penses de mon programme?

A+, Valentin

Lire

2 A propos du texte (nach SB S. 15, Nr. 3)

Relis la page 15 de ton livre. Dans le texte suivant, souligne les erreurs et corrige-les.

La ville de Reims se trouve en Champagne, dans le Grand Ouest. Elle est surtout connue pour son église et pour son passé historique. La cathédrale Notre-Dame-de-Paris, dans le centre-ville, est célèbre pour son grand nombre de statues magnifiques – presque 2000 en tout. On les trouve surtout sur ses deux tours. Pendant la Seconde Guerre mondiale, les Américains ont détruit la cathédrale. Sa reconstruction sur les ruines[1] de l'ancienne cathédrale a duré 100 ans! Aujourd'hui, la cathédrale est un exemple réussi de plusieurs styles: architecture gothique (XIIIe–XVIe siècle) et moderne, comme par exemple les fenêtres de l'artiste Tomi Ungerer.

Je corrige: (10 erreurs)

____
____
____
____
____
____
____
____
____
____

[1] **les ruines** die Ruinen

En forme

3 Le phare de Verzenay (G 1, G2) (nach SB S. 16, Nr. 7)

→ En plus S. 24, Nr. 2 △

A *Votre guide Romain explique à ta classe le programme de demain. Complète le texte de Romain avec les bonnes formes du* ***futur proche****.*

Guide: «Demain, on ____________________ *(partir)* à Verzenay pour visiter un phare. Oui, eh oui, nous ____________________ *(visiter)* un phare, pas au bord de la mer, mais à 20 kilomètres de Reims! Sur ce phare vous ____________________ *(pouvoir)* mieux connaître la région. D'abord, vous ____________________ *(découvrir)* des expositions interactives dans le musée. Après, notre groupe ____________________ *(grimper)* les 101 marches du phare. Ça ____________________ *(être)* très sportif! Le phare ____________________ vous ____________________ *(offrir)* une vue magnifique. Ensuite, nous ____________________ *(descendre)* à la boutique où l'équipe du musée ____________________ vous ____________________ *(faire)* goûter des spécialités.»

B *Adrian a tout noté dans son blog. Il a voulu utiliser le* ***futur simple*** *mais il avait des problèmes … Corrige ses fautes.*

Demain, nous partions ____________________ à Verzenay pour visiter un phare. Oui, je visitera ____________________ un phare en Champagne avec ma classe! Drôle, non? D'abord, le guide veutra ____________________ nous montrer le phare et son musée où nous pouvrons ____________________ mieux connaître la région. Dans le musée, nous découvririons ____________________ des expositions interactives. Après, tous les visiteurs grimperent ____________________ les 101 marches du phare. Ça serra ____________________ très sportif! Le phare nous offrirons ____________________ une vue magnifique. Ensuite, tout le monde descendront ____________________ à la boutique où l'équipe du musée nous faitra ____________________ goûter des spécialités. J'espère que mon correspondant venira ____________________ aussi avec nous et qu'il n'avra ____________________ pas peur de monter sur le phare. Enfin, on voira ____________________ comment étra ____________________ la journée à Verzenay …

Lire

4 La légende de dom Pérignon (nach SB S. 16, Nr. 6)

A *Lis le texte, puis coche la bonne réponse.*

D'après la légende, c'est dom Pérignon qui a découvert la méthode pour faire de la mousse dans les bouteilles de champagne. A l'époque, on les fermait avec un morceau de bois et la fermentation n'était pas très bonne. On raconte que dom Pérignon a cherché une meilleure méthode. Il a eu l'idée de fermer les bouteilles avec de la cire[1] d'abeille[2].

Mais après quelques semaines, beaucoup de bouteilles ont explosé car le sucre de la cire tombe dans le vin et la pression est trop forte dans les bouteilles. Alors dom Pérignon a inventé des bouteilles plus solides. C'est comme ça que la «méthode champenoise» ou «le champagne» est né, presque par hasard!

La «méthode champenoise». C'est une méthode …

- ☐ pour faire exploser les bouteilles.
- ☐ pour faire de la mousse dans les bouteilles.
- ☐ pour mettre du sucre dans les bouteilles.

B *Le texte parle de plusieurs étapes de cette découverte. Trouve le bon ordre.*

- ☐ Alors, il a l'idée de mettre de la cire d'abeille.
- 1 Dom Pérignon cherche une nouvelle méthode pour fermer les bouteilles.
- ☐ Mais le sucre qui est dans la cire d'abeille tombe dans le vin.
- ☐ Résultat: les bouteilles explosent!
- ☐ Alors, la pression est trop grande dans la bouteille.

1 la cire Wachs **2 une abeille** eine Biene

Lire

5 A propos du texte (nach SB S. 17, Nr. 8)

A *La classe de 9e A a découvert l'Histoire de France avec une application sur le portable.*
Relis d'abord le texte de la page 17 de ton livre. Fais une croix dans la bonne case (vrai / faux).
Si c'est faux, corrige.

		v	f
1.	C'est Pierre, un élève de la 9e A qui raconte la visite et joue le rôle du guide. Correction: ______	☐	☐
2.	L'application explique l'évènement historique de la Seconde Guerre mondiale. Correction: ______	☐	☐
3.	La bataille de Verdun a duré dix mois et a détruit neuf villages. Correction: ______	☐	☐
4.	Dans le cimetière, il y a seulement des soldats morts. Correction: ______	☐	☐
5.	Dans l'ossuaire de Douaumont, il n'y a que les restes des soldats français. Correction: ______	☐	☐

B *Qu'est-ce que les élèves ont appris sur la bataille de Verdun?*
Complète le texte ci-dessous avec les bons chiffres. Attention, il y a deux trous[1] ***en trop*** *dans ce texte.*

Première **300** **1916** **16 000** **300 000** **500 000** **130 000**

La bataille de Verdun est connue pour être une des plus terribles batailles de la ______ Guerre mondiale. Les combats entre les soldats français et allemands commencent en février ______ et dureront ______ longs jours où les soldats courageux vivront l'enfer dans les ______ tranchées. En décembre, le bilan est de ______ soldats morts au total. Aujourd'hui, Verdun compte chaque année ______ visiteurs qui font le tour des ______ cimetières pour visiter les ______ tombes des soldats et les restes des ______ soldats français et allemands tombés à la guerre pendant cette bataille.

---

1 **un trou** ein Loch (hier:) eine Lücke

Médiation/ Parler

6 «Es ist an der Zeit» (nach SB S. 17, Nr. 8)

Tu visites Verdun avec tes parents et ton / ta correspondant(e). Dans le mémorial à coté du cimetière, tu trouves des informations en allemand. Ton / ta correspondant(e) est triste. Il / Elle veut comprendre les informations dans le texte en allemand. Tu lui expliques comment les auteurs et les chanteurs allemands ont vu l'histoire franco-allemande dans leurs romans et leurs chansons.

1928 erschien in Deutschland der Roman *Im Westen nichts Neues* von Erich Maria Remarque, der die Schrecken des Ersten Weltkriegs aus der Sicht eines jungen Soldaten schildert. Der Roman wurde zu einem Weltklassiker und wurde 1930 in den USA verfilmt. Der Roman gilt als erster Antikriegsroman und gehört zu den Pflichtlektüren in deutschen Schulen. Allerdings wurde der Roman von Remarque unter den Nationalsozialisten verboten. Viele Exemplare wurden ab 1933 öffentlich verbrannt.

1980 veröffentlichte der deutsche Liedermacher Hannes Wader das Lied *Es ist an der Zeit*. Wader beschreibt darin seine Eindrücke und Gefühle nach dem Besuch der Soldatengräber in Nordfrankreich. *Es ist an der Zeit* wurde in Deutschland zu einer Hymne der Friedensbewegung.

Hannes Wader wurde oft von der französischen Akkordeonistin Lydie Auvray begleitet. Gemeinsam arbeiteten Hannes Wader und Lydie Auvray an der LP *Es ist an der Zeit*. Die tiefe Stimme von Hannes Wader und die melancholische Begleitung von Lydie Auvray verleihen diesem Lied eine sehr emotionale Komponente. Das Zusammenspiel einer deutschen Gitarre und eines französischen Akkordeons geben diesem Titel einen starken symbolischen Charakter.

Weit in der Champagne im Mittsommergrün,
Dort wo zwischen Grabkreuzen Mohnblumen blüh'n.
Da flüstern die Gräser und wiegen sich leicht,
Im Wind, der sanft über das Gräberfeld streicht.
Auf deinem Kreuz finde ich, toter Soldat,
Deinen Namen nicht, nur Ziffern und jemand hat
Die Zahl neunzehnhundertundsechzehn gemalt
Und du warst nicht einmal neunzehn Jahre alt.
(…)
Es blieb nur das Kreuz als die einzige Spur,
Von deinem Leben, doch hör meinen Schwur,
Für den Frieden zu kämpfen und wachsam zu sein,
Fällt die Menschheit noch einmal auf Lügen herein,
Dann kann es geschehen, dass bald niemand mehr lebt,
Niemand der die Milliarden Toten begräbt.
Doch längst finden sich mehr und mehr Menschen bereit,
Diesen Krieg zu verhindern, es ist an der Zeit.

Ja auch dich haben sie schon genauso belogen,
So wie sie es mit dir heute immer noch tun.
Und du hast ihnen alles gegeben,
Deine Kraft, deine Jugend, dein Leben.

Hannes Wader

En forme

7 Aujourd'hui au programme: Nancy (G 1, G2) (nach SB S. 18, Nr. 10)

*Le professeur allemand qui accompagne les élèves a fait une proposition pour la journée de demain. Complète avec le bon verbe au **futur simple**.*

aller avoir être faire plaire pouvoir savoir voir

1. Les jeunes, vous savez où nous ________________ demain? Une idée? **2.** Alors, notre groupe ________________ à Nancy, une charmante ville du Grand Est. **3.** Vous ________________, nous ________________ un peu de temps parce que nous ________________ un tour en petit train.
4. Le centre-ville et ses places sont magnifiques et vous ________________ sûrement.
5. Il ________________ beau, alors vous ________________ profiter entièrement de cette visite.
6. Moi aussi, j'________________ une bonne journée avec vous à Nancy parce que j'adore cette ville. Demain, vous ________________ pourquoi.

Ecouter

8 Interview de Pascale Erhart (nach SB S. 18, Nr. 11)

9 *Pascale Erhart, professeure à l'université de Strasbourg, a fait une enquête sur l'alsacien.*

A Avant l'écoute

Pour bien comprendre cette interview, des mots anglais peuvent t'aider. Note à droite le mot anglais qui correspond.

la population	________________	populaire	________________
estimer	to ________________	communiquer	to ________________

B Pendant l'écoute

Complète et coche la / les bonne/s réponse/s.

1. Pascale Erhart parle d'une enquête de l'année ________________ .

2. D'après cette enquête, il y a … de dialectophones (personnes qui parlent ce dialecte) en Alsace:
☐ 33% ☐ 34% ☐ 43% ☐ 44%

3. Les gens utilisent l'alsacien surtout … ☐ à l'écrit. ☐ à l'oral. ☐ à l'écrit et à l'oral.

4. On parle l'alsacien surtout dans les interactions quotidiennes, donc: ________________ .

5. L'alsacien peut aussi être la langue … ☐ de l'école. ☐ de l'université. ☐ de la rue.

6. On peut prendre des cours d'alsacien …
☐ à l'église. ☐ à l'université. ☐ à l'université populaire.
☐ sur Internet. ☐ dans une association. ☐ à l'hôtel de ville.

7. Quel est le domaine[1] où on a souvent besoin de l'alsacien?
☐ scolaire ☐ socioculturel ☐ médical[2] ☐ sportif ☐ touristique

8. Dans ________________________, il y a souvent des cours d'alsacien pour les enfants.

C Après l'écoute

Pascale Erhart parle de la possibilité de prendre des cours d'alsacien. Qu'est-ce que tu en penses? Aimerais-tu parler un dialecte? Pourquoi (pas)? Quels sont les avantages? Discute avec ton / ta partenaire.

---

1 un domaine ein Bereich **2 médical(e)** medizinisch

Jeu de mots

9 Deux bons plats d'Alsace et de Lorraine (nach SB S. 18, Nr. 11)

A *Les jeunes n'ont pas d'argent pour acheter des truffes, alors, ils décident de faire une recette qui ne coûte pas cher. Regarde les deux photos et la liste des ingrédients[1]. Note sous chaque photo le bon ingrédient.*

des oignons | la crème fraîche | le fromage blanc | des lardons | la pâte | des œufs | la muscade | le beurre

La Quiche lorraine

La Tarte flambée (Flammekuech)

____

____

____

____

____

____

____

____

B *Quel verbe/Quelle expression va avec quelle photo? Attention, il y a une solution en trop!*

battre | couper en morceaux | ajouter | émincer | mettre dans un plat à tarte | faire cuire | mélanger | servir chaud/froid

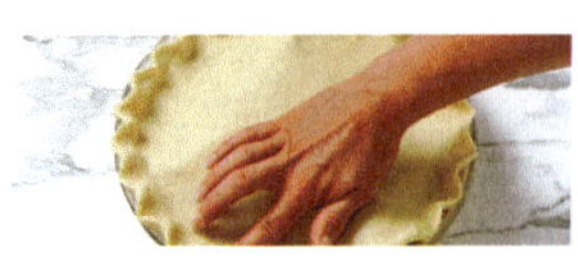
____

____

____

____

____

____

____

Chef cuisinier Julien Montbabut

C *A ton avis, laquelle est la recette de la Quiche lorraine et laquelle est la recette de la Tarte flambée?*

1. Préparer la pâte à la main.
2. Emincer les oignons et les faire cuire avec le beurre.
3. Couper les lardons en morceaux.
4. Préparer la garniture: mélanger le fromage blanc, la crème, le sel, le poivre et la muscade.
5. Mettre d'abord la garniture sur la pâte, puis les oignons et les lardons.
6. Laisser cuire 8 à 9 minutes au four.
7. Servir chaud ou froid.

C'est la recette de la ____________________.

1. Mettre la pâte dans un plat à tarte.
2. Couper en morceaux les lardons, émincer l'oignon … et les faire cuire avec le beurre.
3. Battre les œufs, ajouter la muscade, le sel et le poivre, puis ajouter la crème fraîche. Battre légèrement.
4. Mettre d'abord les lardons et l'oignon sur la pâte, puis la préparation.
5. Laisser cuire au four pendant 40 à 50 minutes.
6. Servir chaud ou froid.

C'est la recette de la ____________________.

1 **les ingrédients** die Zutaten

Atelier B

Lire

10 Jeu de piste (nach SB S. 20, Nr. 2)

Relis la page 20 de ton livre. Dans le prospectus suivant, souligne les 7 erreurs et corrige-les. Pense aussi à cocher la photo qui ne va pas avec le texte.

☐

☐

☐

Venez visiter Strasbourg, la capitale américaine près de chez vous. Vous pourrez y manger une choukraut ou un autre plat traditionnel alsacien, mais surtout, vous pourrez monter en haut de l'église de Strasbourg. Si vous êtes sportif, montez les 223 marches et s'il fait beau, vous verrez les Vosges. Beaucoup d'écoles organisent chaque année des jeux de cartes dans la ville et les élèves sont heureux de découvrir Strasbourg et de jouer en même temps. Ce jeu passe bien sûr par la cathédrale mais aussi par le quartier des banques européennes comme Le Palais de l'Elysée ou le Conseil de l'Europe. Vous verrez, Strasbourg est une ville passionnante!

Je corrige le texte:

européenne

______

______

______

______

______

______

______

______

______

cabulaire

11 Comprendre des mots nouveaux, c'est facile! (nach SB S. 21, Nr. 4)

A *Lis le texte. Souligne les mots et expressions qui sont nouveaux pour toi.*

Vivre et travailler à Strasbourg

Symbole de l'amitié franco-allemande et de l'Europe, Strasbourg est une ville aux multiples facettes.
Une capitale européenne dynamique: Strasbourg accueille de nombreuses institutions européennes. Avec 70 organisations internationales et représentations diplomatiques, c'est la deuxième ville diplomatique de France. On dit que Strasbourg est une Eurométropole.
Une économie performante: l'Eurométropole de Strasbourg est la première grande ville de province en termes de dynamisme commercial. Elle attire beaucoup de start-up!
Un cadre de vie très agréable et une population jeune: sa population est jeune et qualifiée. La ville accueille un grand nombre d'étudiants internationaux et presque 32% des Alsaciens ont moins de 25 ans. C'est une ville très verte avec 162 m² d'espaces verts par habitant. En plus, elle offre aussi un très bon réseau de →

tramway (le 1er de France) qui vous permettra de circuler facilement entre les différents quartiers et même jusqu'à Kehl en Allemagne. C'est aussi la 4e ville cyclable du monde avec ses nombreuses pistes cyclables. C'est la capitale française du vélo.

Une ville au cœur de l'innovation et de la recherche: Strasbourg est la 1ère ville connectée de France. Grâce à son «Parc d'Innovation», son campus de technologies médicales et son laboratoire européen, elle est connue pour ses activités dans le domaine de la recherche et pour ses inventions, comme la chirurgie mini-invasive à distance.

Emploi salarié par département dans le Grand Est (2017)

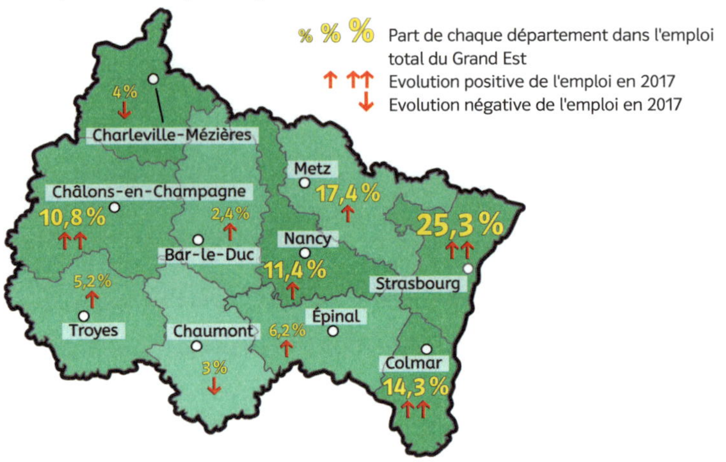

B *Wenn du einen Text liest, kannst du viele Wörter verstehen, obwohl du sie noch nicht gelernt hast.*

1. Lis les sept catégories pour comprendre un mot que tu ne connais pas:

Je comprends facilement parce que	1. le mot est transparent.
Je comprends parce que / qu'...	2. je connais un mot **allemand** de la même famille.
	3. je connais un mot **français** de la même famille.
	4. je connais un mot **dans une autre langue** (espagnol, turc, etc.).
	5. le **contexte** m'aide.
	6. une **image** m'aide.
Je ne comprends pas, alors ...	7. je cherche **dans une liste de mots / dans un dictionnaire**.

2. Recopie ce tableau dans ton cahier. Complète-le avec les mots nouveaux du texte.

C *Prépare un exposé en français sur l'économie de la région Grand Est et présente-le devant la classe.*

En forme

12 Si j'habite à Strasbourg… (G 3) (nach SB S. 21, Nr. 5)

→ En plus S. 24, Nr. 3 △

Complète le dialogue suivant en formant des ***phrases conditionnelles de type 1****.*
Après un séjour à Strasbourg, Max et Valentin discutent de leur avenir:

Max: Si je peux, j'______________ *(habiter)* à Strasbourg après le bac.

Valentin: Pas moi, je n'aime pas les grandes villes. Si mes parents ______________ d'accord, je ______________ *(partir)* dans une petite ville, à Albi par exemple.

Max: Si tu ______________ dans un village tu ______________ moins de possibilités!

Valentin: Je ne pense pas. Les petites villes ______________ proposer beaucoup d'activités si elles ______________ rester intéressantes pour nous. Et puis il y a aussi ma copine. Si elle ______________ *(s'éloigner)* trop de sa famille, elle ______________ triste et nous ______________ malheureux.

Max: Si vous ______________ ici, vous______________ *(perdre)* des occasions d'aventures.

Valentin: Je ne pense pas et ça m'est complètement égal. Si ma copine et moi, nous ______________ notre chemin commun, nous ______________ *(partager)* nos vies et nous ______________ *(vivre)* peut-être ensemble les plus belles aventures, qui sait?

Ecouter

13 Français ou alsacien? (nach SB S. 23, Nr. 8)

→ En plus S. 26, Nr. 5 △

10 **A** *Ecoute les documents (1–8). Dans quel document est-ce que la réponse est en français et dans quel document est-ce que la réponse est en alsacien? Note le numéro (n° x) dans la bonne case.*

français	n° ______	n° ______	n° ______	n° ______	n° ______
alsacien	n° ______	n° ______	n° ______		

11 **B** *Ecoute le document en alsacien deux ou trois fois.*

1. Note ici des mots que tu as compris: ______________________________

____

2. Avec ces mots, racontez l'histoire à votre partenaire en français.

Médiation/ Ecouter

14 Was Sie in Straßburg unbedingt sehen müssen! (nach SB S. 22, Nr. 7)

→ En plus S. 27, Nr. 6

12 *Tu écoutes un podcast alsacien sur la visite de Strasbourg sur radio Strasbourg. Ton correspondant / ta correspondante ne comprend pas l'alsacien. Prends des notes et réponds aux questions de ton / ta correspondant(e). Note les réponses dans ton cahier.*

1. A quoi pense-t-on en premier quand on entend «Strasbourg»?
2. Qu'est-ce que c'est, la «Petite France»?
3. Est-ce qu'on peut manger des plats internationaux à Strasbourg?
4. Et si on voulait manger des choses typiques? Est-ce qu'il y a des spécialités qu'il faut goûter?
5. Et quelles sont les attractions touristiques les plus importantes à Strasbourg?
6. J'ai compris que Strasbourg est une capitale européenne. Est-ce qu'il y a des symboles dans la ville qui rappellent cette importance?
7. Quel est le meilleur mois pour visiter Strasbourg et pourquoi?

Ecouter / Regarder

15 Strasbourg au fil de l'eau (nach SB S. 23, Nr. 8)

→ En plus S. 27, Nr. 6

13 V2

A *Lis les questions puis regarde le film.*

B *Ensuite, réponds aux questions ou coche la / les bonne/s réponse/s ou complète le texte.*

1. On peut visiter Strasbourg avec un

☐ bateau à voile. ☐ bateau de pêche.

☐ bateau-promenade.

2. Le tour commence et finit près de la cathédrale.

☐ vrai ☐ faux Correction: ____________________

3. Le nom du bateau blanc, c'est

☐ «Batorama». ☐ «L'ami Fritz». ☐ «Marne». ☐ «L'ami Ritz».

4. Quel temps fait-il? Il fait ____________________

5. Le quartier que les touristes visitent le plus, c'est ____________________

6. Sur le trajet, les touristes découvrent …

☐ un pont qui tourne. ☐ un pont avec un toit. ☐ des objets d'art.

☐ un zoo. ☐ les montagnes des Vosges.

7. Sur le film, on voit …

☐ des gens à pied. ☐ des gens en roller. ☐ des tramways. ☐ un métro. ☐ un vélo.

☐ des bateaux. ☐ des bus. ☐ des segways. ☐ un zoo. ☐ des beaux bâtiments.

8. Les touristes découvrent les institutions européennes dans quel ordre? *Ecris 1, 2, 3 dans les cases.*

☐ Le Palais des droits de l'homme ☐ Le Conseil de l'Europe ☐ Le Parlement européen

9. On peut visiter Strasbourg en bateau ☐ 355 ☐ 360 ☐ 362 ☐ 365 jours par an.

Médiation / Parler

16 On visite le Parlement européen? (nach SB S. 23, Nr. 8)

→ En plus S. 25, Nr. 4

A *Au collège, tu as trouvé une brochure sur la visite du Parlement européen à Strasbourg. Tu aimerais que ton/ ta prof de français organise un voyage à Strasbourg pour le visiter. Il / elle est d'accord mais seulement si tu fais un petit exposé devant ta classe en français et présentes tes arguments: Quel est le rôle du Parlement européen? Pourquoi le Parlement européen est-il moderne? Quelles sont les différences avec le Bundestag?*

Lernen Sie das Europäische Parlament in Straßburg kennen!

Möchten Sie mehr darüber erfahren, wie Gesetzentwürfe zu Gesetzen werden und wo die Europaabgeordneten Beschlüsse fassen, die sich auf Ihr/ unser tägliches Leben auswirken? Das Europäische Parlament in Straßburg bietet Besuchern zahlreiche interaktive Möglichkeiten, um die Institution selbst, ihre Geschichte und die EU insgesamt besser zu verstehen. So lernt der Besucher die Arbeit des Europäischen Parlaments und seine Bedeutung für die Bürger kennen. →

Besuchen Sie uns ... Parlamentsführungen für Gruppen Die komplette Besichtigung umfasst den Plenarsaal (Besuchertribüne), die Panoramaterrasse und das Parlamentarium. Besichtigen Sie den Plenarsaal (an Wochentagen, nur nach Reservierung, für Gruppen von mind. 20 Personen, ca. 60 Minuten) und entdecken Sie das einzigartige Ambiente des größten transnationalen Parlaments der Welt. Hier sind viele historische Entscheidungen getroffen worden! Erleben Sie eine parlamentarische Debatte als Höhepunkt einer Führung. Hier erkennen Sie die Rolle des Europäischen Parlaments als einzigartiges Beispiel für eine multinationale und multilinguale Demokratie.

Was tut das Parlament?
Im Gegensatz zum deutschen Bundestag, in dem ausschließlich Abgeordnete aus Deutschland sitzen, sind im Europaparlament alle 27 Mitgliedsstaaten durch ihre Abgeordneten vertreten. Die Hauptaufgabe der Abgeordneten besteht darin, die Bürger auf der Ebene der EU zu repräsentieren und ihre Interessen zu vertreten. Sie sind die Hüter von Freiheit, Menschenrechten und Demokratie in Europa und darüber hinaus beteiligen sie sich an öffentlichen Debatten und spielen eine bedeutende Rolle bei der Gestaltung der EU-Politik.

Zu ihren wichtigsten Aufgaben gehören:
- Entwurf von Gesetzen
- Entscheidungen, z.B. über Reisefreiheit, Lebensmittelsicherheit, Umwelt und Wirtschaft
- Kontrolle aller EU-Institutionen
- Beschluss des Budgets der EU

Welche weiteren Aufgaben hat das Parlament?
Es ist in der Außenpolitik tätig, denn für die meisten internationalen Abkommen ist seine Zustimmung erforderlich. Das EU-Parlament ist die einzige direkt von EU-Bürgern gewählte Institution.

Besuchen Sie uns ... das Parlamentarium Simone Veil
Nehmen Sie in unserem eindrucksvollen 360°-Kino Platz und erleben Sie eine Plenarsitzung aus der Perspektive eines europäischen Abgeordneten: Wie entstehen die Gesetze und was machen die Abgeordneten, um die Herausforderungen der Gegenwart zu bewältigen? Oder setzen Sie sich an einen unserer Touchscreen-Tische und schlüpfen Sie bei einem Planspiel direkt in die Rolle eines Europaabgeordneten. An einer interaktiven Wand mit Bildern können Sie sich über die Abgeordneten informieren und mit ihnen in Kontakt treten.

Nicht vergessen! Auf der Webseite des Europäischen Parlaments finden Sie weitere Informationen zu seinen Aktivitäten, z.B. zum Programm EUROSCOLA: Von den Rängen des Plenarsaals aus haben die Schüler der Sekundarstufe die einmalige Gelegenheit, die Entscheidungsfindung in der EU in Form eines mehrsprachigen Europäischen Jugendparlaments zu erleben.

B *Discutez:*

1. Vous aimeriez visiter le Parlement européen ou pas? Donnez des arguments pour ou contre.
2. Est-ce que cette visite peut changer quelque chose dans votre vie au quotidien?

Parler

17 Un jour, je serai députée! (nach SB S. 23, Nr. 8)

A *Ta classe (**A**) va faire un voyage à Strasbourg. Vous allez visiter le parlement européen. Tu téléphones avant à ton correspondant/ta correspondante français(e) (**B**) pour avoir des détails. Travaillez à deux. Pliez la feuille au milieu et décidez qui prend le rôle **A** et le rôle **B**. **A** commence. Après, changez de rôle.*

A (toi)	B (ton/ta correspondant(e))
1. Du fragst ihn/sie, ob er/sie schon das Europa- 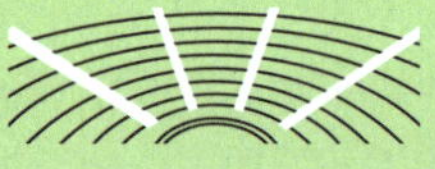 besichtigt hat.	**1.** [Tu as déjà visité le Parlement européen?]
2. [Oui, j'ai visité le Parlement avec ma classe. Tu t'intéresses à la politique?]	**2.** Du bejahst und sagst, dass du das Parlament mit deiner Klasse besichtigt hast. Du fragst ihn/sie, ob er/sie sich für Politik interessiert.
3. Du bejahst und sagst, dass dein Vater links und deine Mutter rechts denkt.	**3.** [Oui, mon père pense à gauche et ma mère pense à droite.]
4. [Ah bon? Et tes parents ont déjà participé aux élections européennes?]	**4.** Du wunderst dich und fragst, ob seine/ihre Eltern an den Europawahlen teilgenommen haben.
5. Du bejahst und sagst, dass sie nächstes Jahr an den Wahlen bestimmt teilnehmen werden.	**5.** [Oui, et ils participeront aux élections l'an prochain, c'est sûr.]
6. [Pour moi, l'Europe, c'est l'avenir. Un jour, je serai député(e).]	**6.** Du sagst, dass für dich  die Zukunft ist und dass du eines Tages Abgeordnete(r) sein wirst.

On combine

18 Un tour en Alsace (nach SB S. 22, Nr. 7)

Complète les phrases avec les bons verbes à la bonne forme et aux temps voulus par le contexte (présent, passé composé, futur simple).

construire | pas connaître | relier | faire (x2) | tout perdre | montrer | avoir (x3) | rester | pouvoir | visiter | voir | être

Le grand-père: Quand j'étais petit, il fallait 2 heures pour traverser la frontière entre Strasbourg et Kehl. Aujourd'hui, on ________________ prendre un tramway qui ________________ les deux villes toutes les 14 minutes! J'espère que ça ________________ toujours comme ça et qu'il n'y ________________ plus de guerres entre nous!

Léo: Tu ________________ raison. Moi, je n'________________ la guerre, heureusement! Mais hier, à l'école, la prof nous ________________ des films de guerre où les soldats ________________ des forts pour se protéger. Et les gens ________________ : leurs maisons, leurs affaires, leurs familles, quelle horreur!

Le grand-père: Oublie tout ça! Si tu fais un tour en Alsace aujourd'hui, tu ________________ des villages avec beaucoup de fleurs et de cigognes. Si tu ________________ envie, tu ________________ un tour en bateau à travers la vieille ville de Colmar ou tu ________________ la très belle chapelle de Ronchamp. Si tu ________________ d'accord, nous ________________ bientôt un tour d'Alsace ensemble!

Pratique: tâches

19 Visiter le Grand Est sur un blog (zu SB S. 24, Nr. 1)

A *Prépare un guide de voyage numérique:*

1. Fais un filet à mots sur les endroits, les villes et les régions du Grand Est que tu connais.
2. Avant de commencer, il faut réfléchir
 - aux **thèmes** possibles pour voyager dans le Grand Est
 - aux quatre **catégories** pour organiser tes documents.

Vocabulaire

numérique	digital
un document	ein Dokument
un compte	ein Account
une image de profil	ein Profilbild
une galerie photos	eine Fotogalerie
publier	veröffentlichen
un filtre	ein Filter
un(e) abonné(e)	ein Follower
un hashtag	ein Hashtag
la source	eine Quelle

Voici des exemples:	***Un thème:** Mit dem gewählten Thema entscheidest du dich, unter welchem Blickwinkel du die Region Grand Est vorstellen willst, d.h. was in deinem Reiseführer im Fokus stehen soll.*		
	Thème 1: La région	*Thème 2:* Le tourisme	*Thème 3:*
catégorie 1	touristique	___	
catégorie 2	gourmande	___	
catégorie 3	___	___	
catégorie 4	___	___	

B *Choisis maintenant un thème principal et quatre catégories correspondantes. Rassemble des photos et des vidéos pour ces catégories. Pense à un nom intéressant pour ton blog et mets une photo qui donne envie aux abonnés de découvrir le Grand Est.*

PORTFOLIO

C *Fais un plan pour ta galerie photos et réalise-la.*

1. Commence avec une petite explication de ton blog.
2. Choisis le style et les couleurs de ton blog et des photos que tu publieras.
3. Utilise seulement <u>un</u> filtre pour tes photos pour avoir un bon résultat.
4. Choisis seulement les plus belles photos qui sont intéressantes pour tes abonnés.

STRATEGIE

Für einen gelungenen Blog-Auftritt muss man folgende Regeln befolgen:
- aussagekräftiger **Name des Accounts**.
- ansprechende **Fotos**: Filterfunktion, Bildbearbeitung und Bildbeschreibung nutzen.
- **Rechte** der Bilder und Videos: am besten linzensfreie oder eigene Aufnahmen suchen und verwenden.

Exemple d'une galerie photos sur un blog.

D *Formez des groupes de trois élèves. Regardez maintenant les galeries photos des deux autres du groupe. Qu'est-ce que vous aimez? Qu'est-ce qui ne vous plaît pas? Pourquoi? Discutez en groupe.*

Bilan

→ Solutions: page 137.

1 Parler (nach SB S. 25, Nr. 1)

Ich kann über eine Klassenfahrt reden und Fragen stellen.

Ich kann fragen,
1. ob unser Reiseführer schon da ist.
2. wie es mit der Fahrt weitergeht.
3. welche Spezialitäten es im Elsass gibt.

Ich kann sagen,
1. dass wir eine Light-and-Sound-Show sehen werden
2. dass wir eine App herunterladen sollen.
3. was mich an etwas fasziniert.

ON DIT

Est-ce que notre … ?
Comment … ?
Quelles sont … ?

On va voir …
On peut …
X, c'est passionnant.

2 En forme (nach SB S. 25, Nr. 3)

Ich kann das **Futur simple** verwenden.

Romain: «Hé, les jeunes, quels sont vos projets d'avenir?». **1.** *Jean-Marc:* Moi, je / j' ______________ en Bretagne avec mon frère et nous ______________ *(acheter)* un bateau de pêche. **2.** *Julie:* Mes amies et moi, nous ______________ *(fonder)* un groupe de musique et nous ______________ *(donner)* des concerts. Un jour peut-être, on ______________ à un casting et on nous ______________ *(inviter)* à la télé, c'est notre grand rêve! Et vous les amis, vous ______________ envie de faire partie de ce groupe? **3.** *Pascale:* Non, pas du tout. Vous ______________ tout le temps stressés, ce n'est pas la vie que je ______________ *(choisir)* pour moi. Je ______________ *(vivre)* près de la mer et je / j' ______________ à la plage chaque jour. Je ______________ *(rencontrer)* des gens et ensemble, nous ______________ *(faire)* des jeux de ballon. Milène, tu ______________ me voir? **4.** *Milène:* Oui sûrement. On ______________ faire du tourisme ensemble, je sais que ça te ______________ *(plaire)* aussi! **5.** *Jérémie:* Moi, j' ______________ *(arrêter)* l'école, je ______________ *(partir)* loin et je ______________ *(devenir)* artiste. **6.** *Léo:* Tu crois que tu ______________ du succès? Tu ______________ *(attendre)* peut-être longtemps pour rien. **7.** *Jérémie:* On ______________ *(voir)* bien. Sinon, je ______________ trouver autre chose. Ou alors mes amis m' ______________ *(aider)* 🙂. Et toi, Léo, quand est-ce que tu ______________ enfin ce que tu veux faire?

Bilan

3 En forme (nach SB S. 25, Nr. 3)

Ich kann **Bedingungssätze mit *si*** bilden und verwenden.

Henri discute des langues avec ses amis Maurice et Lilou.

1. *Henri:* Est-ce que vous ________________ à l'échange avec l'Angleterre si vos parents sont d'accord? **2.** *Lilou:* Pourquoi? *Henri:* Si tu ________________ bien apprendre une langue, tu ________________ *(devoir)* passer quelques mois dans un autre pays. **3.** *Maurice:* Moi, bien sûr! J'________________ en Angleterre si j'________________ la possibilité. Si nous ________________ bien parler anglais, nous ________________ un meilleur avenir après l'école. **4.** *Lilou:* Moi, je rêve de parler l'espagnol. Si mes parents me ________________ *(payer)* un séjour, je ________________ passer tout l'été en Espagne. **5.** *Henri:* Bof! Si une personne me________________ *(parler)* dans une langue que je ne connais pas, je lui ________________ *(répondre)* en anglais. **6.** *Maurice:* Et si tu ________________ ça, elle ________________ *(comprendre)* peut-être les mots. Mais si tu ________________ *(apprendre)* sa langue, tu ________________ *(comprendre)* aussi sa culture.

4 On combine (nach SB S. 25, Nr. 3)

Ich kann das ***Présent*** und das ***Futur simple*** verwenden und ***Adjektive*** richtig angleichen und zuordnen.

beau (2x) | bon (2x) | culturel | différent | historique | lorrain | principal | vrai

Bienvenue sur mon blog «Ma Lorraine»! Si vous ________________ nouveau, vous ________________ *(vouloir)* savoir plus de choses sur cette ________________ région française. Aucun problème! Dans les prochaines semaines, je vous ________________ *(faire)* découvrir des endroits cool. Aujourd'hui au programme: Metz! Voilà cinq ________________ raisons qui vous ________________ envie d'aller là-bas.

Raison n°1: C'est une ville ________________ avec plus de 2000 ans d'histoire car elle est devenue la ville ________________ des Celtes[1].

Raison n°2: Si vous ne la ________________ *(connaître)* pas encore, Metz ________________ une surprise pour vous: son architecture. Vous ________________ des bâtiments de styles très ________________.

Raison n°3: C'est aussi une ville________________: il y a l'Opéra-Théâtre et beaucoup de musées. Mais on ________________ *(trouver)* aussi beaucoup d'autres choses!

Raison n°4: Si vous ________________ *(désirer)* goûter les ________________ produits de la région, ce ________________ facile. Au restaurant, demandez «l'assiette ________________» pour connaître la cuisine locale.

Raison n°5: Avec ses ________________ jardins et parcs où elle ________________ *(inviter)* les visiteurs à se promener, Metz est une ________________ ville verte. Vous ________________, ça vaut le coup[2] d'aller à Metz!

---

1 **Les Celtes** die Kelten 2 **Ça vaut le coup!** Es lohnt sich!

En plus: différenciation

Parler

1 Notre région préférée

Travaillez en groupes de quatre.

A *Chaque élève regarde encore le quiz p. 2-3 et une carte de France. Quelle est votre région de France préférée et pourquoi? Chacun des 4 élèves du groupe note quatre ou cinq arguments dans sa case sur le set de table. Faites des recherches sur Internet.*

Elève 1: la géographie
Elève 2: la culture
Elève 3: la gastronomie
Elève 4: les lieux touristiques

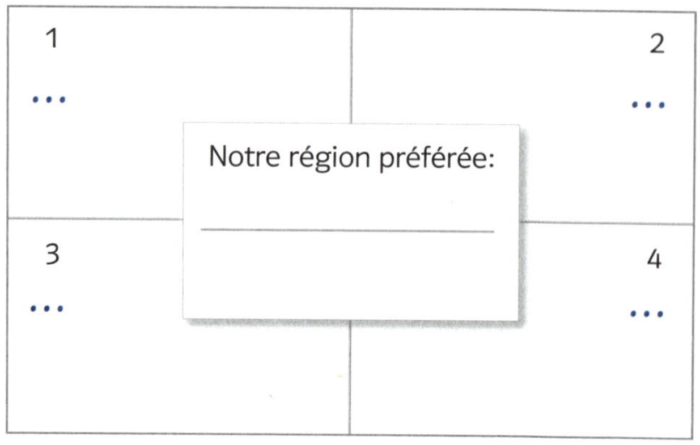

B *A la fin, vous pouvez présenter les résultats du groupe devant la classe.*

En forme

2 Un «tour de France» l'été prochain (G 1, G2)

*Complète le texte avec les verbes ci-dessous et utilise le **futur simple**.*

△ faire – aller – retraverser – voir – être – avoir – discuter – commencer – finir – pas pleuvoir – m'offrir – pouvoir – acheter

L'année prochaine, ma famille et moi, nous ______ «un tour de France» pendant les vacances d'été. Le tour ______ à Strasbourg où nous ______ en premier et il ______ à Mulhouse où nous ______ la frontière pour rentrer en Allemagne. J'espère qu'il ne ______ et que je ______ beaucoup de choses intéressantes et nouvelles. Comme je / j'______ 15 ans en août, mes parents ______ un cadeau spécial:
ils ______ des tickets pour un festival de musique! Sur le site Internet, on peut lire: «Vous ______ avec les stars après le spectacle.» Ça ______ génial!
Et toi, tu crois que tu ______ aussi discuter avec des stars un jour?

En forme

3 Si je suis étudiant l'année prochaine … (G3)

△ *Fais une chaîne de phrases conditionnelles de type 1 comme dans l'exemple. Ecris dans ton cahier.*

Je – être étudiant l'année prochaine / je – habiter à Strasbourg / je – rencontrer beaucoup de personnes intéressantes / je – rencontrer un bon ami / nous – avoir ensemble des nouvelles idées / nous – fonder un jour une start-up / elle – marcher bien / on – travailler peut-être pour le Parlement européen / on – aider l'Europe à se développer / les gens – être plus heureux

Exemple: Si je suis étudiant l'année prochaine, j'habiterai à Strasbourg. Si j'habite à Strasbourg, je …

Médiation/ Écrire

4 ARTE: Das deutsch-französische Abenteuer

Ta classe fera bientôt un voyage à Strasbourg avec votre prof de français. Chaque élève doit préparer un petit exposé écrit sur un thème lié à Strasbourg. Tu devras présenter la chaîne ARTE (environ 180–200 mots) – en français, bien sûr. Sur Internet, tu as trouvé un article intéressant en allemand.

Lis cet article et souligne les mots clés.
Ensuite, explique à tes camarades: Quelle est la différence principale entre ARTE et les autres chaînes de télévision allemandes? Quel sont les problèmes au début de son histoire? Pourquoi est-ce que le succès est différent en France et en Allemagne? Quelle est son importance actuelle pour l'Europe?

Im Jahr 1992 sendete der TV-Sender ARTE von Straßburg aus sein erstes Programm – zeitgleich und zweisprachig in Deutschland und Frankreich. Der europäische Kulturkanal ist ein Paradebeispiel deutsch-französischer Zusammenarbeit.

Für deutsche Fernsehzuschauer gehört ARTE heute ganz selbstverständlich zur TV-Landschaft, so wie das Erste oder das ZDF. Aber die Gründung des Senders war alles, nur kein Selbstläufer. Bis ARTE am 30. Mai 1992 auf Sendung gehen konnte […], wurde viel diskutiert, gekämpft und debattiert. Schließlich galt es, zwei verschiedene Kulturen und vor allem zwei sehr unterschiedliche politische Systeme in Einklang zu bringen. […]

Mitte der 1980er-Jahre wird die Idee eines deutsch-französischen Kulturkanals geboren […]. Im November 1988 macht sich eine deutsch-französische Expertengruppe daran, die Rahmenbedingungen für den binationalen Sender auszuloten. Hier zeigen sich erste Schwierigkeiten: Während im zentral regierten Frankreich alle Zeichen für die Sendergründung auf Grün stehen, müssen in Deutschland erst einmal die Ministerpräsidenten der einzelnen Bundesländer davon überzeugt werden […]. Die Verhandlungen geraten ins Stocken. […]

Erst der Fall der Mauer sorgt für Bewegung. Die deutsche Politik will ein starkes Zeichen der Verbundenheit und Freundschaft nach Frankreich senden […]. Plötzlich geht alles ganz schnell. Die Experten einigen sich auf den Sitz der Zentrale in Straßburg […]. Das Kind hat auch endlich einen Namen: Das Akronym ARTE steht sowohl für Kunst als auch für das französische Wortmonster „Association Relative à la Télévision Européenne." […]

Im April 1991 kommt es in Straßburg schließlich zur Gründung des europäischen Kulturkanals ARTE […]. Endlich darf Fernsehen gemacht werden! […] So wird ARTE zu einem wichtigen und lebendigen Bestandteil der europäischen Kulturlandschaft. […]

Bei allen Preisen und Lobesbekundungen seitens Zuschauerschaft und Politik bleiben die kulturellen Unterschiede zwischen Deutschland und Frankreich die größte Herausforderung für die ARTE-Mitarbeiter. Während die Pariser ARTE-Redakteure in kreativer Hinsicht von Anfang an frei aufspielen können, sind ihre deutschen Kollegen durch die föderale Struktur an Regeln und Weisungen ihrer jeweiligen Mutterhäuser, also der verschiedenen ARD-Sender oder des ZDF, gebunden. […]

Überhaupt sind die Bedingungen für ARTE in Frankreich zunächst wesentlich besser als in Deutschland. ARTE wird Anfang der 1990er in Frankreich terrestrisch ausgestrahlt, in Deutschland läuft es zunächst ausschließlich im Kabelnetz. Da die meisten französischen Haushalte bei Aufnahme des Sendebetriebs im Jahr 1992 nur sechs andere Fernsehsender empfangen (verglichen mit ca. 30 in Deutschland), spielt ARTE im Bewusstsein der französischen Fernsehzuschauer von Anfang an eine viel größere Rolle als hierzulande.

→

Seit vielen Jahren ist ARTE auch in Deutschland fest etabliert. Der Sender hat seine ganz eigene Fernsehsprache entwickelt und setzt sich in Design und Inhalt sehr von den anderen deutschen TV-Programmen ab. Dabei spielt ARTE laut Sabine Rollberg eine Rolle jenseits des reinen Kulturgenusses: „Was heute für Europa zukunftsweisend ist, dass wir Brücken bauen, dass wir den anderen verstehen, dass wir nicht nur immer aus einer deutschen Perspektive berichten. [...] Wir wachsen nur zusammen, wenn wir den anderen verstehen." Die fruchtbare Reibung zwischen deutscher und französischer Kultur hat ARTE zu dem gemacht, was es heute ist: ein echter europäischer Kultursender.

Ecouter

5 Français ou alsacien? (nach SB S. 25, Nr. 3)

10 **A** *Ecoute les documents. Puis, coche la / les bonne/s réponse/s et réponds aux questions.*

1. Est-ce que Marcel Schmidt est né en Alsace? ☐ oui ☐ non

2. Quel est son lieu de naissance? ____________________

3. Jusqu'à quel âge Marcel Schmidt est resté en Alsace? ____________________

4. Quel était le changement culturel qui l'a surpris le plus quand il a déménagé en Allemagne?

☐ Les repas ☐ Le comportement des gens ☐ La *Kehrwoche*

5. Où est-ce que Marcel Schmidt a appris à parler l'alsacien? ____________________

6. Où est-ce que les Schmidt sont souvent allés quand ils habitaient à Strasbourg?

☐ En Allemagne ☐ En Suisse

7. Qu'est-ce que les parents de Marcel Schmidt ont fait à Kehl?

☐ Ils sont allés chez un médecin. ☐ Ils ont fait des achats. ☐ Ils sont allés chez un mécanicien.

8. Combien de langues parle Marcel Schmidt? ☐ deux ☐ trois ☐ quatre

Note-les: ____________________

9. Les parents de Marcel Schmidt parlent aussi l'allemand. ☐ vrai ☐ faux

Correction: ____________________

10. Ça fait combien de temps que Marcel Schmidt habite en Allemagne? ____________________

11 **B** *Ecoute le document deux ou trois fois.*

Note ici des mots que tu as compris en alsacien: ____________________

____

C *Un Allemand rencontre un Alsacien. Remplis les bulles.*

Ecouter/ Regarder

6 A la découverte de Strasbourg

14 V1

Tu t'informes sur la ville de Strasbourg sur Internet et tu trouves une vidéo intéressante. Regarde-la, puis réponds aux questions, complète les phrases et coche la / les bonne/s réponse/s. Si c'est faux, corrige.

1. La ville de Strasbourg … *(3 possibilités)*

- ☐ est la capitale alsacienne.
- ☐ se trouve près de la montagne des Vosges.
- ☐ se trouve dans le nord-ouest de la France.
- ☐ se trouve près de la frontière allemande.
- ☐ se trouve au bord du Rhin.
- ☐ est devenue allemande en 1871 et 1918.

2. Finalement, Strasbourg est passée de l'Allemagne à la France en ______________.

3. Aujourd'hui, Strasbourg symbolise l'histoire franco-allemande. ☐ vrai ☐ faux

Correction: ______________

4. La passerelle des deux Rives est un pont qui traverse ______________.

5. A Strasbourg, on trouve aussi les ______________ d'Arte, une ______________ franco-allemande.

6. Strasbourg est devenue une capitale européenne. Pourquoi?

____

7. Pendant les fêtes traditionnelles, on peut voir des Alsaciens qui portent des ______________ alsaciens.

8. Le dialecte alsacien est un dialecte allemand. ☐ vrai ☐ faux

Correction: ______________

9. Le symbole de l'Alsace, c'est la cigogne. ☐ vrai ☐ faux

Correction: ______________

10. Le Christkindelsmärik, c'est le célèbre ______________ où on trouve des ______________ et des ______________

11. Voilà quelques spécialités alsaciennes. Qu'est-ce que c'est? Expliquez.

Les bredele, ce sont ______________

Le riesling, c'est ______________

Le kouglof, c'est ______________

12. Deux autres spécialités alsaciennes sont ______________ et ______________

13. Qu'est-ce qui intéresse les touristes dans quel endroit? Relie. Attention, il y a une réponse **en trop**.

1 La cathédrale ______
2 La Petite France ______
3 Le MAMCS ______
4 La gare ______

a) un tour en bateau
b) des ponts couverts
c) une architecture moderne et contemporaine
d) une architecture gothique
e) des maisons traditionnelles
f) une horloge astronomique
g) des artistes strasbourgeois

L'ALSACE

→ Lösungen findest du auf S. 138.

A *Regarde le dessin.*

B *Maintenant, réponds aux questions.*

1. A ton avis, ce dessin est ☐ une affiche de cinéma. ☐ un dessin humoristique. ☐ une BD.
2. Qu'est-ce que tu vois? Décris les éléments du dessin en détail.
3. A ton avis, qu'est-ce que les personnages symbolisent? Explique.
4. Que penses-tu du dessin? Est-ce que tu trouves que le message est bien clair?
5. Imagine un dessin humoristique: quels aspects de l'Alsace vont être dans le dessin et pourquoi?

Un peu d'entraînement

→ Lösungen findest du auf S. 139.

ivilisation

1 Devinette

Regarde les photos et dis comme dans l'émission «Karambolage» d'Arte, si on les a prises en France ou en Allemagne. Explique pourquoi.

1

2

3

4

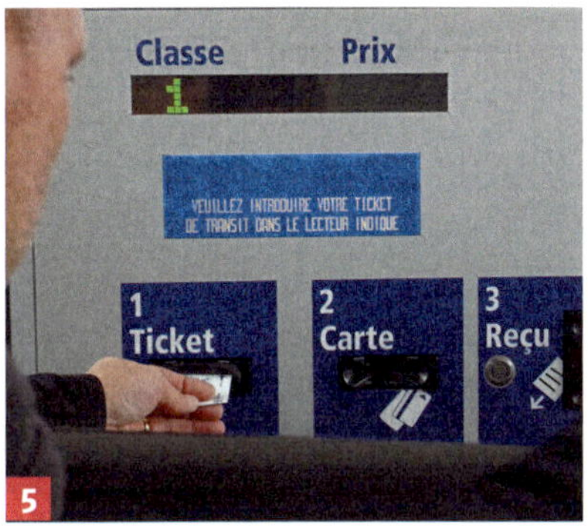

5

6

u de mots

2 Un passé difficile

Complète le texte avec ces verbes à la bonne forme et au bon temps.

prendre | servir | plaire | manger | détruire

se battre | (s')entendre (2x) | savoir | connaitre

A quoi est-ce que tu penses quand tu ________________ le mot «France»? A Paris et sa tour Eiffel que plus de 6 millions de touristes ________________ en photo chaque année? A la baguette que nous ________________ aussi en Allemagne? Aux villes et aux paysages du sud de la France qui ne ________________ pas seulement aux touristes français? Ou est-ce que tu penses à la cathédrale de Reims que les Allemands ________________ en 1914? Aux traboules de Lyon qui ________________ aux habitants pour fuir les nazis? Une chose est sûre: pendant des siècles, la France et l'Allemagne ________________, ________________ des moments très, très difficiles et personne ne ________________ si les deux pays allaient ________________ un jour …

Civilisation

3 Amis un jour, amis toujours!

Tu connais ces logos et endroits. Ils jouent un grand rôle dans les relations franco-allemandes.

A *Quelle photo va avec quelle information? Relie les paires.*

Débarquement des Alliés | Office franco-allemand pour la jeunesse | Bataille de Verdun | Chaîne de télévision franco-allemande

1

2

3

4

B *Complète la grille à l'aide de ces mots-clés.*

des échange(s) | 6 juin 1944 | 300 jours d'enfer et 300.000 morts | 1916 | Strasbourg | des émissions en français et en allemand | cimetière avec 16.000 tombes | Normandie | bataille pour libérer la France de l'occupation nazie | 500.000 visiteurs | des correspondant(s)

1	2	3	4
– créé en 1991	–	– créé en 1963	–
–	–	– Paris / Berlin	– Verdun
– chaîne qui	–	– organisation	–
propose		qui propose	
		– site pour	–
		trouver	
			–
			chaque
			année

Unité 2

France-Allemagne: quelle histoire!

Lire **1** **A propos du texte** (nach SB S. 32, Nr. 1)

Relis les pages 32 et 33 de ton livre. Puis, coche la bonne réponse ou écris l'information demandée.

1. Konrad Adenauer et Charles de Gaulle ont signé le traité de l'Elysée à Paris en

☐ 1950. ☐ 1963. ☐ 1970. ☐ 1984.

2. Le traité de l'Elysée a un deuxième nom.

☐ vrai ☐ faux Correction: ____________________

3. En ____________, Angela Merkel et Emmanuel Macron signent ____________________

4. Quelle est la fonction de ce traité ?

____

5. Nomme trois domaines dans lesquels la France et l'Allemagne coopèrent:

____

____

6. C'est grâce à ☐ Lucien Tarradin ☐ Arte ☐ l'OFAJ que les jeunes Allemands et Français peuvent faire des échanges.

7. Depuis 2003, on fête la journée franco-allemande chaque année dans les écoles le 22 janvier.

☐ vrai ☐ faux Correction: ____________________

8. Depuis quand est-ce que les lycéens français et allemands peuvent passer l'AbiBac?

____

A *Qui est qui? Ecris les noms sous les photos.*

a) ____________________

b) ____________________

c) ____________________

d) ____________________

e) ____________________

f) ____________________

B *Qui a coopéré avec qui? Relie les paires.* ____________________

Qu'est-ce qu'il faut savoir faire pour travailler à bord du TGV Est?

____

Atelier A

Lire

2 La France sous l'Occupation (nach SB S. 35 Nr. 4)

Dans son livre ***Paris Rutabaga****, Jean-Louis Besson raconte ses souvenirs d'enfance pendant la Seconde Guerre mondiale.*

Vis-à-vis

Pendant la Seconde Guerre mondiale, le général de Gaulle est en exil à Londres. Le 18 juin 1940, il lance un appel à la radio de Londres pour appeler les Francais à résister à l'occupation allemande.

A Avant la lecture

Regarde la photo.
Qu'est-ce que tu peux dire sur l'histoire racontée dans le livre?

B Pendant la lecture

Souligne les mots-clés (les dates, les noms de pays, de régions) du texte.

1. (1941) La grande affaire, c'est de trouver à manger. Il faut des tickets[1] pour acheter ce dont on a besoin[2], et chacun a sa carte d'alimentation[3], d'une catégorie différente selon son âge, depuis J1[4] pour les bébés jusqu'à V pour les vieux. Ma sœur et moi nous sommes J2, ce qui nous donne droit à plus de pain, de lait et de viande que les adultes[5], et quand nous aurons 16 ans nous serons J3, mais j'aimerais que la guerre soit finie d'ici là.
On fait beaucoup la queue[6] devant les magasins, surtout quand ils vendent des produits sans ticket comme les pommes de terre ou des rutabagas[7] qui ne sont pas vraiment bons. C'est un légume blanc et rond qu'on donne normalement à manger aux animaux. […]

2. (1942) Nous avons enfin un poste de TSF[8] (c'est comme ça qu'on appelle la radio) à la maison. Mon père refusait toujours d'en acheter un, disant que c'était trop cher […]. Mais il faut que nous puissions écouter la radio anglaise comme tout le monde. Bien sûr, c'est interdit[9], et nous réglons[10] le poste très bas à cause des voisins qui pourraient nous dénoncer. Chaque soir, l'émission commence par quatre coups «boum, boum, boum, boum …», un peu mystérieux, et puis «Ici, Londres, les Français parlent aux Français». […] On nous dit que la guerre est loin d'être terminée et que les Allemands finiront bien par la perdre. C'est vrai qu'il y a à Londres un général français dont personne n'avait jamais entendu parler, le général de Gaulle, qui a demandé qu'on vienne le rejoindre[11] pour continuer à se battre aux côtés des Anglais. Mais personne ne croit vraiment que, même tous ensemble, on pourrait gagner la guerre. […]

3. (6 juin 1944) Les Alliés ont débarqué[12] en France, en Normandie! […] le soir, nous attendons avec impatience[13] huit heures, l'heure des émissions de Londres. Nous apprenons que le débarquement était préparé depuis longtemps, mais le secret a été bien gardé et les Allemands qui surveillaient la côte se sont fait surprendre[14]. Les combats sont très durs. Il doit y avoir beaucoup de morts. Mais les Anglais, les Canadiens et les Américains vont continuer à lutter … et je l'espère très fort, vaincre les Allemands. […]

1 un ticket (hier:) eine Marke **2 ce dont on a besoin** was man braucht **3 une carte d'alimentation** eine Essenskarte **4 J1, J2** = jeune 1, jeune 2 **5 un / une adulte** → E **6 faire la queue** → **Engl: to queue** Schlange stehen **7 un rutabaga** eine Steckrübe **8 TSF** Abkürzung für Télégraphie Sans Fil = Radio **9 interdit(e)** verboten **10 régler** einstellen **11 rejoindre qn** zu jdm kommen **12 débarquer** (hier:) landen **13 l'impatience** die Ungeduld **14 surprendre qn** jdn überraschen

C Après la lecture

Coche la bonne réponse ou écris l'information demandée.

1. Le garçon et sa sœur ont …

☒ moins de 16 ans. ☐ 16 ans. ☐ plus de seize ans. ☐ pas dans le texte.

2. A Paris, la nourriture est rationnée. ☐ vrai ☐ faux ☐ pas dans le texte.

Correction: ____________________

3. Sans carte d'alimentation, on ne peut rien acheter. ☐ vrai ☐ faux ☐ pas dans le texte.

Correction: ____________________

4. Il y a plusieurs cartes d'alimentation. ☐ vrai ☐ faux ☐ pas dans le texte.

Correction: ____________________

5. Les enfants qui ont une carte J2 ont droit à plus de … *(trois bonnes réponses)*

 ☒
 ☐
 ☒
 ☐
 ☐
 ☐

6. Il est interdit d'écouter la radio …

☐ française. ☒ anglaise. ☐ allemande. ☐ américaine.

7. Que font les gens pour ne pas être dénoncés par les voisins?

____

8. Quelle émission est-ce qu'ils écoutent? ____________________

9. En 1942, Charles de Gaulle se trouve à … ☐ Paris. ☒ Londres. ☐ Berlin.

10. Il parle aux Français à la radio pour leur dire …

☒ qu'il faut être courageux.
☐ qu'il ne reviendra pas en France.
☒ que la guerre sera bientôt finie.
☐ qu'ils doivent collaborer avec les Allemands.

11. Le 6 juin 1944, les Alliés arrivent tout de suite à chasser les Allemands.

☐ vrai ☐ faux ☐ pas dans le texte.

Correction: ____________________

12. Le garçon et sa famille … *(deux bonnes réponses)*

☐ entendent à la radio que le débarquement a eu lieu.
☐ ont peur de l'arrivée des Alliés.
☐ ne disent à personne ce qui s'est passé.
☐ veulent fuir à Londres.
☒ espèrent que les Alliés gagneront les combats.

Ecouter/ Regarder

3 Oradour-sur-Glane (nach SB S. 35, Nr. 4)

21 V4

A Avant le visionnement

En 2013, le Président français de l'époque François Hollande et le Président allemand de l'époque Joachim Gauck se sont rencontrés devant l'église d'Oradour-sur-Glane.

STRATEGIE

Cherche des informations sur les évènements à Oradour-sur-Glane en 1944. Décris en quelques phrases ce qui s'est passé.

B Premier visionnement

Regarde la vidéo et réponds aux questions suivantes:

1. Le journaliste interviewe le Président allemand. ☐ vrai ☐ faux

   Correction: ______________________________.

2. Pourquoi est-ce que ces personnes sont à Oradour-sur-Glane?

   ☐ Pour fêter la fin de la guerre.
   ☐ Pour fêter le traité de l'Elysée.
   ☐ Pour commémorer l'évènement de 1944.

C Deuxième visionnement

Regarde la vidéo et réponds aux questions suivantes:

3. Quel est le mot clé du Président français? ____________________.
4. Le Président allemand parle de «Verbrechen». En français, c'est ____________________.
5. Coche les bonnes cases. Le maire parle d'une image …

   ☐ de la réunification. ☐ de la réconciliation. ☐ de la fraternité.
   ☐ de la culture. ☐ de l'amitié. ☐ de la discipline.

6. Dans quel endroit est-ce que les deux Présidents ont embrassé le survivant du massacre?

   ____

7. Après, le Président allemand a pris ____________ la main du survivant du massacre.

D Après le visionnement

Qu'est-ce que les quatre personnes symbolisent? Relie les noms.

1 François Hollande	a) l'Allemagne officielle
2 Joachim Gauck	b) la ville d'Oradour-sur-Glane
3 le maire	c) les victimes
4 le survivant	d) la France officielle

En forme

4 Jean Moulin – une vie pour la France (G4) (nach SB S. 35, Nr. 6)

*Complète le texte avec une forme de **fuir**. Fais attention aux temps!*

Sous l'occupation allemande, il fallait être très courageux pour faire de la résistance. Beaucoup de gens fuient ______ la France, les résistants, eux, sont restés pour défendre leur pays. Pour eux, fuir ______ n'était pas une solution. *Jean Moulin* ne fuit ______ pas mais aide Charles de Gaulle à organiser les résistants. La Gestapo les chasse mais Jean Moulin n'arrête pas de dire: «Ne fuis ______ pas! Luttez! Si nous fuyons ______, nous laissons la France à l'adversaire!» En 1943, il est dénoncé aux Allemands et meurt. Il y avait aussi des résistants en Allemagne comme «la Rose Blanche» avec Hans et Sophie Scholl. Eux aussi, ils n'ont fui pas ______ mais ils ont lutté sur place contre les nazis, ce qu'ils ont aussi payé avec leur vie.

Atelier B

Ecrire

5 Le couple franco-allemand (nach SB S. 36, Nr. 1)

Regarde la BD. Observe bien les scènes et imagine des dialogues dans les bulles. Utilise au moins 10 mots de la liste ci-dessous.

réfléchir | réalité | discipline | technologie | camembert | casque | guerre | voiture | organisation | remarquable | culture | vélo | baguette | croissant | dangereux | Abendbrot | escargots | fromage

Exemple: Image 1:
- Bonjour monsieur Schmitt, alors on prend sa grosse voiture?
- Bonjour madame Dupont! Vous n'avez pas de casque?

Ecouter

6 La brigade franco-allemande (nach SB S. 38, Nr. 5)

→ En plus S. 47, Nr. 2

22

A Avant l'écoute
Regarde la photo et décris-la.

B Pendant l'écoute
Ton père raconte ses souvenirs de son service militaire[1]. Il te demande si toi aussi, tu voudras faire ton service. Il te fait écouter un podcast de Radio bleue Alsace.

1. Le journaliste est en Allemagne. ☐ vrai ☐ faux
   Correction: ____________________

2. La brigade franco-allemande se trouve …
   ☐ en France. ☐ en Allemagne. ☐ en France et en Allemagne.

3. Sebastian travaille …
   ☐ en Allemagne. ☐ en France. Il vit … ☐ en Allemagne. ☐ en France.

4. Pour Sebastian, c'est un problème. ☐ vrai ☐ faux
   Correction: ____________________

5. Ce sont
   ☐ Charles de Gaulle et Konrad Adenauer
   ☐ François Mitterrand et Helmut Kohl
   … qui ont créé la brigade
   ☐ en 1963
   ☐ en 1988

6. Deux nations travaillent ensemble pour la paix. C'est une idée qui était …
   ☐ importante ☐ incroyable ☐ impossible ☐ impressionnante

7. Quelle région a été le principal problème entre la France et l'Allemagne? ____________________

8. Des soldats allemands en Alsace: quelle est la réaction des habitants alsaciens?
   ____

9. Sebastian a appris le français en Alsace. ☐ vrai ☐ faux
   Correction: ____________________

10. Quel est le message de Sebastian à la fin?
   ____
   ____

C Après l'écoute
Tu es comme Sebastian. Tu apprends le français à l'école en Allemagne.

1. Pourquoi est-ce que tu as choisi cette langue, il y a 4 ans?
2. Où est-ce que tu veux utiliser le français plus tard?
   Explique en 80–100 mots dans ton cahier.

1 **le service militaire** Wehrdienst

Lire **7**

A propos du texte (nach SB S. 37, Nr. 3)

A *Relis la statistique p. 36/37 de ton livre. Classe les réponses données dans le sondage selon les thèmes suivants. Il y a des mots qui peuvent rentrer dans plusieurs catégories.*

Histoire, politique et relations franco-allemandes	Angela Merkel, langue allemande,
Économie	
Caractère	
Tourisme et loisirs	
Gastronomie	

B *Tu penses que les Français doivent aussi découvrir l'Allemagne. Écris dans ton cahier a) un texte pour un guide touristique sur leurs vacances en Allemagne ou b) un texte pour une brochure où tu expliques pourquoi il faut apprendre l'allemand. Utilise au moins 10 mots de A.*

C *Décris la rencontre représentée dans les deux dessins humoristiques.*

Le dessin montre

Leurs vêtements

Il s'agit donc d'une rencontre

Les bulles montrent comment ils imaginent l'autre:

Maintenant, les deux hommes sont

18 heures.

L'Allemand   Il va peut-être

Le Français

Le dessinateur veut montrer que

Ecouter

8 Wilfried N'Sondé et l'Allemagne (nach SB S. 39, Nr. 7)

23

A Avant l'écoute

Relis le texte «Histoires berlinoises» dans ton livre aux pages 39–40. Qu'est-ce qu'on apprend sur sa biographie?

B Pendant l'écoute

Lis les questions. Puis écoute le document. Ensuite réponds aux questions.

1. A quoi pensent les Français quand ils entendent le mot «Allemagne»?

Ils pensent ____________________

2. L'auteur compare l'Allemagne de l'Est avec «la gueule[1] du loup». C'est quoi en allemand?

(C'est un autre animal en allemand) ____________________

3. Avant d'arriver en Allemagne, l'auteur traverse une région française et un pays. Lesquels?

____

4. En Allemagne, l'auteur a d'abord vu … *(Cochez les bonnes réponses)*

- ☐ des châteaux.
- ☐ des fermes.
- ☐ la guerre.
- ☐ des chevaliers.
- ☐ des tracteurs.
- ☐ des arbres.
- ☐ des chemins.
- ☐ des chasseurs.
- ☐ la campagne.

5. Quelle est la première ville allemande que l'auteur traverse? ____________________

6. Quel fleuve est-ce que le train a traversé? ____________________

7. Devant quel bâtiment historique est-ce que le train passe? ____________________

8. Qu'est-ce que les élèves faisaient quand le train est arrivé dans la première gare allemande?

____

9. Voici le trajet du train. Quelles villes, quels pays ne sont pas sur le trajet de l'auteur? *(Cochez)*

- ☐ Paris
- ☐ Lyon
- ☐ Belgique
- ☐ Amsterdam
- ☐ Cologne
- ☐ Rostock
- ☐ Berlin

10. Comment est-ce qu'on appelle en français l'époque avant 1989? ____________________

C Après l'écoute

Et toi, quand tu entends le mot «France», à quoi est-ce que tu penses? Ecris 5 ou 6 phrases.

____

____

____

1 **la gueule** das Maul

Lire

9 A propos du texte (nach SB S. 40, Nr. 8)

Lis le texte pages 39–40 de ton livre. Puis, coche la bonne réponse ou écris l'information demandée.

1. Pendant leur promenade sur le Kurfürstendamm, Wilfried et ses copains

☐ remarquent que les modes et les magasins à Paris et à Berlin sont très différents.

☐ reconnaissent les magasins, mais la mode n'est pas la même qu'à Paris.

☐ trouvent qu'il n'y a pas de différence entre les magasins et la mode à Paris et à Berlin.

2. Les gens à Berlin parlent

☐ toutes sortes de langues sauf le français. ☐ souvent bien le français.

☐ seulement allemand. ☐ allemand avec un accent très bizarre.

3. Les Français préfèrent le *doener kebab* aux saucisses avec la salade de pommes de terre.

☐ vrai ☐ faux Correction: ______________________________

4. Pourquoi est-ce que l'image de l'Allemagne que les médias français présentent est fausse?

____

____

5. Avec leurs corres, les Français visitent le Tiergarten. ☐ vrai ☐ faux

Correction: ______________________________

6. Comment est-ce que les Allemands avaient imaginé leurs corres français?

____

____

7. Les Allemands s'appellent ☐ Hans, Peter, Ursula ☐ Tarek, Ibrahim, Günes, Pierre

☐ Laurent, Paul, Valentine ☐ Mohamed, Fadila, Lucille, Ngyuen, Fernando.

8. Trouve dans le texte les noms qui sont typiquement français:

____

9. Est-ce que le séjour en Allemagne a été comme les jeunes français l'ont imaginé?

☐ oui ☐ non Correction: ______________________________

____

____

____

10. Qu'est-ce qui est la «vraie Allemagne» pour eux après avoir visité la ville de Berlin?

____

____

____

En forme

10 Après le séjour à Berlin (nach SB S. 40, Nr. 9)

*Après son retour, les parents de Wilfried lui posent beaucoup de questions sur son séjour en Allemagne. Complète les réponses de Wilfried et utilise des **pronoms objets**. (Complète la structure du verbe.)*

1. Tu parles mieux l'allemand maintenant? – Oui, je ______ un peu mieux, mais ça reste difficile.
2. Ton séjour en Allemagne t'a plu? – Oui, il ______ beaucoup ______ [plaire ___ qn]
3. On voit encore le mur de Berlin? – Non, on ______ Il ne reste que quelques morceaux.
4. Vos corres vous ont compris avec votre charabia? – Non, je pense qu'ils ______ Alors, nous avons inventé un «frallemand» avec des expressions anglaises.
5. Vous avez réussi à parler aux Allemands de l'Est? – Non, on ______ [parler ___ qn]
6. Quand est-ce qu'on va accueillir les Allemands? – ______ au printemps.

En forme

11 La journée franco-allemande (G 5) (nach SB S. 41, Nr. 10)

*Pour la journée franco-allemande, les élèves font des interviews. Complète les questions et les réponses avec le verbe à la bonne forme et avec le bon pronom **y** ou **en** si nécessaire.*

1. – Vous discutez parfois des clichés sur les Allemands avec votre prof?
   – Oui, nous ______ (discuter **de** qc) souvent, mais je veux retourner en Allemagne!
2. – Alors, vous avez déjà participé à un échange avec l'Allemagne?
   – Oui, nous ______ (participer **à** qc) l'année dernière.
3. – ______
   – ______ (penser **à** qc) ______ (ne jamais oublier qc) à l'avenir.
4. ______
   – ______ (avoir qc) trop.
5. Qu'est-ce que vous avez offert à vos corres?
   – Nous ______ (offrir qc **à** qn) des spécialités de notre région.
6. ______
   – ______ (avoir envie **de** qc) et je / j' ______ (retourner quelque part) bientôt.

Médiation / Ecrire

12 Il avait 14 ans! (nach SB S. 42, Nr. 13)

→ En plus S. 49, Nr. 5

Ton / ta correspondant(e) francais(e) s'intéresse à l'histoire et surtout à l'époque du nazisme. Il veut savoir si toi aussi tu connais cette époque. Tu viens de lire en cours d'allemand le roman de Christoph Hein «Glückskind mit Vater».

A *Raconte dans un mail à ton / ta correspondant(e) l'histoire de ce roman. Décris surtout les problèmes du personnage principal, ses rêves et sa relation au passé. (150–200 mots)*

Der Roman „Glückskind mit Vater" von Christoph Hein erzählt eine deutsche Biografie. Im Mittelpunkt des Romanes steht Konstantin Boggosch, der als pensionierter Schuldirektor in einer ostdeutschen Kleinstadt […] ein scheinbar ruhiges und zurückgezogenes Leben führt, bis ihn eines Tags ein Brief […] unter dem Namen „Konstantin Müller" erreicht. Der Brief und die Tatsache, dass eine Journalistin den ehemaligen Schuldirektor um ein Interview für das bevorstehende Jubiläum des Gymnasiums bittet, zwingen Konstantin Boggosch dazu, sich mit seinem sorgsam gehüteten Familiengeheimnis, von dem noch nicht einmal seine Frau etwas weiß, auseinanderzusetzen. Er ist der Sohn eines der schlimmsten NS-Verbrecher. Obwohl Konstantin Boggosch seinen Vater, der ein großes KZ neben seine Fabrik bauen wollte, nie kennen gelernt hat, lastet zeitlebens ein Fluch auf ihm. Sein ganzes Leben setzt Konstantin Boggosch daran, aus dem Schatten des Vaters zu treten, wird aber von den Gräueltaten des Vaters immer wieder eingeholt. Als ihm aufgrund der Biografie seines Vaters der Schulabschluss in der 8. Klasse und das Besuchen der Sportschule in Leipzig verwehrt wird, verlässt der 14-Jährige Schüler die Mutter und flüchtet […] in den Westen. Seine Flucht führt ihn nach Marseille, wo er bei der Fremdenlegion anheuern will. Als daraus nichts wird, findet der […] sprachbegabte Junge Anstellung in einem Antiquariat. Alles geht gut, bis einer seiner Arbeitgeber, ein ehemaliges Mitglied der Résistance, ihm ein Buch über den Widerstand schenkt, worin sich auch ein Bild seines Vaters befindet. Das ist für den Jungen Grund genug, Marseille zu verlassen. Kurz bevor die deutsche Grenze ganz dichtgemacht wird, kehrt Konstantin Boggosch in die DDR zurück, wo er schließlich an der Filmhochschule Babelsberg studieren kann, bis ihn auch dort die Vergangenheit wieder einholt. Aus der Not heraus […] wird er schließlich Lehrer in einer Kleinstadt.

© lesen.bayern.de

B *Et toi, tu as 14 ou 15 ans. Qu'est-ce que tu attends de l'avenir? Est-ce que tu connais un autre livre qui parle du même problème de trouver son chemin pour être adulte? Parle à ton / ta partenaire de ton chemin ou du chemin du personnage principal d'un autre livre que tu connais.*

Pratique: tâches

13 Diaporama: France-Allemagne (nach SB S. 43, Nr. 1)

A *Préparation: Avant de commencer le diaporama: Numérotez dans l'ordre chronologique les événements suivants.*

☐

☐

☐

☐

☐

☐

☐

☐

☐

☐

B *Pour chaque image, écrivez l'année.*

Photo 1 ________	Photo 2 ________	Photo 3 ________	Photo 4 ________	Photo 5 ________
Photo 6 ________	Photo 7 ________	Photo 8 ________	Photo 9 ________	Photo 10 ________

C *Faites des recherches sur Internet et écrivez un commentaire pour chaque image. Vous pouvez enregistrer vos commentaires.*

Pour Charlemagne (Karl der Große), il n'y a pas de document sonore.
Imaginez un discours de Charlemagne en français et en allemand.

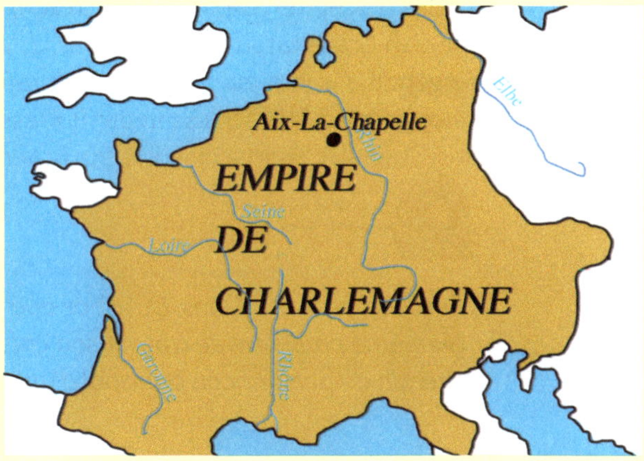

RTFOLIO

D *Quand vous avez toutes les informations, vous pouvez alors réaliser un diaporama avec un logiciel.*

1. Notez ce que vous avez appris sur les relations franco-allemandes dans les unités 1 et 2 pour chaque diapositive.
2. Ajoutez les documents (photos, textes, audio, vidéos)
   Pour chaque document, il faut noter la source (Quelle).
3. Enregistrez un petit commentaire en français pour chaque diapositive.
4. Présentez votre diaporama en classe.

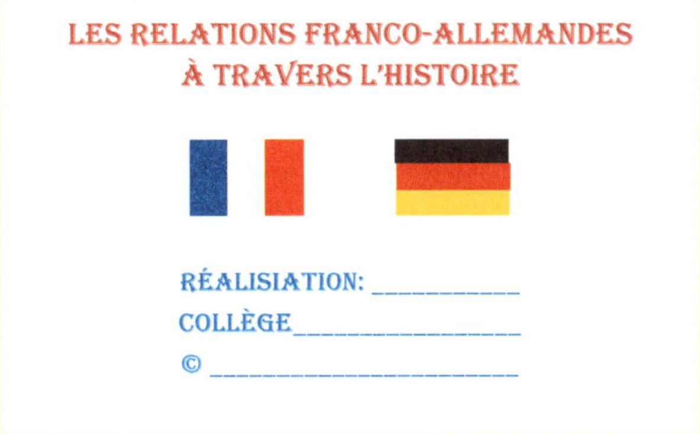

Bilan

→ Solutions: page 139.

1 Parler (nach SB S. 45, Nr. 1)

Ich kann über die deutsch-französischen Beziehungen sprechen und meine Meinung äußern.

Ich kann sagen,
1. dass Charles de Gaulle an der Versöhnung der beiden Länder gearbeitet hat.
2. dass Deutschland und Frankreich in vielen Bereichen zusammenarbeiten.
3. dass die meisten deutschen Jugendlichen ein positives Bild von Frankreich haben.
4. dass ich die Umfrage interessant fand.
5. dass es wichtig ist, gegen Vorurteile anzugehen.
6. dass ich daran nicht gedacht habe.

ON DIT

Charles de Gaulle a …
L'Allemagne et …
La …
J'ai trouvé …
Il est …
Je n'…

2 Lire (nach SB S. 45, Nr. 2)

Ich kann eine Graphik / Statistik / Umfrage auswerten.

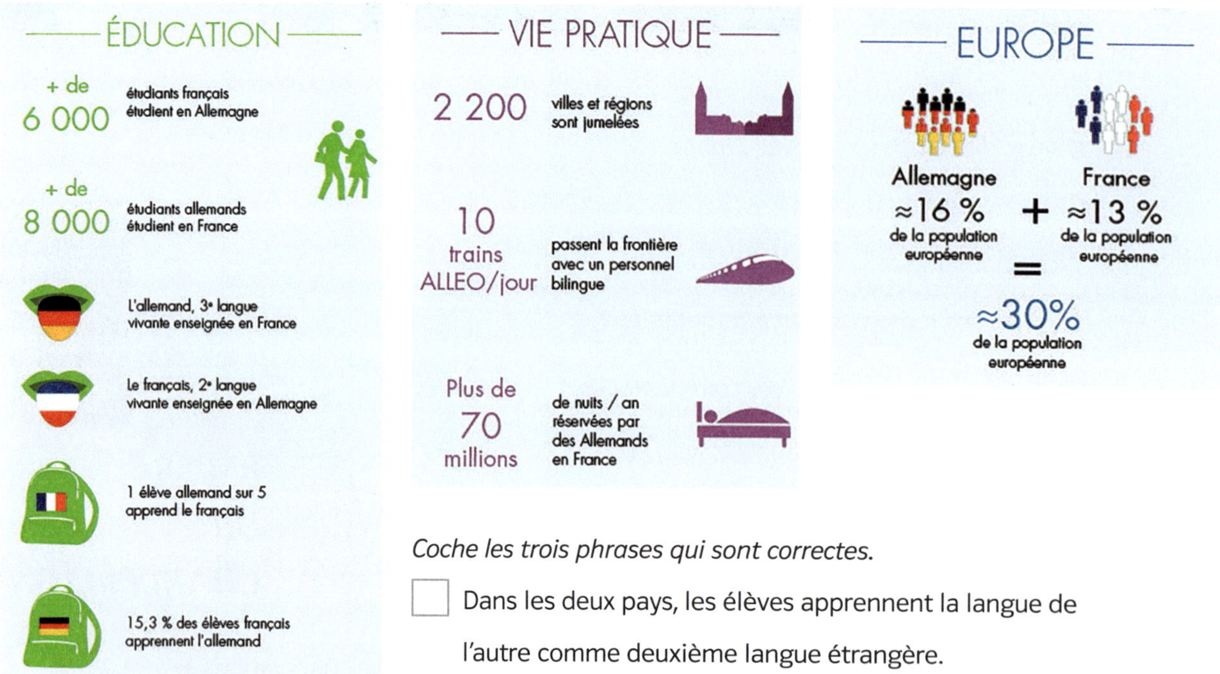

Coche les trois phrases qui sont correctes.

- ☐ Dans les deux pays, les élèves apprennent la langue de l'autre comme deuxième langue étrangère.
- ☐ La France et l'Allemagne font plus d'un tiers de la population en Europe.
- ☐ Dans 10 trains ALLEO qui traversent la frontière franco-allemande par jour, les employés parlent les deux langues.
- ☐ La moitié des élèves allemands apprend le français.
- ☐ On compte plus de 2000 jumelages.
- ☐ Il y a moins d'élèves français qui apprennent l'allemand que d'élèves allemands qui apprennent le français.
- ☐ En France et en Allemagne, il y a le même nombre d'étudiants qui viennent de l'autre pays.

Bilan

3 En forme (nach SB S. 46, Nr. 3)

Ich kann **das Verb fuir** verwenden.
Complète le texte avec les formes de ***fuir****. Fais attention aux temps!*

Mon grand-père me racontait souvent ses souvenirs de jeune homme. C'était en 1940. Les soldats français ________________ devant l'armée allemande. Le gouvernement français ________________ Paris pour aller à Bordeaux, puis à Vichy. Nous, on ________________ les Allemands pour ne pas aller à la guerre ou à Dachau. Je me souviens encore. Ma mère nous disait: «________________!» Mes frères ________________ dans la montagne pour se cacher. Et ma sœur ________________ en Angleterre pour retrouver le général de Gaulle. Elle disait toujours: «Tu verras, Marcel, un jour, les Allemands ________________ aussi. C'est une question de temps.» Malheureusement, les Allemands m'ont attrapé. Ils m'ont mis dans une ferme en Bavière où je suis resté 2 ans! C'est là que j'ai rencontré ta grand-mère, Elsa. Elle ne parlait pas français et moi, je ne parlais pas allemand, mais on se comprenait. Mais un jour, je / j'________________ avec un camarade. Nous avons traversé la Bavière, puis la Suisse et finalement, nous sommes arrivés ici en Bourgogne, à la maison. Après la guerre, j'ai retrouvé Elsa. Elle m'a dit: «Tu vois, Marcel, aujourd'hui, je ________________ mon père. C'était un nazi et il faut ________________ les nazis comme la peste.»

4 Chasse aux fautes (nach SB S. 46, Nr. 4)

Ich kann **Wortschatz / Rechtschreib- und Grammatikfehler** in einem Text **verbessern**.

Charles de Gaulle – un grand homme politique

Né <u>à</u> 1890 à Lille, Charles de Gaulle entre à l'âge de 18 ans dans l'armée où il <u>apprende</u> aussi l'allemand. Pendant la Première Guerre <u>mondial</u>, il lutte à Verdun et les Allemands le capturent[1]: Il passera deux ans et demi en <u>France</u>. De cette période, il gardera un très <u>mal</u> souvenir.

Pendant l'occupation, en juin 1940, il <u>fuye</u> à Londres d'où il <u>appele</u> les Français à la résistance. <u>En</u> fin de la guerre, il retourne dans un Paris <u>libérer</u>.

Le 21 décembre 1958, il <u>devenira</u> président français et signera bientôt le <u>traite</u> de l'Elysée avec le <u>cancelier</u> allemand Konrad Adenauer, un grand pas qui marque le début de <u>l'amité</u> franco-allemande.

Charles de Gaulle <u>moura</u> le 9 novembre 1970 dans un petit village du Grand-Est.

____
____
____
____
____
____
____
____
____
____

1 **capturer** gefangen nehmen

En plus: différenciation

Parler

1 De Verdun à Aix-la-Chapelle (nach SB S. 32, Nr. 1)

*L'OFAJ a organisé une rencontre avec ta classe (**A**) et la classe de ton / ta correspondant/e (**B**) à Verdun. Tu discutes avec ton / ta correspondant(e) sur l'histoire des deux pays. Travaillez à deux. Pliez la feuille au milieu et décidez qui prend le rôle **A** et le rôle **B**. **A** commence. Après, changez de rôle et rejouez la scène.*

A (toi)	B (Ton ami(e) français(e))
1. Du sagst deinem / deiner Partner/in, dass du dich freust, ihn / sie hier in Verdun dank eurer Schulpartnerschaft zu treffen.	**1.** [Je suis très heureux/-euse de te rencontrer ici à Verdun grâce à notre jumelage.]
2. [Ça me surprend quand je pense à l'histoire entre l'Allemagne et la France.]	**2.** Du sagst, dass dich das überrascht, wenn du an die Geschichte zwischen Deutschland und Frankreich denkst.
3. Du bejahst und sagst, dass ihr hier seit hundert Jahren Feinde gewesen seid.	**3.** [Oui, nous avons été des ennemis ici, depuis cent ans.]
4. [Je ne comprends pas pourquoi des milliers de jeunes hommes sont morts ici.]	**4.** Du sagst, dass du nicht verstehst, warum hier Tausende von jungen Männern gestorben sind.
5. Du sagst, ja, die Soldaten zu dieser Zeit wollten sich mit den militärischen Aktionen doch bloß verteidigen und ihren Feinden Widerstand leisten.	**5.** [Oui, les soldats à cette époque voulaient seulement se défendre avec ces actions militaires et résister à leurs ennemis.]
6. [La France et l'Allemagne ont signé le traité de l'Elysée. Je suis content/e.]	**6.** Du sagst, dass du froh bist, dass Frankreich und Deutschland den Elysee-Vertrag unterzeichnet haben.
7. Du findest es wichtig, dass die Politik jeden Tag an der deutsch-französischen Versöhnung arbeitet.	**7.** [Oui, je trouve que c'est important que la politique travaille tous les jours à la réconciliation entre la France et l'Allemagne.]
8. [Heureusement les chefs de l'Etat d'aujourd'hui s'entendent bien et collaborent.]	**8.** Du sagst, dass sich die heutigen Staatschefs glücklicherweise gut miteinander verstehen und zusammenarbeiten.
9. Du fragst, ob er / sie weiß, wer diese Begegnung mit den Jugendlichen heute organisiert hat.	**9.** [Est-ce que tu sais qui a organisé cette rencontre aujourd'hui avec les jeunes?]
10. [C'est l'OFAJ qui a organisé cette visite de Verdun avec la chancelière et le président français.]	**10.** Du sagst, dass das DFJW diese Besichtigung mit der Kanzlerin und dem französischen Präsidenten in Verdun organisiert hat.
11. Du findest, man sollte die Arbeit des DFJW mehr würdigen, weil sie den Frieden zwischen Deutschland und Frankreich festigt.	**11.** [On devrait plus rendre hommage au travail de l'OFAJ parce qu'il renforce la paix franco-allemande.]
12. [C'est pourquoi j'espère que la rencontre aura lieu à Aix-la-Chapelle l'an prochain.]	**12.** Deshalb hoffst du, dass die Begegnung nächstes Jahr in Aachen stattfinden wird.

Ecouter

2 Fernsehsender Paris

13–15 rue Cognacq-Jay, siège de Fernsehsender Paris en 1943.

24

A Avant l'écoute

Lis le titre de l'exercice. A ton avis, on va écouter un document sur une chaîne de télévision allemande? Tu connais cette chaîne de télévision?

B Pendant l'écoute

Lis d'abord les questions puis écoute le document. Complète les phrases et coche ensuite la / les bonne/s réponse/s.

1. Il est possible de voir des images de la télévision Fernsehsender Paris? ☐ vrai ☐ faux

   Correction: ______________________________

2. Comment s'appelait Fernsehsender Paris en France? ______________________________
3. Fernsehsender Paris, c'était l'époque de ______________________________.
4. Kurt Hinzmann est né le ____________________ à ____________________.
5. Kurt Hinzmann a appris deux langues au lycée.

   Lesquelles? ______________________________

6. A l'époque quel média était le plus connu?

   ☐ Internet ☐ la radio ☐ la télévision

7. Pour filmer les Olympiques de ____________________ à ____________________,

   il y avait Leni Riefenstahl et ______________________________.

8. A l'époque Kurt Hinzmann était directeur …

   ☐ de la radio allemande.

   ☐ des actualités télévisées allemandes.

   ☐ de la télévision française.

9. Le 20 mai 1942, les Allemands font marcher l'antenne de télévision qui est sur ____________________.
10. En ____________________ c'est le ____________________ de la télévision bilingue Fernsehsender Paris.
11. Qu'est-ce que cette télévision représente?

    ☐ la guerre ☐ la liberté ☐ le courage ☐ l'information indépendante

12. La nouvelle émission de Fernsehsender Paris s'appelle ______________________________.
13. Fernsehsender Paris a existé entre ____________________ et ____________________.
14. Fernsehsender Paris avait …

    ☐ 1 heure ☐ entre 3 et 5 heures ☐ 24 heures de programme par jour.

C Après l'écoute

Kurt Hinzmann dit qu'il était un pionnier de la télévision.
Est-ce que tu connais une chaîne de télévision bilingue, aujourd'hui? Laquelle?

Parler

3 Discussion à l'OFAJ

*Tu **(A)** prépares avec ton/ta partenaire français/e **(B)** le programme de la prochaine rencontre des jeunes de l'OFAJ. Travaillez à deux. Décidez qui prend le rôle **A** et le rôle **B** et faites un dialogue. Posez des questions sur les informations ci-dessous.*

Deutsch-Französisches Jugendwerk
Office franco-allemand pour la Jeunesse

A (toi)
- doit préparer le programme pour la prochaine rencontre de l'OFAJ
- trouve que le temps passe vite
- propose une rencontre à Dachau
- trouve que c'est un endroit de mémoire pour tous les morts de la guerre comme Oradour-sur-Glane

B (ton/ta partenaire français/e)
- ne peut pas croire qu'un an est déjà passé
- en a marre des rencontres dans des endroits tristes
- trouve que A a raison et propose une randonnée dans les montagnes après la rencontre de Dachau

On combine

4 Erasmus à Munich (G4, G5) (nach SB S. 35, Nr. 4)

*Noémie a fait un séjour à l'université de Munich avec Erasmus+. Sur le site d'Erasmus+, elle partage ses expériences. Complète le texte par les **mots** voulus par le contexte et le verbe **fuir** à la forme correcte.*

Le programme Erasmus __________'a permis __________ passer six mois __________ Allemagne. J'__________ avais rêvé depuis longtemps. J'avais décidé de partir __________ Munich __________ ont étudié Hans et Sophie Scholl, célèbres pour __________ résistance __________ le nazisme. Au début, j'ai trouvé les cours plus difficiles __________en France parce que mon allemand n'était pas très bon. Mais __________autres étudiants __________ont offert leur aide et j'__________ ai profité. Je me suis tout de suite sentie bien à Munich. C'est une ville fantastique – et très française. Je ne __________ attendais vraiment pas! J'__________ ai rencontré tellement __________ Français! Beaucoup __________ devant le bruit et le stress de la capitale française __________s'installer dans la capitale bavaroise. Autrefois, les Français __________ l'ennemi allemand. Incroyable! A la fin du semestre, il fallait rentrer. – Je n'__________ avais pas du tout envie!

Lire

5 Souvenirs d'Allemagne

A Avant la lecture

Regarde la couverture du livre. Est-ce que c'est un roman? Une BD?

B Pendant la lecture

Lis d'abord les questions puis souligne les mots clés.

1. A la maison, on connaissait quelques mots d'allemand qui étaient restés dans les villes et surtout les campagnes françaises à la fin de la guerre. Oh, ce n'étaient pas des mots très drôles: *Blitzkrieg, Kommandantur, Achtung!* Mon père qui était enfant pendant la guerre a rajouté à mon vocabulaire les mots «Brot» et «Prost!». C'était déjà mieux. Ma mère parlait toujours de ce Iclèèèrrrrrr qui était un vilain[1] monsieur, le fantôme de son enfance. Pourtant, mes parents étaient heureux quand j'ai dit que je ferai «allemand» en première langue au collège. A cette époque, on ne choisissait pas! Les bons élèves de l'école primaire feraient de l'allemand au collège. L'anglais, c'était pour les élèves qui avaient des mauvaises notes. Je ne sais pas pourquoi, mais j'étais curieux d'apprendre cette langue. En plus, j'ai adoré tout de suite ma professeure d'allemand, madame Truchot. Elle était à la fois drôle et stricte. On peut être stricte et avoir le sourire aux lèvres. Avec elle, on apprenait l'allemand avec plaisir et les cours étaient comme du miel à mes oreilles. Bien sûr, comme j'avais toujours des bonnes notes (j'avais toujours 18 sur 20!), j'étais le chouchou[2] de madame Truchot. Elle m'invitait souvent chez elle après les cours et on mangeait des cerises[3] ensemble. Un jour, elle m'a donné un disque[4] de Reinhard Mey. Ah que c'était beau: *«Über den Wolken …»* Bon, je ne comprenais rien aux paroles de la chanson, mais je voyageais dans le ciel avec le chanteur. C'est peut-être grâce à Reinhard Mey, que je suis devenu chanteur moi aussi.

2. Pourtant, l'allemand est une langue difficile et pour nous les Français, il faut faire de la gymnastique tous les matins avec une pomme de terre dans la bouche avant de pouvoir articuler un mot comme *«Eichhörnchen»* ou bien comme *«Durchschnittsschönheit»* pour citer Theodor Fontane. Notre livre d'allemand s'appelait *«L'allemand facile»*. Drôle de titre pour une langue aussi difficile! Mais peut-être que le titre était ironique? Heureusement, les premiers mots que nous avons appris avec madame Truchot étaient *«Das ist ein Hund!»*. Mais elle ne nous a pas montré la photo d'un chien berger allemand. Heureusement! Elle nous a montré la photo du petit chien de notre livre: Struppi. C'était le petit chien de la famille Kohl. Dans cette famille, il y avait le père, la mère et les enfants Gerd et Traudel. Traudel portait bien sûr une «dirndl» et Gerd, une culotte de peau[5]! Monsieur et madame Kohl habitaient dans une grande maison et monsieur Kohl conduisait une grosse Mercedes sans catalyseur à l'époque. La première année, on a appris l'accusatif, le datif, le génitif et toutes ces choses qui n'existent pas en français. Pouh! Quel travail! Dans le 3e volume de «L'allemand facile», on découvrait déjà le Rhin et la Lorelei à Sankt Goarshausen, puis Munich et sa fête de la bière. Mais là, madame Truchot ne m'a pas invité à boire une bière chez elle. Dommage! Mais elle m'a donné un disque de Peter Maffay! Après *«Über den Wolken»* j'ai écouté *«Über sieben Brücken»*. Ça aussi, c'est drôle!

Gilles Floret

1 vilain(e) böse **2 un chouchou** ein Liebling **3 une cerise** eine Kirsche **4 un disque** eine Langspielplatte **5 une culotte de peau** eine Lederhose

C Après la lecture

Relis le texte et coche la bonne réponse ou écris l'information demandée.

1. Qu'est-ce que c'est comme texte?

☐ des mémoires ☐ un roman ☐ une pièce de théâtre ☐ une chanson

2. Le père de l'auteur était soldat pendant la guerre. ☐ vrai ☐ faux ☐ pas dans le texte.

Correction: ______________________________

3. Qui était ce monsieur «Iclèèèrrrrrr"? ______________________________

4. C'est l'auteur qui a voulu apprendre l'allemand. ☐ vrai ☐ faux ☐ pas dans le texte.

Correction: ______________________________

5. Où est prise la décision d'apprendre la première langue?

☐ au lycée ☐ au collège ☐ à l'école primaire ☐ à l'université

6. L'auteur n'aimait pas l'allemand. ☐ vrai ☐ faux ☐ pas dans le texte.

Correction: ______________________________

____

7. Quel est l'autre métier de l'auteur?

☐ cuisinier ☐ chanteur ☐ professeur d'allemand ☐ chancelier

8. Pourquoi est-ce que le titre du livre d'allemand de l'auteur est ironique?

☐ Parce que la prof est ironique. ☐ Parce que le livre est drôle.

☐ Parce que l'allemand est difficile.

9. Traduis en français la première phrase que l'auteur a apprise en allemand.

____

10. Qu'est-ce que l'auteur a découvert sur l'Allemagne dans le 3e volume de son livre d'allemand? *(plusieurs bonnes réponses)*

☐ la fête de la bière à Munich ☐ la Lorelei de Sankt Goarshausen

☐ la foire du livre de Francfort ☐ l'usine Mercedes de Stuttgart

☐ la Kantorei de Leipzig ☐ Peter Maffey

11. Quelles sont les deux chansons qui ont marqué la jeunesse de l'auteur?

a) ______________________________

b) ______________________________

12. Explique en français les mots suivants:

Blitzkrieg: ______________________________

Kommandantur: ______________________________

Un peu d'entraînement

→ Lösungen findest du auf S. 140.

n forme

1 On fera quoi?

*Notre classe a rencontré monsieur Leroi, chef de projet dans une grande maison de mode. Complète avec les bonnes formes du **futur simple**.*

Bonjour la classe et bienvenue dans notre maison de mode! Karim, imagine: un jour, tu ______________ *(être)* peut-être toi aussi «chef de projet». Qu'est-ce que tu ______________ *(faire)* exactement comme travail? Ça ______________ *(dépendre)* du domaine où tu ______________ *(devoir)* travailler. Tu ______________ *(avoir)* peut-être des employés. Vous ______________ *(aller)* voir des clients et vous ______________ *(acheter)* des programmes. Mais comment ______________ -t-on *(savoir)* diriger le projet? Vous ______________ *(faire)* des études de marché et vous ______________ *(avoir)* des informations. Max, tu te demandes certainement si les projets dans le domaine informatique ______________ *(être)* difficiles. Tu ______________ *(voir)*, l'informatique, c'est comme l'économie ou l'écologie. Ben, Karim et toi, bien sûr vous ______________ *(pouvoir)* faire un stage avec nous. D'abord, vous m'______________ *(envoyer)* des informations sur vous, puis vous ______________ *(venir)* dans mon bureau et je vous ______________ *(donner)* des conseils.

Ecouter

2 Rouler vert en France

→ En plus S. 69, Nr. 2 △

35

A *Regarde la photo. Explique en français les avantages* (Vorteile) *et les désavantages* (Nachteile) *de «rouler vert».*

une trottinette électrique

B *Lis les questions, puis écoute le document. Ensuite, réponds aux questions.*

1. Dans le document, on parle de ______________
   ☐ personnages. ☐ moyens de transport. ☐ projets.
2. Zoé existe depuis __________.
3. Avec Zoé, vous pourrez rouler pendant __________ kilomètres.
4. Les élèves peuvent utiliser Zoé. ☐ vrai ☐ faux
   Correction: ______________________________
5. Avec le vélo électrique, vous pourrez rouler pendant __________ kilomètres.
6. Le problème avec le vélo électrique c'est qu'il est ______________.
7. Combien coûte le 3e moyen de transport? ______________ euros.
8. Classe les 3 moyens de transport du moins cher au plus cher.
   _____ la voiture _____ la trottinette _____ le vélo
9. Le problème avec la trottinette, c'est qu'elle est ______________________.

Unité 3
Métro-boulot-dodo

Vocabulaire

1 Métiers d'avenir (nach SB S. 49)

A *Voici des métiers qui ont un bel avenir. Relie la définition au nom de métier qui correspond. Tu ne connais pas tous les mots mais tu peux deviner beaucoup de mots.*

1 un layouteur / une layouteuse
2 un modeleur 3D / une modeleuse 3D
3 un/e chef de projet applis mobile
4 un/e stylicien / ne Internet
5 un animateur / une animatrice sportif(-ve)
6 un infirmier / une infirmière
7 un / e diététicien / ne
8 un / e bio-informaticien / ne
9 un / e auxiliaire de vie
10 un éco-concepteur / une éco-conceptrice

a) développe des applis pour smartphone.
b) prépare le layout des pages d'un livre.
c) réalise des modèles numériques.
d) s'occupe du design d'un site Internet.
e) est un coach pour l'entraînement.
f) aide à mieux manger.
g) aide les personnes âgées à vivre.
h) combine la biologie et l'informatique.
i) s'occupe de l'avenir de la terre.
j) s'occupe des malades à l'hôpital.

Solutions: 1 ______, 2 ______, 3 ______, 4 ______, 5 ______, 6 ______, 7 ______, 8 ______, 9 ______, 10 ______

B *Voici d'autres métiers d'avenir. Trouve une définition pour ces métiers. Ces mots peuvent t'aider:*

des graffitis | **l'électricité (f)** | **la coiffure** | **les produits cosmétiques** | **une prothèse**

1 un graffeur / une graffeuse

a) ______________________
____

2 un électricien / une électricienne

b) ______________________
____
____

3 un / une conseiller(-ère) en beauté

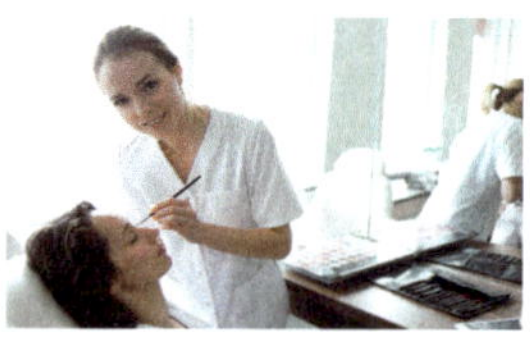

c) ______________________
____
____

4 un / e prothésiste

d) ______________________
____
____

C *Parmi les métiers de A et B, lesquels t'intéressent ? Pourquoi ? Donne des justifications pour ton argumentation. Ecris un texte d'environ 160 mots dans ton cahier.*

Atelier A

En forme

2 Les métiers qui nous intéressent (G 6) (nach SB S. 51, Nr. 3)

A *Léa et Marc discutent des métiers qui les intéressent.*
Complète les phrases avec les verbes ***aimer***, ***vouloir*** *ou* ***pouvoir*** *au* ***conditionnel***.

1. *Marc:* Léa, tu sais déjà quel métier tu ______________ faire plus tard ? **2.** *Léa:* Oui, je ______________ être avocate[1]. Je m'intéresse au droit des personnes. Et toi, qu'est-ce que tu ______________ faire comme métier ? **3.** *Marc:* Moi aussi, j'______________ devenir avocat! Mais je m'intéresse plutôt au droit de l'homme. Nous ______________ ouvrir un bureau ensemble ? **4.** *Léa:* Pourquoi pas ? On ______________ partager un bureau. **5.** *Marc:* Oui! Nous ______________ bien être partenaires … pour le travail, bien sûr!

B *Marc et Léa parlent de leur avenir. Complète le texte avec les bonnes formes du* ***futur simple***.

Marc: Quand j'______________ *(avoir)* le bac, je ______________ *(faire)* des études et après, je ______________ *(être)* avocat. Et toi, Léa, qu'est-ce que tu ______________ *(faire)* plus tard ?

Léa: Je ______________ *(passer)* d'abord mon bac dans quatre ans. Après, avec ma copine Tara, nous ______________ *(prendre)* six mois de vacances pour aller au Québec et nous ______________ *(visiter)* ce pays fantastique. Les Québécois nous ______________ *(faire)* des cadeaux, c'est sûr!

Marc: Je suis sûr que vous ______________ *(trouver)* un travail et que vous ______________ *(rester)* plus longtemps!

Léa: Pourquoi pas ? En tout cas, nous ______________ ______________ *(s'amuser)* beaucoup. Et quand nous ______________ *(retourner)* en Europe, Tara ______________ *(faire)* un stage d'avocate et moi, j'______________ *(aller)* travailler.

asse aux fautes

3 Un avenir conditionnel (nach SB S. 53, Nr. 7)

Marc et Léa imaginent comment pourrait être leur avenir. Corrige les verbes qui ne sont pas corrects et mets-les au ***conditionnel***.

Marc: J'avais ______________ peut-être le bac, alors je fairai ______________ des études et après, je / j' étrais ______________ avocate. Et toi, Léa, qu'est-ce que tu fera ______________ plus tard ? Tu rêves de quoi ?

Léa: Moi, je rêve que je passera ______________ mon bac et qu'après, ma copine Tara et moi, nous prenons ______________ six mois de vacances pour aller au Québec. Là, nous visiteriez ______________ ce pays fantastique. Les Québécois nous ferez ______________ des cadeaux.

Marc: Mais tu ne crois pas que vous y trouvons ______________ facilement un travail et que vous y resterez ______________ peut-être un an ?

Léa: Oui, peut-être. En tout cas, j'imagine que nous s'amuserait ______________ bien là-bas. Après, nous retourneriez ______________ en Europe. Tara ferais ______________ un stage d'avocate et moi, j'allerais ______________ travailler.

1 un / une avocat(e) Rechtsanwalt / Rechtsanwältin

Lire

4 A propos du texte (nach SB S. 50, Nr. 1)

Relis d'abord le texte p. 50 dans ton livre.

A *Coche la bonne réponse **ou** réponds à la question **ou** complète la phrase.*

1. Pendant une journée d'orientation, on donne des informations aux élèves sur des ________________ et sur des ________________.
2. Les élèves trouvent ces informations ☐ dans un centre de formation. ☐ à la maison, dans des livres. ☐ à un stand en ville. ☐ à un stand à l'école.
3. De quels métiers est-ce qu'on parle dans le texte ? *(8 métiers):*
   ____
   ____
4. On aide les élèves à trouver le bon parcours ________________ (= à l'école) et ________________ (= au travail).

B *Vrai ou faux? Si c'est faux, corrige.*

1. La journée d'orientation, c'est pour les élèves de 3e. ☐ vrai ☐ faux ☐ pas dans le texte.
   Correction: ____
2. Mehdi sait déjà quel métier il aimerait faire plus tard. ☐ vrai ☐ faux ☐ pas dans le texte.
   Correction: ____
3. Mehdi aime les avions mais il n'aime pas voyager. ☐ vrai ☐ faux ☐ pas dans le texte.
   Correction: ____

C *Réponds avec les informations du texte et utilise si possible tes propres mots.*

1. Qu'est-ce qu'on peut faire si on est …
   a) pilote ? ____
   b) assistant social ? ____
   c) journaliste ? ____
2. Qu'est-ce que Mehdi veut avoir à la fin ?
   ____

Ecouter

5 Sondage sur les métiers des jeunes (nach SB S. 50, Nr. 2)

36 *Tu vas entendre le document deux fois. Tu as 1 minute pour lire les questions, 30 secondes de pause entre les deux écoutes, puis 1 minute pour compléter tes réponses.*

Dans la rue, Eric demande à des jeunes «As-tu une idée de ce que tu voudrais faire plus tard ?».

A Avant l'écoute
Réfléchis bien, quelle serait ta réponse à cette question? Ecris ici:

____

____

B Pendant l'écoute
Complète ou coche la / les bonne / s réponse / s.

1. C'est un sondage qui a lieu au ______________ Albert Camus.

2. C'est une interview avec combien de jeunes en tout? ______________

3. Ils ont tous une idée sur leur métier plus tard. ☐ vrai ☐ faux

Correction: ______________________________

4. **Daniel** veut faire ______________: il aime l'électronique et il aime aussi travailler avec ______________.

5. **Clémentine** voudrait être coiffeuse pour pouvoir inventer ______________________.

6. **Victor** et **Julie** voudraient travailler dans le ______________.

Ils aimeraient devenir ______________________.

7. **Jamel** aimerait être «roboticien». Pour expliquer ce métier, il utilise deux autres mots de la même famille.

Lesquels? ______________________

8. De quoi est-ce que **Jessy** voudrait peut-être s'occuper? *Coche les 3 bonnes réponses.*

☐

☐

☐

☐

☐

9. **Sandra** sait déjà qu'elle veut travailler dans ______________ et devenir ______________

Pour cela, elle travaille ______________.

10. Le rêve d'**Emilie**, c'est de ______________ des vêtements et devenir ______________.

Les métiers du ______________, ça l'intéresse.

C Après l'écoute
Discutez à deux. Lequel de ces métiers vous plaît le mieux? Pourquoi?

En forme

6 J'aimerais rencontrer un chef de projet (G6) (nach SB S. 51,Nr. 3)

Julien fait un rêve: il imagine qu'il rencontre un chef de projet, M. Robert.
*Mets les verbes à la bonne forme du **conditionnel**.*

Julien: Imaginons qu'un jour, je ________________ «chef de projet» comme vous.

Qu'est-ce que je ________________ exactement comme travail?

M. Robert: Ça ________________ *(dépendre)* du domaine où tu ________________ *(devoir)* travailler.

Tu ________________ des employés. Pour un évènement par exemple, vous ________________ *(aller)* voir des clients et vous ________________ *(acheter)* des choses pour eux.

Julien: Mais comment est-que mes collègues et moi, nous ________________ *(savoir)* quoi acheter?

M. Robert: Vous ________________ des études et vous ________________ ensuite des bonnes idées.

Julien: Et dans le domaine informatique, est-ce que les projets ________________ difficiles?

M. Robert: Oui et non, tu ________________ *(voir)* en tout cas ça ________________ *(avancer)* très vite.

Julien: Est-ce que mes collègues et moi, nous ________________ *(pouvoir)* travailler avec vous?

M. Robert: Peut-être. Pour cela, vous m'________________ *(envoyer)* d'abord des informations sur votre entreprise, puis vous ________________ *(venir)* discuter avec moi et après, je vous ________________ *(dire)* si une coopération est possible ou pas.

Chasse aux fautes

7 Les ados, réagissez! (nach SB S. 51, Nr. 4)

*Relis la page 51 de ton livre. Souligne dans le texte ci-dessous les passages qui sont faux et corrige-les à droite. Pour les verbes, utilise l'**infinitif** ou le **conditionnel**.*

LES ADOS, vous en avez marre de vivre chez vos PARENTS? Ils sont trop dures avec vous? Ils vous demandent toujours de vous clamez? Alors, arrêtez de soupirer tout le temps! Vous devraient RÉAGIR, MAINTENANT!!!

A votre place, je quitrais la maison, je cherchrait un boulot pour gagner mon argient des poches et je ferrai ma vie comme MOI, JE veux. Et si pour hazart vous en trouviez un, vous ne pouvrez plus se reposé! Vous n'avriez plus de bon repas comme chez papa et maman et vous fairiez la vaisele vous-mêmes. Vous videreiz la poubelle. Et comme vous savez tout faire, vous auvriez aussi le droit de faire votre li, de sortier vos vêtements de l'armoire et de faire les cours. Oui, vous s'occuperiez de tout, comme des grands!!! Ah, les ados! Ils se amuserait moins et voyagriaent moins mais ils serrait ENFIN utile à la maison! ☺

____
____
____
____
____
____
____
____
____
____
____
____
____
____
____

Lire

8 A propos du texte (nach SB S. 51, Nr. 4)

A *Relis le texte n° 1 à la page 51 de ton livre et complète le résumé.*

Mehdi est en ____________ contre sa mère qui s____________ parce qu'elle n'a pas le temps de s'____________ sur les métiers avec lui au collège. Il faut dire que Sana travaille comme infirmière. Son emploi du temps n'est pas simple: aujourd'hui, il ne lui p________ait pas d'aller à la journée d'orientation.

B *Relis le texte n° 2 à la page 51 de ton livre.*

Vrai ou faux ? Si c'est faux, corrige.

1. Sana prépare des bons plats pour le dîner. ☐ vrai ☐ faux ☐ pas dans le texte.
   Correction: ____________
2. Mehdi et Sana se disputent. ☐ vrai ☐ faux ☐ pas dans le texte.
   Correction: ____________
3. Les enfants Azemour ne reçoivent pas assez d'argent de leurs parents.
   ☐ vrai ☐ faux ☐ pas dans le texte.
   Correction: ____________

C *Relis le texte n°3 à la page 52 de ton livre. Réponds si possible avec tes propres mots.*

1. Qu'est-ce que Karima voudrait de sa mère ? Elle voudrait regarder ____________
2. Quelle est la réaction de Sana? Elle ____________
3. Pourquoi est-ce que Sana est stressée ? Elle ____________
   ____________ et elle rêve de ____________.

D *Coche la / les bonne / s réponse / s (textes 1–3).*

Qui fait quoi?	**Abdel**	**Mehdi**	**Karima**	**Sana**	**Idris**
a) Qui devait aller à l'école aujourd'hui?	☐	☐	☐	☐	☐
b) Qui travaille trop?	☐	☐	☐	☐	☐
c) Qui fait la tête?	☐	☐	☐	☐	☐
d) Qui n'a pas fini ses devoirs?	☐	☐	☐	☐	☐
e) Qui doit s'occuper de tout?	☐	☐	☐	☐	☐

E *Relis le texte page 51–52 de ton livre et continue le résumé de la partie A dans ton cahier.*

Ecouter

9 Mes parents m'énervent (nach SB S. 54, Nr. 9)

37 *Vivre en famille, ce n'est pas toujours facile. Les parents et les enfants se disputent parfois …*

A Avant l'écoute

Est-ce que tu te disputes souvent avec tes parents? Pourquoi? Réponds ici:

____

____

B Pendant l'écoute

Complète ou coche la / les bonne / s réponse / s.

A la cantine, Rosalie et Samuel discutent de leur relation avec leurs parents.

1. Lequel des deux ne s'entend pas bien avec ses parents ? ________________
2. Rosalie trouve qu'à la maison, elle n'a pas assez de ________________.
3. Qui énerve Samuel ? Pourquoi ? ________________.
4. Les trois conseils du père de Rosalie sont:
   - ☐ prendre rendez-vous avec un professeur. ☐ aller chez le docteur. ☐ bien faire ses devoirs.
   - ☐ aller chez le coiffeur. ☐ ne pas être en retard à l'école. ☐ prendre l'air.
5. Que veut la mère de Rosalie ? Rosalie doit:
   - ☐ se laver les pieds. ☐ se doucher. ☐ venir à table. ☐ préparer à manger.
   - ☐ ne pas toujours rester dans la maison. ☐ aller au lit pas trop tard. ☐ aider ses parents.
6. Rosalie veut qu'on la laisse ________________.
7. *Samuel:* «Oui, mais c'est parce qu'ils __________ que tout __________ bien à la maison. Nous, les enfants, on fait souvent le __________ de ce qu'ils veulent.»
8. Rosalie est en colère contre ☐ le droit français. ☐ son smartphone. ☐ ses parents.
9. *Samuel:* Ouais, ça __________. S'ils trouvent que tu passes chaque jour trop de __________ sur ton smartphone et que tu es souvent __________ ou que tu __________ mal, ça les énerve aussi.»
10. *Samuel:* «Ils veulent que tu te __________ bien dans la vie, et toute __________ !»

C Après l'écoute

1. Combien d'heures est-ce que tu passes sur ton smartphone chaque jour ? C'est trop ou pas ? Discute avec ton / ta partenaire.
2. Demande le texte de l'exercice à ton professeur et joue-le en classe avec un / une partenaire.

Atelier B

Lire

10 A propos du texte (nach SB S. 55, Nr. 1)

A *Lis la première et deuxième partie du texte p. 55 dans ton livre. Trouve la ou les personnes qui correspondent au sentiment indiqué (→ Qui ?) et complète les phrases (→ Pourquoi ?).*

	Qui ?	Sentiment	Pourquoi ?
1.	______	… sont inquiets	parce que Mehdi … ______.
2.	______	… était en colère	parce que sa mère … ______ ______.
3.	______	… est aussi en colère	parce que la famille … ______ ______.
4.	______	… est très excité	parce que son père … ______ ______.
5.	______	… est fasciné	quand il écoute … ______ ______.

B *Lis la troisième partie du texte p. 55 dans ton livre. Puis relie les noms avec les informations correspondantes.*

	a fait très peur	du stage à M. Brunet.
Idris	voulait partir	désolé.
Sana	s'intéresse	un jeu après le repas.
Abdel	est vraiment	chercher son fils.
Mehdi	veut faire	au métier de médecin humanitaire.
	peut parler	à sa famille.

C *Retrouve les expressions correspondantes dans le texte.*

§ 1
1. Il est de mauvaise humeur et ne parle pas aux autres. → ______
2. Il n'est pas content de lui-même. → ______
3. Elle est inquiète. → ______

§ 2
4. Il parle de beaucoup de choses différentes. → ______

§ 3
5. J'ai fait un choix définitif. → ______
6. Tu es d'accord, j'espère. → ______
7. Je n'ai pas de doute. → ______

En forme

11 Un stage pendant les vacances (G7) (nach SB S. 56, Nr. 4)

A *Mehdi aimerait faire un stage en été. Mais où ? Il en discute avec son ami Karim.*
Trouve la bonne place des verbes et mets-les à la forme correcte: ***imparfait*** *ou* ***conditionnel présent****?*

avoir — choisir — demander — être (2x) — falloir — gagner — marcher — répondre — pouvoir (2x) — préférer — proposer — faire (2x) — participer — savoir

MEDECINS SANS FRONTIERES
ÄRZTE OHNE GRENZEN e.V.

Mehdi: Ce __________ génial si j'__________ la possibilité de faire un stage chez «Médecins sans frontières». Mais si je __________ ce stage, ce ne __________ pas seulement dans un bureau et il __________ travailler au moins trois mois dans un autre pays. Pour le moment, ce n'est pas possible.

Karim: Tu __________ ce stage si des médecins te __________ de le faire après ton bac ?

Mehdi: Bien sûr! Si ça __________, je __________ un peu d'argent pour mes études. Et toi ? Tu veux toujours devenir présentateur ?

Karim: A cent pour cent! Si je __________ à un casting, je __________ l'émission «The Voice»! Les stars __________ m'aider à faire une interview avec les nouveaux talents.

Mehdi: Mais, tu __________ la télé à la radio. C'est ça ?

Karim: Non, pas du tout! La radio, c'est cool aussi! Les gens écoutent la radio toute la journée, alors on a plus de temps pour leur parler. Nous deux, nous __________ aussi faire une interview ensemble: toi, comme médecin humanitaire et moi, comme présentateur. «M. Azemour, si on vous __________ pourquoi vous travaillez pour MSF, qu'est-ce que vous __________ ?»

Mehdi: Génial! C'est une bonne idée!

Karim: Mais il y a un problème: si je __________ pour qui travailler: la radio ou la télé ?

B *Tu vas peut-être faire un stage cette année. Quelle sorte de stage serait intéressante pour toi ? Donne quelques arguments pour ou contre en 80 mots environ.*

Commence comme ça: Si je faisais un stage cette année, …

____

____

____

____

____

____

Médiation/ Ecrire

12 Les métiers du numérique (nach SB S. 57, Nr. 5)

Vous avez un nouvel élève dans votre classe. Il s'appelle Raphaël. Il parle un peu l'allemand, mais il ne comprend pas tout. Alors, tu l'aides à écrire un exposé en classe sur les métiers d'avenir. Tu as trouvé cet article sur Internet. Il est intéressant, mais tu penses que Raphaël va avoir des problèmes pour comprendre le texte. Ecris-lui un petit résumé du texte (150 à 200 mots).
Tu décris: 1. les changements dans le monde du travail 2. les chances d'avenir et 3. les nouveaux challenges qui attendent les jeunes dans le monde du travail.

Die folgenden Wörter helfen dir dabei:
des métiers du numérique digitale Berufe – **la numérisation** die Digitalisierung – **numérique** digital – **l'informatique** (f.) die IT-Branche – **la mondialisation** die Globalisierung

Digitalisierung und Arbeitswelt – Welche Berufe haben die besten Zukunftschancen ?

Was macht eigentlich ein Chief Digital Officer ? Oder ein Data-Scientist ? Berufsbilder, die teilweise noch so neu sind, dass die meisten von uns noch nie etwas davon gehört haben, schießen wie Pilze aus dem Boden. Was von uns Menschen in der Arbeitswelt erwartet wird, ändert sich gerade gewaltig – der Digitalisierung sei Dank.

So erklärte Minister Hubertus Heil im Januar 2019: „Deutschland geht die Arbeit nicht aus, aber es wird in vielerlei Hinsicht andere Arbeit sein". Denn trotz Automatisierung, Rationalisierung und dem damit einhergehenden Verlust von immer mehr Arbeitsstellen, soll gleichzeitig eine Vielzahl an neuen Jobs geschaffen werden. Wie genau diese aussehen sollen, weiß niemand. Aber eines ist klar: In Zukunft werden IT-Kompetenzen immer stärker auf dem Arbeitsmarkt gefragt sein.

Neben den „klassischen" Berufen der **IT-Branche**, wie Programmierer oder Systemadministrator, entstehen durch die Globalisierung und den Online-Handel neue Anforderungen an Berufe, zum Beispiel im Bereich der IT-Sicherheit. Darüber hinaus wird es immer wichtiger, dass die Entwickler von digitalen Tools auch in der Branche ausgebildet sind, für die sie Angebote entwickeln. So ist es mittlerweile an einigen Universitäten möglich, medizinische Informatik zu studieren. Die Studierenden erwerben übergreifende Kenntnisse in Informatik, aber auch in medizinischen Grundlagen.

Doch nicht nur in der gesamten IT-Branche sind die Aussichten allgemein sehr gut. Durch die veränderte Arbeitswelt entwickeln sich auch traditionelle Berufsbilder weiter und erfordern teilweise eine **Neuausrichtung der klassischen Berufe**. Aus dem Ausbildungsberuf des „Zweiradmechanikers" ist mittlerweile der „Zweiradmechatroniker" geworden. Der Boom beim Verkauf von E-Bikes erfordert entsprechend ausgebildete Fachkräfte, die sich auch mit Elektromotoren auskennen.

Während durch die Digitalisierung neue Berufe geschaffen werden, verschwinden gleichzeitig alte Handwerksberufe, die in der digitalisierten Welt kaum noch benötigt werden, wie zum Beispiel Schuhmacher oder Buchbinder. Trotzdem gibt es viele traditionelle Berufe, die auch in Zukunft sehr wichtig sein werden. Niemand wird wahrscheinlich seine Kinder von einem Roboter unterrichten lassen, sondern lieber von einem **Lehrer**. Auch in vielen Berufen im **Gesundheitsbereich** oder der **Pflege**, wie beispielsweise Arzt, Kranken- oder Altenpfleger, hat man sehr gute Chancen, einen Job zu bekommen. Aber auch hier sind mehr digitale Fähigkeiten erforderlich, denn die Daten werden zunehmend mit dem Computer verarbeitet und müssen dort auch dementsprechend vor fremdem Zugriff gesichert sein.

Ecouter

13 Un métier d'avenir (nach SB S. 58, Nr. 6)

38

A Avant l'écoute

Réponds aux questions.

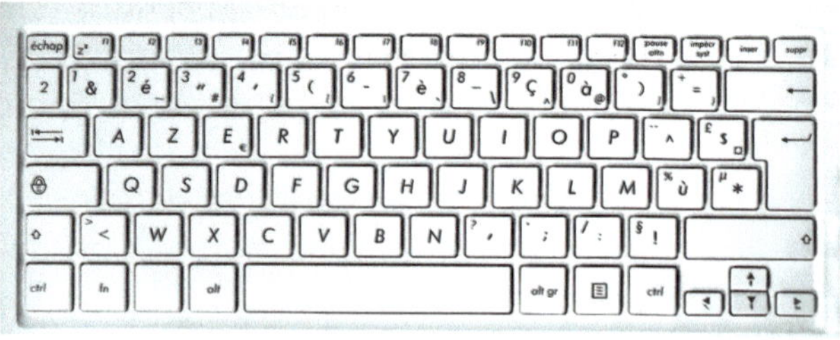

1. Qu'est-ce que c'est pour toi un métier d'avenir? Donne des exemples.
2. Décris la photo. Qu'est-ce que tu vois ?

B Pendant l'écoute

Ecoute le document une première fois.

1. La journaliste rencontre des personnes qui s'appellent ______________________.
2. Le métier de la première personne est …
   ☐ vélocycliste. ☐ vélomotoriste. ☐ vélotypiste. ☐ vélocypédiste.
3. Le clavier (Tastatur) normal français est un clavier «QWERTZ». ☐ vrai ☐ faux
   Correction: ______________________
4. Mais la personne utilise un clavier … ☐ AZERTY. ☐ SYLLABIQUE. ☐ PHONETIQUE.
5. Le premier métier est important pour les personnes qui …
   ☐ voient mal. ☐ dorment mal. ☐ entendent mal. ☐ chantent mal.
6. Pour faire ce métier, il faut … ☐ ne pas réfléchir. ☐ bien réfléchir.
   ☐ être bon en orthographe. ☐ être bon en mathématiques. ☐ être bon en électronique.
7. Le métier de la deuxième personne est conseiller …
   ☐ mécanique. ☐ juriste. ☐ numérique. ☐ médical.
8. Pourquoi est-ce que le numérique est important ? Pour faire …
   ☐ ses devoirs. ☐ ses valises. ☐ ses courses. ☐ ses vacances.
9. Combien de Français / Françaises ne savent pas utiliser un ordinateur?
   ☐ 1/2 ☐ 1/3 ☐ 1/4 ☐ 1/6
10. Il y a ______________ personnes qui font le métier de la deuxième personne.
11. Les clients d'Emmanuel sont surtout des ______________________
12. Il y a des gens qui n'ont pas la chance d'utiliser l'ordinateur parce qu'ils vont à l'école trop longtemps.
    ☐ vrai ☐ faux
    Correction: ______________________

C Après l'écoute

Ecoute le document une deuxième fois.

Invente (erfinde) un métier d'avenir et écris en quelques lignes pourquoi c'est un métier «d'avenir».

Parler

14 Discutons ensemble des métiers d'avenir (nach SB S. 58, Nr. 7)

→ En plus S. 69, Nr. 1 △

Dominique et Lou jouent au jeu de devinettes «C'est quel métier ?». Choisissez d'abord le rôle de Dominique ou de Lou, puis changez de rôle. Ces noms de métiers vont vous aider:

consultant en médias sociaux

concepteur de jeux vidéo

directeur de marketing

Dominique	Lou
1. [Est-ce que tu sais déjà quel métier tu veux faire plus tard ?]	1. Du fragst Dominique, ob er / sie schon weiß, welchen Beruf er / sie später ausüben möchte.
2. Du weißt es noch nicht, aber du würdest gerne das Spiel „Berufe raten" spielen und möchtest auch beginnen. Du erklärst, dass du, wenn du diesen Beruf wählen würdest, Kunden Produkte anbieten würdest. In diesem Beruf muss man vorher immer genau überlegen: „Was möchte der Kunde haben?"	2. [Non, je ne (le) sais pas encore. Mais on pourrait jouer à «Deviner le métier». J'aimerais bien commencer. Si je choisissais ce métier, je proposerais des produits aux clients. Dans ce métier, il faut bien réfléchir avant: Qu'est-ce qu'il veut le client ?]
3. [Ah, je crois que je sais! C'est «directeur de marketing», non ?]	3. Du glaubst es zu wissen. Du schlägst „Marketing-direktor" vor.
4. Du sagst, dass das richtig ist und dass Lou jetzt dran ist.	4. [Oui, c'est correct. Maintenant, c'est à toi.]
5. [Voilà: dans ce métier, j'inventerais des jeux vidéo.]	5. Du beschreibst, dass du in diesem Beruf Videospiele erfinden würdest.
6. Das findest du leicht, die Lösung ist „Videospiel-entwickler". Du sagst, dass er/sie damit viele Kinder glücklich machen würde.	6. [Ça, c'est facile. C'est «concepteur de jeux vidéo». Avec ça, tu ferais plaisir à beaucoup d'enfants.]
7. [Bon, on continue. Voilà la prochaine devinette: Dans ce métier, tu aiderais une entreprise à créer des stratégies pour être plus présente sur les réseaux sociaux.» Comment s'appelle ce métier ?]	7. Du sagst, dass es weiter geht: Als nächstes Rätsel schlägst du folgendes vor: In diesem Beruf würdest du einem Unternehmen helfen, Strategien zu entwickeln, um in den sozialen Medien präsenter zu sein. Wie heißt dieser Beruf?
8. Du sagst, dass du keine Ahnung hast und fragst nach der Lösung. Er/Sie soll es dir sagen.	8. [Je ne sais pas! C'est quoi ? Dis-moi.]

On combine

15 Travailler pour «MSF» (G 6, G7) (nach SB S. 56,Nr. 4)

Dans un forum en ligne, des médecins de MSF (Médecins sans Frontières) écrivent des messages pour parler de leurs expériences. Lis-les bien pour compléter les phrases correctement. Mets les verbes à l'**imparfait**, au **conditionnel** ou à l'**infinitif**.

1. «Pour moi, médecin, c'est mon métier de rêve. Si je ________________ *(pouvoir)* encore plus aider les gens, je le ________________ *(faire)* tout de suite.»
2. «Si c'________________ *(être)* possible, nous ________________ *(être)* partout où il y a des problèmes human________________. Il ________________ *(falloir)* faire beaucoup plus de choses pour les pays pau________________.»
3. «C'est un travail difficile, mais c'est un métier________________! Mes collègues ne ________________ *(vouloir)* pas faire autre chose. Et moi non plus!»
4. «Parfois je suis stressé et j'________________ *(avoir)* envie de me ________________. Mais si vous ________________ *(pouvoir)* imaginer les bons sentiments que j'ai quand je vois les________________ et la ________________ des gens malades, vous ________________ *(comprendre)* pourquoi je suis heureux de faire ce travail.»
5. «Toutes les choses que je fais ici donnent beaucoup de sens à mon travail et je me sens ________________. Ailleurs, je ne ________________ *(retrouver)* pas ça.»
6. «Si on ne le ________________ *(voir)* pas de ses yeux, on ne le ________________ *(croire)* pas: avec un seul ________________, on peut changer une vie ...»
7. «Pour mes collègues et moi, c'est un métier qui peut nous ________________ beaucoup. Si nous ________________ *(vouloir)* travailler pour gagner de l'argent, nous ________________ *(travailler)* dans un autre domaine.»
8. «On fait des expériences ________________ qui changent notre regard sur le monde! Si tout le monde ________________ ces expériences, ça ________________ *(changer)* le monde! Moi, personnellement, j'________________ *(encourager)* chacun à travailler dans l'humanitaire.»

On combine

16 Un petit boulot (nach SB S. 56 Nr. 4)

→ En plus S. 70, Nr. 3 △

A *Théo cherche un petit boulot d'été. Voilà une offre[1] pour le travail d'animateur, mais il y a un problème avec l'ordinateur: les verbes ont disparu. Remets-les à la bonne place et à la bonne forme.*

hésiter | partir | avoir (x2) | être | devoir | accompagner | organiser | s'occuper

Vous ______________ 17 ans, vous ______________ sportifs, créatifs et vous ______________ un bon contact avec les enfants ? Alors vous ______________ devenir animateur ou animatrice dans une colonie de vacances ! Vous ______________ un groupe et vous ______________ des enfants toute la journée. Vous ______________ des ateliers de sport et de musique, et vous ______________ à la découverte de la nature. N' ______________ pas, on vous attend !

B *Lola n'aime pas l'idée de travailler pendant les vacances. Elle écrit un message à Théo, mais elle a des problèmes d'orthographe avec* ***l'imparfait*** *et le* ***conditionnel****. Corrige ses fautes.*

Si j'<u>était</u> ______________ à ta place, je ne <u>travaillais</u> ______________ pas pendant les vacances ! Tu <u>devais</u> ______________ profiter autrement de ton temps libre ! Ce <u>serai</u> ______________ plus utile que de travailler. Si nous, les élèves, nous <u>essayerons</u> ______________ tous de travailler pendant les vacances, nous n'<u>aurons</u> ______________ plus assez d'énergie après pour l'école. Réfléchis bien !

Chasse aux fautes

C *Travailler ou pas pendant les vacances, c'est la question ! Lola et Théo en discutent dans leurs messages. Mais ils font des fautes … Corrige les fautes dans les mots soulignés.*

corrections:

T: Cet été, Léo et moi, nous <u>aimeraient</u> bien travailler en juillet ou en août pour gagner <u>l'argent</u>. Si je ne <u>travaillerais</u> pas, je n'<u>aurait</u> pas assez d'argent !

L: Je ne pense pas que tu trouveras encore un boulot pour juillet. Et si tu <u>faisiez</u> un stage ? Tu <u>avais</u> une première expérience <u>proffessionelle</u>, ce serait plus intéressant et ça te <u>permettrais</u> de découvrir si un métier te plaît ou pas.

T: Oui, je sais. Mais moi, je <u>faisais</u> seulement un stage si je <u>pourrais</u> aussi gagner de l'argent.

L: Ben … Tu sais quoi ? Si <u>notre</u> parents nous <u>donnions</u> plus d'argent de poche, nous ne <u>devons</u> pas travailler du tout …

1 **une offre** ein Stellenangebot

Pratique: tâches

17 Réaliser un spot publicitaire[1] (nach SB S. 59, Nr. 1)

A *Travaillez en groupes de trois ou quatre élèves. Lisez d'abord la stratégie, puis préparez un spot publicitaire sur un métier qui n'existe pas encore.*

1. *Cherchez des idées sur ce métier. Regardez les métiers d'avenir à la page 52 de ce cahier.*
2. *Trouvez un métier qui a disparu. Décrivez-le: C'est quelqu'un qui …*

B *Regardez les informations ci-dessous: on vous explique comment utiliser une caméra. Quels sont les effets sur le public? Discutez.*

STRATEGIE

Um einen gelungenen Werbespot zu produzieren, sind folgende Punkte zu beachten.

1. Eine gute **Vorbereitung** und Organisation: Nimm dir genügend Zeit für die Planung (→ A, B, C, D).
2. Klarer und ansprechender **Aufbau** des Spots: Der Zuschauer muss in kürzester Zeit wissen, worum es geht. Dafür benutzt man oft Klischees (→ C, D).
3. Berücksichtigung der **Zielgruppe**: Interessen, Gewohnheiten und Bedürfnisse der Zuschauer stehen im Vordergrund (→ C, D, E).
4. Erzeugen von **Emotionen**: Gefühle beim Zuschauer steigern dessen Aufmerksamkeit (→ B, C, D, E).
5. Achte auf folgende Punkte beim Filmen: Persönlichkeitsrecht, keine Personen filmen ohne eine schriftliche Genehmigung, keine Vorführung des Films außerhalb des Klassenzimmers.

Les plans de la caméra

Le plan d'ensemble: *on montre une vue générale*

Le gros plan: *on montre le visage ou un objet entier*

Le plan rapproché: *on voit un personnage de la tête à la taille*

Le très gros plan: *on montre des détails*

Les mouvements de la caméra

Le travelling: *la caméra bouge dans une direction spécifique*

Le zoom avant / arrière: *la caméra s'approche / s'éloigne*

Le plan fixe: *la caméra ne bouge pas*

PORTFOLIO

C *Lisez la stratégie et faites un plan du scénario de votre spot publicitaire: pour chaque scène, faites une liste comme ci-dessous.*

Scène: N° 1
Personne(s): ______
Caméra (mouvement): ______
Lieu de tournage: ______
Décor: ______
Musique: ______

D *Décidez qui va écrire le scénario de quelle scène. Ecrivez vos scénarios à la maison.*

E *Maintenant, réalisez votre spot.*

1. Tournez les scènes de votre spot avec votre smartphone. Utilisez des accessoires. Amusez-vous!
2. Le résultat est parfait? Si non, retravaillez quelques détails à la maison. Si oui, montrez vos spots à vos camarades en classe et dites quel spot vous a plu et pourquoi.

1 **un spot publicitaire** ein Werbespot

Bilan

→ Solutions: page 140.

Parler

1 L'orientation

Ich kann schon über meine **Berufsvorstellungen** sprechen und erklären, was ich mir für meine Zukunft wünsche.

Mehdi est chez la conseillère d'orientation. Il parle de son métier de rêve. Complète le texte avec les bons mots ou expressions selon le contexte.

Plus, tard, j' ______________________ pilote. Mon rêve, ______________________ de faire un stage à Toulouse chez Airbus. Je ______________________ avions. J' ______________________ comme ingénieur. Les gros avions me ______________________ comme par exemple l'Airbus A 400M. Je suis bon en mathématiques, mais travailler comme prof de maths, ______________________ ! Pourriez-vous me donner des informations ou des documents sur le métier d'ingénieur, ______________________ d'avoir une idée sur le nombre d'années d'études et sur les possibilités de métiers.

ON DIT

Mon métier de rêve, c'est / ce serait…
Je voudrais être / devenir…
Je m'intéresse à / au / aux…
J'aimerais travailler sur / dans…
Le métier de / d'… m'intéresserait.
… me plairait. / … me fascine.
… ne me dit rien.
Cela me permettrait de / d'…

Ecouter

2 Un homme au foyer! (nach SB S. 60, Nr. 2)

A Pendant l'écoute

Complète ou coche la / les bonne / s réponse / s. Corrige si nécessaire.
A la première écoute, concentre-toi surtout sur Jean (1–5), à la deuxième sur les dames (6–10).

39

1. Jean discute avec ______ dames devant ☐ l'école maternelle. ☐ l'école primaire. ☐ le collège.
2. Pourquoi est-ce que Jean ne travaille pas ? Parce qu'il ______________________.
3. Que fait-il ? Il ______________________.
4. Son ancien métier était «conseiller en finances». ☐ vrai ☐ faux
   Correction: ______________________
5. Jean raconte qu'il s'occupe chaque jour …
   ☐ des vêtements. ☐ de la vaisselle. ☐ des rendez-vous.
   ☐ des poubelles. ☐ des repas. ☐ des activités sportives des enfants.
6. La première dame est … ☐ pilote d'avion. ☐ conductrice de bus. ☐ femme au foyer.
7. Maintenant, la 2ᵉ dame est … ☐ pompière. ☐ technicienne. ☐ mécanicienne.
8. Elle trouve les voitures et la technique passionnantes. ☐ vrai ☐ faux: ______________________
9. La 3ᵉ dame est … ☐ conseillère en finances. ☐ assistante. ☐ développeuse informatique.
10. «… mais être papa ou maman, c'est quand même ______________________ !».

B Après l'écoute

Imagine: quelle serait la famille idéale pour toi? Qui ferait quoi?

Bilan

Vocabulaire

3 C'est quel métier? (nach SB S. 61, Nr. 3)

Ich kenne verschiedene **Berufe** und kann sie richtig zuordnen.

Lis les définitions, puis note à droite les noms des métiers pour les hommes et pour les femmes.

Dans ce métier …	♂	♀
1. … on aide des gens qui sont dans une situation sociale difficile.	un ______	une ______
2. … on aide des gens malades.	un ______	une ______
3. … on travaille à la télé ou à la radio et on parle aux gens.	un ______	une ______
4. … grâce à eux / elles, les avions peuvent voler.	un ______	une ______
5. … on aide des animaux malades.	un ______	une ______
6. … on travaille sur des voitures, par exemple sur le moteur.	un ______	une ______
7. … on s'occupe des cheveux de ses clients ou clientes.	un ______	une ______
8. … on travaille à l'hôpital, on s'occupe de malades et on aide les médecins.	un ______	une ______

En forme

4 C'est le bon métier? (nach SB S. 61, Nr. 5)

Ich kann das **conditionnel** und den **Konditionalsatz Typ 2** richtig anwenden.

Le père de Mehdi discute avec Yasmine, une amie.

1. *Idris:* Vous êtes encore contente de votre métier? Ou vous ______________ *(se décider)* autrement si vous ______________ *(avoir)* encore le choix?

2. *Yasmine:* Oui et non. Je ______________ *(se sentir)* peut-être moins stressée dans un autre métier, mais est-ce que je ______________ *(être)* aussi contente de mon travail?

3. On ne le sait jamais avant. Si on le ______________ *(savoir)* plus tôt, on ______________ *(prendre)* cette décision plus facilement, je crois!

4. *Idris:* Oui, c'est vrai! Moi, je suis triste quand Mehdi me dit: «Papa, tu ______________ *(devoir)* travailler moins!» Il a raison, car si nous ______________ *(travailler)* moins, nous ______________ *(pouvoir)* passer plus de temps avec nos enfants.

5. *Yasmine:* Ah oui, je connais bien cette situation. Mais si nos enfants ______________ *(avoir)* des enfants, ils nous ______________ *(comprendre)* sûrement mieux!

En plus: différenciation

er / Ecrire

1 Recherche de stage

△ **A** *Tu recherches un stage pour une semaine. Complète la fiche suivante.*

FICHE DE RECHERCHE DE STAGE				
Nom, prénom	______________________			
Date de naissance	______________________			
Langues parlées	______________________			
Recherche stage de	☐ une semaine	☐ deux semaines	☐ un mois	☐ trois mois
Domaines d'activité recherchés	☐ tourisme	☐ culturel	☐ numérique	☐ technique
	☐ autre: ______________________			
Travailler avec	☐ des enfants	☐ des adolescents	☐ des adultes	☐ égal
Région	☐ Ile de France	☐ Bretagne	☐ Rhône-Alpes-Auvergne	☐ égal
Dates de stage	du ______________	au ______________		

B *Quelle chance! Tu trouves trois offres d'emploi. Est-ce que l'une te convient ou pas? Pourquoi (pas)?*

Château Pontivy en Bretagne: nous proposons un stage comme guide touristique.
Contact: + 01 45 78 24 96

Musée du cinéma à Lyon recherche animateur pour les activités avec les enfants.
Contact: lea@museecinema.fr

Parc d'attraction près de Paris recherche figurants pour amuser les touristes.
Contact: Pôle Emploi Chiffre 3

Ecouter

2 Rouler électrique, c'est logique?

40 **A Avant l'écoute**

Vous allez écouter deux interviews. A l'aide des images, décrivez de quoi on parle.

B Pendant l'écoute

Lis d'abord les questions. Puis écoute les interviews deux ou trois fois.
Puis fais les exercices.

Le journaliste fait deux interviews avec trois personnes en tout. Relie les éléments suivants.

interview n°1 interview n°2	Luc Gabriel Sarah	est	étudiant / e père / mère	et préfère	la trottinette électrique. le vélo électrique. la voiture électrique.

1 une colline ein Hügel **2 un parking** ein Parkplatz **3 louer** mieten **4 un service** eine Dienstleistung

C Interview n°1:

1. Mets les phrases dans le bon ordre.

___ Sarah n'a pas de voiture.

___ Les gens utilisent de plus en plus souvent le vélo électrique.

___ Les parents de Sarah lui ont offert un vélo électrique.

2. Quels sont les aspects positifs et négatifs de ces moyens électriques ? Remplis le tableau.

	aspects positifs	aspects négatifs
Le vélo électrique		
La trottinette électrique		

D Interview n°2: *Vrai (V) ou faux (F) ? Coche la bonne réponse. Si c'est faux, corrige à droite.* v f

1. Gabriel n'a pas de voiture électrique. Correction: ______ ☐ ☐
2. Une voiture électrique produit plus de CO_2 qu'une voiture traditionnelle. ☐ ☐
   Correction: ______
3. Beaucoup de voitures électriques sont plutôt petites. Correction: ______ ☐ ☐
4. Avec une voiture traditionnelle, on a moins de problèmes avec le moteur. ☐ ☐
   Correction: ______
5. Une petite voiture électrique coûte moins cher qu'une voiture traditionnelle. ☐ ☐
   Correction: ______

On combine

3 Une discussion en famille

△ *Mehdi est parti parce qu'il est en colère. La famille Azemour discute.*

A *Lis d'abord le texte. Marque les lacunes (Lücken) pour l'imparfait en bleu, pour le conditionnel en vert.*

B *Mets ensuite les verbes donnés à la bonne place et à la forme correcte.*

se sentir · avoir 2x · changer · être 2x · se faire · passer · pouvoir 3x · rentrer · aller · vouloir 2x

1. *Sana:* «Si Mehdi ______ là, je ne ______ pas de souci et on ______ parler de son problème.» 2. *Abdel:* «Mais Mehdi ne ______ pas en colère si tu ______ plus de temps pour lui, maman.» 3. *Sana:* «Alors, qu'est-ce que vous ______ à ma place ?» 4. *Karima:* «Si papa et toi, vous ______ plus tôt à la maison, nous ______ plus de temps ensemble.» 5. *Abdel:* «Oui, c'est ça. Si tous les parents ______ assez de temps pour leurs enfants, tout le monde ______ mieux, je pense.» 6. *Sana:* «Votre papa et moi, nous ______ bien rester à la maison plus souvent si nous ______. Mais si nous n'______ pas travailler, notre famille n'______ pas d'argent et nous ne ______ pas acheter beaucoup de choses. 7. Alors si vous ______ passer plus de temps avec nous, vous ______ nous aider à la maison!»

Que sais-je ? – Communiquer en français (nach Unités 1–3)

Regarder/Parler

Selbsteinschätzung: *Hier kannst du feststellen, wie fit du bist. Teste dich mit den folgenden Übungen (Lösungen auf S. 141).*

Partnereinschätzung: *Ihr könnt euch auch gegenseitig einschätzen.*

1 Parler d'une région

KAP'S 43 V5

Tu as déjà visité beaucoup de villes et de régions avec Découvertes. Maintenant, tu vas visiter des régions que tu ne connais pas encore.

A *Regarde la capsule Voyage, voyage et réponds aux questions.*

1. On visite combien de villes nouvelles dans cette capsule ? ______

2. Ces villes sont … ______________________________

B *Ensuite, choisis une région et présente-la. Avant, il faut structurer ta présentation. Pour t'aider, complète le tableau pour chaque ville de la vidéo et pour chaque rubrique, avec des mots que tu lis ou que tu entends dans la vidéo.*

B______________

1. La géographie

____

____

2. La culture/le sport

____

3. La gastronomie

____

____

B______________

1. La géographie

____

2. L'histoire

____

3. La culture

____

L______________

1. La géographie

____

____

____

2. Les transports

____

3. La gastronomie

____

A______________

1. La géographie

____

____

2. La culture/le sport

____

____

A______________

1. La géographie

____

____

____

____

2. L'histoire

____

3. La culture

____

Les mers / les océans

____

____

____

____

2 Communiquer avec son smartphone

MK **A** *Lis la stratégie.*

STRATEGIE

Die sozialen Netzwerke können – auch im Französischunterricht – nützlich sein und als Kommunikationsmittel dienen. Zwar darfst du die Netzwerke in der Schule offiziell nicht nutzen, aber da der Unterricht immer mehr digital stattfindet, ist eine kontrollierte Kommunikation zwischen Lehrern und Schülern unabdingbar.

Mit deinem Smartphone kannst du …
1. mit deiner Klasse in Kontakt bleiben,
2. Dokumente (z.B. zu erledigende Hausaufgaben) empfangen, verschicken

Anhand von bestimmten Apps kannst du auch noch …
1. Vokabular trainieren,
2. Die Audios und Videos aus deinem Lehrbuch hören und sehen,
3. Präsentationen / Vorträge bearbeiten und vorbereiten,
4. Sprachnachrichten an deine Mitschüler / Mitschülerinnen und an deine Lehrer / Lehrerinnen schicken.

Vorsicht: In sozialen Netzwerken solltest du folgende Regeln einhalten:
1. Nicht zu viel von dir preisgeben!
2. Bei Originalfotos und Videos aus dem Netz: Vorsicht, diese sind urheberrechtlich geschützt!
3. Fotografiere oder filme deine Freunde oder gar fremde Personen nicht ohne ihre Zustimmung!
4. An vielen Orten ist es außerdem verboten zu fotografieren (Konzerte, Museen, Kirchen / Moscheen, und in Frankreich in Geschäften, Läden und vor bestimmten Sehenswürdigkeiten). Du darfst aber gerne Landschaften und Tiere fotografieren / filmen.

B *Regarde les situations et coche si elles sont « OK » ou « pas OK » et explique pourquoi.*

3 Plaisir de lire

A *Voici 3 extraits de chansons qui racontent le rapport de l'artiste à l'Allemagne. Lis les textes.*

1 Les deux oncles

C'était l'oncle Martin, c'était l'oncle Gaston
L'un aimait les Tommies, l'autre aimait les Teutons
Chacun, pour ses amis, tous les deux ils sont morts
Moi, qui n'aimais personne, eh bien! je vis encore (...)

Maintenant ... (...)

Que vos filles et vos fils vont, la main dans la main
Faire l'amour ensemble et l'Europe de demain
Qu'ils se soucient de vos batailles presque autant
Que l'on se souciait des guerres de Cent Ans

On peut vous l'avouer, maintenant, chers tontons
Vous l'ami les Tommies, vous l'ami des Teutons
Que, de vos vérités, vos contrevérités
Tout le monde s'en fiche à l'unanimité

De vos épurations, vos collaborations
Vos abominations et vos désolations
De vos plats de choucroute et vos tasses de thé
Tout le monde s'en fiche à l'unanimité (...)

O vous, qui prenez aujourd'hui la clé des cieux
Vous, les heureux coquins qui, ce soir, verrez Dieu
Quand vous rencontrerez mes deux oncles, là-bas
Offrez-leur de ma part ces «Ne m'oubliez pas»

Ces deux myosotis fleuris dans mon jardin
Un p'tit forget me not pour mon oncle Martin
Un p'tit vergiss mein nicht pour mon oncle Gaston
Pauvre ami des Tommies, pauvre ami des Teutons ...

Georges Brassens

3 D'Allemagne

D'Allemagne
Où j'écoute la pluie en vacances
D'Allemagne
Où j'entends le rock en silence
D'Allemagne
Où j'ai des souvenirs d'en face
Où j'ai des souvenirs d'enfance
Lénin-Platz et Anatole France

D'Allemagne
L'histoire passée est une injure
D'Allemagne
L'avenir est une aventure
D'Allemagne
Je connais les sens interdits
Je sais où dorment les fusils
Je sais où s'arrête l'indulgence

Auf wiedersehen
Lilli Marleen
Reparlez-moi des roses de Göttingen
Qui m'accompagnent
Dans l'autre Allemagne
A l'heure où colombes et vautours s'éloignent
De quel côté du mur
La frontière vous rassure (...)

Patricia Kaas

2 Göttingen

(...) Ils savent mieux que nous, je pense
L'histoire de nos rois de France
Herman, Peter, Helga et Hans
À Göttingen
Et que personne ne s'offense
Mais les contes de notre enfance
«Il était une fois» commencent
À Göttingen (...)

Ô faites que jamais ne revienne
Le temps du sang et de la haine
Car il y a des gens que j'aime
À Göttingen, à Göttingen
Et lorsque sonnerait l'alarme
S'il fallait reprendre les armes
Mon cœur verserait une larme
Pour Göttingen, pour Göttingen (...)
Mais c'est bien joli tout de même
À Göttingen, à Göttingen
Et lorsque sonnerait l'alarme
S'il fallait reprendre les armes
Mon cœur verserait une larme
Pour Göttingen, pour Göttingen

Barbara

→ vocabulaire p. 75

B *Fais des recherches sur Internet sur la biographie des 3 artistes. Prends des notes.*

Georges Brassens est né en __________ à __________ .

Il est mort en __________ . Ses chansons les plus connues sont:

____

____

____

Son rapport à l'Allemagne: le 8 mars 1943, il part en Allemagne

____

Barbara est née en __________ à __________ .

Elle est morte en __________ . Ses chansons les plus connues sont:

____

____

____

Son rapport à l'Allemagne: ______________________________

____

____

____

Patricia Kaas est née en __________ à __________ .

Ses chansons les plus connues sont:

____

____

____

Son rapport à l'Allemagne: ______________________________

____

C *Réponds aux questions.*

1. Dans la chanson N° 1, qu'est-ce que Gaston et Martin symbolisent?
2. Dans la chanson N° 2, comment traduire en allemand «Il était une fois»?
3. «Le temps du sang et de la haine». A quoi est-ce que tu penses quand tu entends cela?
4. Dans la chanson N° 3, dans quelle ville allemande se passe la scène? Explique.

D *Regarde les 3 chansons sur Internet. Laquelle préfères-tu (musique, paroles)? Ecris un petit texte de présentation ci-dessous. Ensuite, présente ta chanson préférée devant la classe. Ecoute aussi Barbara et Patricia Kaas chanter en allemand sur Internet.*

Texte 1:
2 les Teutons die Teutonen **8 se soucier de qc** sich um etwas kümmern **8 une bataille** eine Schlacht **9 la guerre de Cent ans** der Hundertjährige Krieg **10 avouer qc** etw gestehen **12 une contrevérité** eine Unwahrheit **13 se ficher de qc** etw nicht beachten **13 A l'unanimité** einstimmig **14 une épuration** eine Säuberung **15 une abomination** ein Greuel **18 le ciel / les cieux** der Himmel **19 un coquin / une coquine** ein Schurke **22 fleurir** blühen

Texte 2:
5 s'offenser sich beleidigt fühlen **6 un conte** ein Märchen **9 revienne** → (re)venir **10 le sang** das Blut **10 la haine** der Hass **13 une alarme** ein Alarm **14 une arme** eine Waffe **21 le cœur** das Herz **21 verser** gießen **22 une larme** eine Träne

Texte 3:
2 la pluie der Regen **7 l'enfance** die Kindheit **8 Anatole France** Französischer Schriftsteller (1844–1924), der sich im I. Weltkrieg für die deutsch-französische Freundschaft engagiert hat. **10 une injure** eine Beleidigung **14 un sens interdit** eine Einbahnstrasse **15 un fusil** eine Flinte **16 l'indulgence** die Nachsicht **22 une colombe** eine Friedenstaube **22 un vautour** ein Geier **24 rassurer qn** jdn beruhigen

Un peu d'entraînement

→ Lösungen findest du auf S. 142.

jeu de mots / Parler

1 Qu'est-ce qu'on fait cet «aprèm[1]»?

A *Regarde le dessin et complète le texte.*

Paul et sa sœur Léna ont invité Socrate et Lara. Malgré le ______________ temps, les quatre amis préfèrent rester dans le ______________: les nouveaux ______________ sont plus intéressants que les activités ______________. Lara qui est ______________ au premier ______________ fait un selfie avec son ______________. Après, elle va l'______________ à ses copines. Socrate, le garçon devant à ______________, joue à un ______________ vidéo. Paul, lui, regarde la ______________. Sur l'______________, on voit un match de foot. Sa sœur, elle, écoute de la ______________ et écrit des ______________. On ne sait pas quelle ______________ elle utilise. Peut-être qu'elle cherche aussi quelque chose ______________ Internet. Au ______________ du dessin, il y a une ______________ avec des ______________, quelques ______________ et deux consoles. ______________ ne parle. Est-ce ça, communiquer et se ______________ entre amis aujourd'hui?

B *Auquel de ces jeunes est-ce que tu ressembles le plus? Es-tu plutôt «télé», «smartphone», ou «console»? Qu'est-ce que tu fais (encore) dans ton temps libre et avec tes amis? Explique et raconte. (160–180 mots environ)*

---

1 aprèm jugendsprachlich für „après-midi"

En forme

2 Une vie sans portable, est-ce possible?

A *Voici les avis de deux jeunes. Mets les verbes entre parenthèses au* ***conditionnel présent****.*

Raphael (15 ans, Nantes)

A mon avis, on ________________ *(pouvoir)* très bien vivre sans portable. Pour téléphoner, j'________________ *(utiliser)* le téléphone «classique». Et pour faire des recherches, les gens ________________ *(aller)* sur internet avec l'ordinateur. Ecouter de la musique et regarder des films? Avec des CD et des DVD, ça ________________ *(rester)* toujours possible! Je ne vois pas pourquoi une vie sans portable ________________ *(poser)* un problème. Nous ________________ *(être)* moins stressés, nous ________________ *(parler)* plus avec nos amis et beaucoup de jeunes ________________ *(dormir)* mieux! Il ________________ *(falloir)* essayer!

Jade (14 ans, Marseille)

Une vie sans portable? C'est une blague ou quoi? Personne ne ________________ *(vouloir)* vraiment ça, non? A mon avis, la vie ________________ *(être)* nulle: qui me ________________ *(réveiller)* le matin? Comment est-ce que je ________________ *(prendre)* des photos? Et à qui est-ce qu'on les ________________ *(envoyer)*? En plus, vous ________________ *(avoir)* moins d'amis! Eh oui! Vous ________________ *(se sentir)* seuls! Sans mon portable, je ________________ *(devoir)* organiser ma vie autrement mais je ne ________________ *(savoir)* pas comment. En tout cas, je n'________________ *(aimer)* pas faire cette expérience! Voilà!

B *Relie les phrases qui vont ensemble et mets les verbes entre parenthèses à la bonne forme.*

1 Si mes copains ________________ *(être)* d'accord,

2 Notre vie serait plus tranquille,

3 Si j'avais assez d'argent,

4 J'________________ *(aller)* vraiment mal,

a si j'avais moins d'amis virtuels.

b je m'________________ *(acheter)* bien un deuxième portable.

c si nous ________________ *(passer)* moins de temps avec notre portable.

d j'arrêterais de leur envoyer des textos.

Solution: 1 _____ 2 _____ 3 _____ 4 _____

C *Notez tous les arguments pour et contre le portable dans un tableau et discutez en classe.*

Unité 4
Accros aux médias?

Ecouter

1 Les jeunes et les médias (nach SB S. 69)

→ En plus S. 98 △

49

A Avant l'écoute

Regarde en bas des pages de ton cahier le système des chiffres en francais: par exemple, les chiffres de 70 à 100. Relis le tableau dans ton livre à la page 69. Réfléchis à la question: «Combien d'appareils numériques est-ce qu'il y a chez toi, à la maison?»

B Pendant l'écoute

Ecoute le document et complète le tableau ci-dessous.

Questions	Détails	%
1. ______ utilise ______?	a) Maisons et appartements avec Internet?	______
	b) Adolescents qui ont un ordi / smartphone / une tablette?	______
	c) Adolescents qui ont un smartphone?	______
	d) Adolescents qui ont une tablette?	______
2. ______ et ______ s'informent les jeunes?	a) Adolescents qui ont Internet dans leur chambre?	______
	b) Adolescents qui ont une télé dans leur chambre?	______
3. La ______ entre ______ ______?	a) Garçons qui regardent des films en streaming?	______
	b) Filles qui regardent des films en streaming?	______
	c) Pourcentage des filles qui ont peur d'Internet?	______
4. Les ______ d'Internet?	a) Adolescents victimes de harcèlement sur Internet?	______
	b) Facebook et YouTube sont dangereux pour …?	______
	c) Adolescents ont le smartphone en mode «avion» la nuit?	______
	d) Les parents qui ne contrôlent pas leurs enfants?	______
5. Est-ce que les jeunes sont ______ au numérique?	a) Ont un rapport normal avec Internet?	______
	b) Font des choses dangereuses?	______
	c) Les garçons qui jouent à des jeux vidéo?	______

C Après l'écoute

A ton avis, qui sont les plus accros aux médias? Les garçons ou les filles? Explique pourquoi dans ton cahier.

Atelier A

Lire

2 A propos du texte (nach SB S. 70–71, Nr. 1)

A *Relis rapidement le texte (p. 70/71) de ton livre et remplis les bulles.*

B *Relis encore une fois le texte. Puis, coche si c'est vrai ou faux et justifie ta réponse.*

1. Mathilde est fan de Cyprien. ☐ vrai ☐ faux ☐ pas dans le texte

Correction: ______________________________

2. Le père de Mathilde a pris le téléphone portable de sa fille. ☐ vrai ☐ faux ☐ pas dans le texte

Correction: ______________________________

3. Mathilde a enregistré sa première vidéo de manière spontanée. ☐ vrai ☐ faux ☐ pas dans le texte

Correction: ______________________________

____

4. Le montage de la vidéo n'était pas difficile et elle l'a fait en cinq minutes.

☐ vrai ☐ faux ☐ pas dans le texte

Correction: ______________________________

5. La grand-mère de Mathilde est arrivée à dix-huit heures. ☐ vrai ☐ faux ☐ pas dans le texte

Correction: ______________________________

C *Complète les phrases.*

1. Le père de Mathilde est en colère parce que / qu'______________________________

2. Mathilde ne réagit pas parce que / qu'______________________________

3. Elle pense que les youtubeurs ont la vie facile parce qu / qu'______________________________

____

4. Mathilde se sent seule parce que / qu'______________________________

5. Elle enregistre sa première vidéo parce que / qu'______________________________

6. Leïla appelle Mathilde parce que / qu'______________________________

____

Jeu de mots

3 ... il y aura des conséquences! (nach SB S. 70, Nr. 1)

A *Qu'est-ce qui va ensemble?*

un jeu | une émission en direct | horreur | Youtubeur | attention | un coup de cœur | l'actualité | célèbre | un effort | du succès | un montage | une chaîne | des conséquences | son rêve | riche

avoir ______________________________

faire ______________________________

suivre ______________________________

devenir ______________________________

B *Ecris un petit texte dans ton cahier sur le thème «Il y aura des conséquences!». Utilise au moins 5 expressions de A.*

En forme

4 Qu'est-ce qu'ils reçoivent? (G 8) (nach SB S. 72, Nr. 3)

→ En plus S. 99, Nr. 2 △

A *Trouve les 10 formes de **recevoir** dans la grille.*

B *Complète les phrases avec les formes de recevoir que tu as trouvées dans la grille et avec les mots suivants:*

formation | rien | amis | liste d'hôtels | réponse positive | aide | likes | cadeaux | carton rouge | commentaires

T	N	D	S	K	R	E	C	E	V	R	A	I	S	G
W	R	C	C	L	T	L	F	O	K	P	J	W	Q	R
K	E	E	T	E	V	R	E	C	E	V	O	N	S	E
D	Ç	E	C	K	G	T	Z	U	I	Z	X	G	N	C
L	O	K	R	E	C	E	V	R	O	N	S	S	A	O
T	I	D	O	I	V	C	Y	P	N	A	J	P	T	I
N	S	E	K	Z	Z	R	W	Y	T	M	X	C	T	T
C	X	R	E	C	E	V	A	I	S	G	H	D	N	R
E	D	T	G	C	W	V	E	I	T	C	Y	K	E	K
D	G	R	I	W	X	R	C	X	S	H	J	T	V	G
U	P	E	X	L	C	J	E	C	S	X	U	S	I	Z
J	I	Ç	T	C	O	R	E	Ç	O	I	S	O	O	G
E	Q	U	U	K	C	T	B	C	O	R	J	Y	Ç	K
M	T	F	F	D	M	V	V	E	T	I	K	F	E	P
Z	C	R	E	C	E	V	E	Z	A	N	T	U	R	U
S	H	X	K	N	P	U	T	A	N	R	O	T	Z	A

1. D'habitude, quand je poste une vidéo, je ______________ beaucoup de ______________.
2. Si je ______________ beaucoup de ______________ pour mes vidéos, je pourrais gagner de l'argent.
3. Vous ______________ une ______________ à l'office de tourisme.
4. Dans cette entreprise, les jeunes ______________ une ______________.
5. Alors, j'espère que nous ______________ bientôt une ______________ pour notre stage.
6. Ah non, regarde: le meilleur footballeur ______________ un ______________! Quelle catastrophe!
7. J'ai acheté des fringues sur Internet, mais je n'ai encore ______________ ______________.
8. Si tu postais ton problème dans un forum, tu ______________ sûrement de l'______________.
9. Tu ______________ toujours beaucoup de ______________ pour ton anniversaire?
10. Oui! Et comme nous aimons les fêtes, nous ______________ aussi tous nos ______________.

En forme

5 Occasion manquée! (G 9) (nach SB S. 72, Nr. 4)

→ En plus S. 99, Nr. 3 △

Zoé a fait une vidéo qui plaît beaucoup à sa copine. Les filles discutent.
Mets les verbes au ***conditionnel passé****.*

1. Tu ______________________ *(devoir)* mettre ta vidéo en ligne.
2. Ah non! Vous la / l'______________________ *(partager)* avec les amis.
3. Et tout le monde ______________________ *(s'amuser)* de moi!
4. Mais non! Les copains ______________________ *(liker)* ta vidéo.
5. Et nous ______________________ *(écrire)* des commentaires sympas.
6. Vous croyez vraiment que je / j'______________________ *(devenir)* célèbre
   ou que je / j'______________________ *(gagner)* de l'argent?
7. Bien sûr! Et puis nous ______________________ *(sortir)* tous ensemble
   et on ______________________ *(faire)* la fête.

En forme

6 Les problèmes de Mathilde (G 10) (nach SB S. 73, Nr. 6)

A *Complète les phrases pour former des* ***phrases conditionnelles irréelles****.*

1. Si on ______________________ *(ne pas proposer)* des publicités à Mathilde,
   elle ______________________ *(ne pas demander)* de l'aide à ses parents.
2. Peut-être qu'ils ______________________ *(ne pas écouter)* leur fille
   s'ils ______________________ *(ne pas trouver)* ses vidéos drôles.
3. Si tu nous ______________________ *(parler)* plus tôt, tu ______________________ *(être)*
   moins stressée.
4. Vous ne m'______________________ *(ne pas laisser)* continuer si je vous
   ______________________ *(montrer)* ma première vidéo.
5. Si ma première vidéo ______________________ *(ne pas avoir)* de succès,
   j'______________________ *(arrêter)* tout de suite.
6. Si nous ______________________ *(savoir)*, nous t'______________________ *(aider)*.

B *Transforme les phrases en phrases conditionnelles. Fais attention aux temps des verbes.*

1. Mathilde n'a pas encore 18 ans. Elle a donc besoin de l'accord de ses parents.
   Si Mathilde ______________ 18 ans, elle ______________________ de l'accord de ses parents.
2. Tu continueras à bien travailler à l'école? Alors, nous t'aiderons.
   Si tu ______________________________, nous ______________________.
3. Mes vidéos ont reçu beaucoup de likes. Alors on m'a proposé des publicités.
   Si mes vidéos ______________________________, on ne
   ______________________________.
4. Vous ne me suivez pas sur YouTube. C'est pourquoi vous ne connaissez pas mes vidéos.
   Si vous ____

Ecouter

7 Je suis une influenceuse[1]! (nach SB S. 73, Nr. 5)

50

Tu vas entendre le document deux fois. Tu as 1 minute pour lire les questions, 1 minute de pause entre les deux écoutes, puis 1 minute pour compléter tes réponses.

Ton / ta correspondant(e) français(e) te fait écouter ce rap.

A Avant l'écoute

Relis le tableau dans ton livre à la page 69.
Réfléchis à la question:
«Combien de temps est-ce que tu passes sur les réseaux à la maison chaque jour?»

B Pendant l'écoute

Lis d'abord les questions puis complète ou coche la / les bonne / s réponse / s.

1. Comment s'appelle l'influenceuse? ______
2. Elle est une influenceuse dans le monde entier. ☐ vrai ☐ faux
   Correction: ______
3. L'influenceuse passe seulement quelques heures le dimanche sur les réseaux. ☐ vrai ☐ faux
   Correction: ______
4. L'influenceuse ne peut pas vivre sans les réseaux. Elle est totalement … ______
5. Qu'est-ce qu'elle poste surtout sur les réseaux sociaux? (plusieurs réponses)
   ☐ des photos d'enfance ☐ des vidéos ☐ des biographies ☐ des messages
6. Sur quel réseau est-ce qu'elle envoie des likes? ______
7. Est-ce que c'est facile de faire le travail de la influenceuse? ☐ oui ☐ non
   Correction: ______
8. Est-ce que l'influenceuse fait attention quand elle est sur les réseaux sociaux? ☐ oui ☐ non
   Correction: ______
9. Pour l'influenceuse, danser, c'est comme offrir un ______ à ses followers.
10. L'influenceuse doit acheter des nouvelles ______

C Après l'écoute

Discutez à deux. A votre avis, est-ce que vous aimeriez être follower de cette influenceuse? Pourquoi (pas)? Justifiez votre réponse.

1 **un influenceur/une influenceuse** ein Youtuber/eine Youtuberin

Ecrire

8 Il faut s'y mettre tôt! (nach SB S. 74, Nr. 7)

Décris et commente le dessin humoristique dans ton cahier (minimum 180 mots).

STRATEGIE

Wenn du ein Bild (z.B. ein Foto, eine Karikatur usw.) **beschreiben und kommentieren** sollst, solltest du immer klar strukturiert vorgehen:

- Um **welche Art von Bild** handelt es sich, **wo** spielt es und **was ist** darauf **zu sehen** (Gegenstände + ihre Position / Personen + ihre Position, Handlungen, Gesten, Reaktionen usw.)?
  Tipp: Beschränke dich darauf, was für die Interpretation des Bildes wichtig ist!
  C'est une photo / une caricature / un dessin humorsitique … en couleur / en noir et blanc / en haut / en bas / au centre … La scène joue / se passe …
  Au premier plan / A l'arrière-plan / A droite / A gauche / Au milieu / …
- Welche **Botschaft** vermittelt das Bild? Welche **Absicht** verfolgt der Fotograf / Zeichner / …?
  Le caricaturiste / Le dessinateur / …
  veut souligner, dire, montrer / critique / se moque de / met l'accent sur / illustre …
- **Wie siehst du das? Wie stehst du dazu? Wie findest du die Darstellung?**
  A mon avis, … / Je trouve / pense que … / Je (ne) suis (pas) d'accord avec / Je suis choqué,e / …

Lire

9 Les grandes tendances de YouTube (nach SB S. 74, Nr. 7)

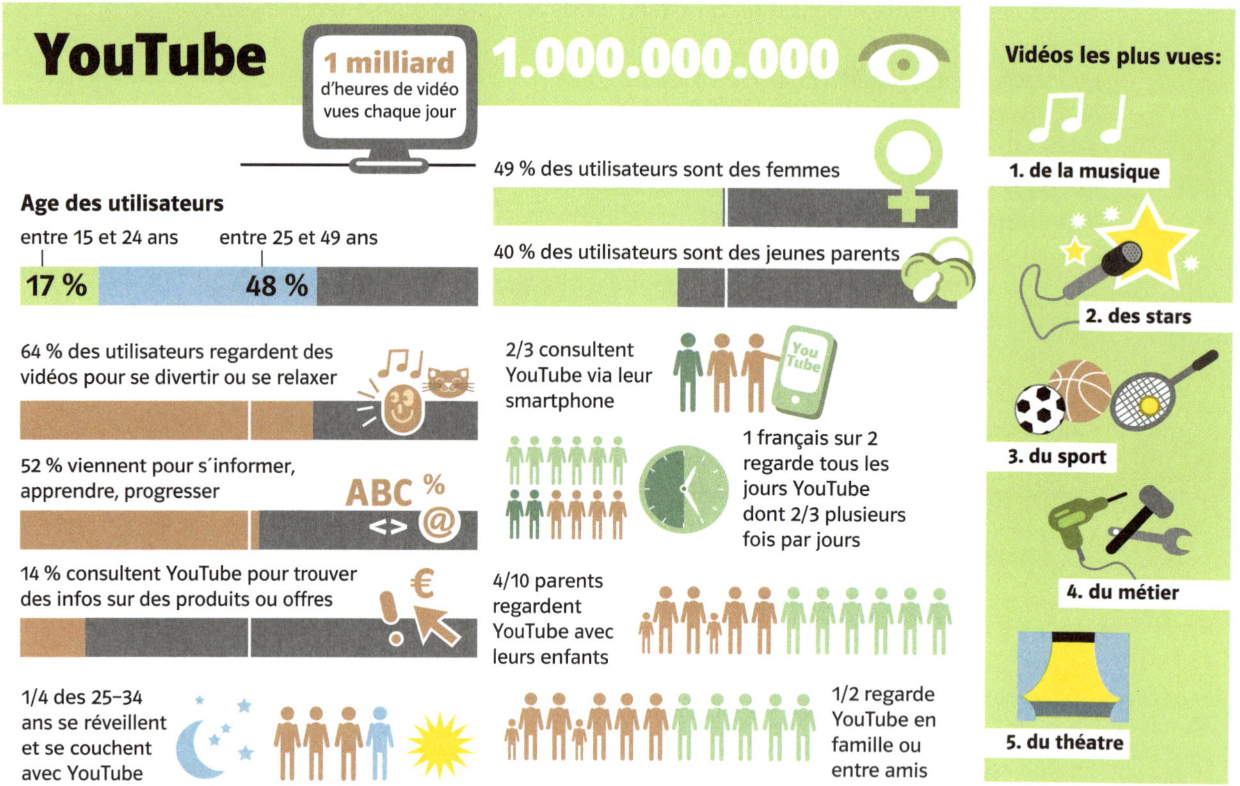

Source: Addict group

Regarde le graphique. Ensuite, réponds aux questions.

1. Dans le monde, les gens regardent pendant 1 milliard d'heures des vidéos sur YouTube par jour.
   ☐ vrai ☐ faux ☐ pas dans le texte
   Correction: ____________________
2. Plus de la moitié des parents regardent YouTube avec leurs enfants.
   ☐ vrai ☐ faux ☐ pas dans le texte
   Correction: ____________________
3. Les gens utilisent surtout leur ordinateur pour regarder YouTube.
   ☐ vrai ☐ faux ☐ pas dans le texte
   Correction: ____________________
4. Une grande partie des gens utilisent YouTube pour chercher des informations.
   ☐ vrai ☐ faux ☐ pas dans le texte
   Correction: ____________________
5. Le domaine numéro 1 des vidéos sur YouTube, c'est ____________________
6. Le domaine numéro 3 des vidéos sur YouTube, c'est ____________________
7. Le domaine numéro 5 des vidéos sur YouTube, c'est ____________________
8. Combien de % de Français regardent tous les jours YouTube? ____________________
9. A ton avis, pourquoi les hommes utilisent plus YouTube que les femmes?

Médiation/ Écrire

10 Falco Punch (nach SB S. 74, Nr. 7)

Ton copain / Ta copine français(e) a un blog où il / elle présente des stars de TikTok de différents pays. Pour l'Allemagne, il/elle a choisi la star Falco Punch et il/elle t'a demandé ton aide. Tu lui écris un e-mail où tu résumes les informations de l'article suivant: tu parles de ses vidéos, mais aussi des problèmes d'une star de TikTok (150–200 mots).

Er ist der erfolgreichste Deutsche auf TikTok – unter seinem Künstlernamen **Falco Punch** versammelt der 24-Jährige dort insgesamt 8,3 Millionen Follower. Aufgewachsen ist der gelernte Tischler in einem Dorf in Schleswig-Holstein, in dem er noch heute lebt. Wo das genau liegt, möchte er lieber nicht verraten, auch seinen richtigen Namen hält er geheim. Denn seine Fans folgen ihm inzwischen auch in der realen Welt.
Zur seltsamen Art der Berühmtheit eines Internet-Stars wie Falco Punch gehört es, dass man vielen nicht erklären muss, was er tut, weil sie das täglich auf ihrem Display sehen. Den anderen kann man das kaum erklären, weil er nicht viel tut. Er tanzt nicht wie andere TikTok-Stars. Er singt nicht. Er redet nicht mal.
In der *NDR Talk Show* versuchte Falco Punch selbst, sein Tun zu erklären. Er sagte: „Sehr viel in 15 Sekunden komprimiert." Seine Spezialität nennt er „Transitions", was Übergänge und Verwandlungen heißen kann. Er filmt sich dabei, wie er Aussehen und Setting wechselt, passend auf den Beat einer Hintergrundmusik. Anders als bei harten Schnitten sind die Übergänge fast nicht zu sehen.
Seine Videos plane er jetzt unter der Woche, abends nach Feierabend, erzählt er: Er durchsuche TikTok nach aktuellen Trends, passenden Hashtags oder sogenannten Challenges, zu denen er ein Video beisteuern könnte. Er befrage auch seine Fans bei Instagram, welche Inhalte sie sich von ihm wünschen. „All diese Infos sammle ich und kombiniere sie mit meinen Ideen." Am Wochenende filmt Falco Punch seine Videos schließlich. Das könne je nach Aufwand schon mal drei bis sechs Stunden dauern, sagt er. Manche Szene, die später im Video keine Sekunde dauert, musste er 500 Mal drehen. So stecke in manchen der 15-sekündigen Videos ein Arbeitsaufwand von insgesamt zehn bis zwölf Stunden. Durchschnittlich zwei Videos pro Woche veröffentlicht der Norddeutsche auf seinem Profil.
Anfänglich waren die Video-Uploads für ihn nur ein Hobby. Heute verdient er damit sein Geld. Dass Falco Punch auf TikTok so erfolgreich ist, ist keine Überraschung, sondern das Ergebnis harter Arbeit, erklärt der Kieler Medienwissenschaftler Tobias Hochscherf. Ihm zufolge geht es bei einer Plattform wie TikTok darum, innovative Videos zu zeigen und sich vom Fernseh- und YouTube-Mainstream abzusetzen. Je authentischer man sich verhalte, desto mehr Erfolg könnte man haben.
Doch der Erfolg hat auch seine Schattenseiten.
Falco Punch weiß, dass es im Social-Media-Geschäft auch schnell wieder vorbei sein kann. Dummerweise, das merkt er gerade, wünscht sich TikTok noch schneller als andere soziale Medien neue Gesichter. Er sagt: „Man ist irgendwann auserzählt. Mein Gesicht kann langweilig werden, mein Style sich wiederholen. Da ist schon Druck. Wenn das letzte Video schlecht gelaufen ist, muss das nächste einschlagen." Wenn das nicht ewig hält, was dann? Mit 24 Jahren ist Falco Punch ziemlich alt für TikTok, das Netzwerk der Generation Z, der ab 2000 Geborenen.
Und dann kommt ihm jetzt noch die Weltpolitik in die Quere, denn das soziale Netzwerk aus China steht in der Kritik. Einige Länder haben TikTok gesperrt, z. B. Indien. Die App sei „eine Bedrohung für die Souveränität und Sicherheit des Landes". Eine Entscheidung in Delhi, und mit einem Schlag fehlt in Schleswig-Holstein Falco Punch die Aktivität von etwa sieben Prozent seiner Fans und eine seiner wichtigsten Zielgruppen. Weltpolitik mag Falco Punch egal sein, seine Reichweite ist es nicht.

Atelier B

Lire

11 A propos du texte (nach SB S. 75/76, Nr. 1)

Relis d'abord le texte (p. 75/76) dans ton livre. Puis, coche la bonne réponse ou écris l'information demandée.

1. Pendant le festival de Cannes, des jeunes ________________ et ________________ peuvent participer à un ________________ sur le 7e art organisé par ________________ et la Semaine de la critique.
2. Pendant une semaine, les adolescents peuvent découvrir le monde du cinéma.
   ☐ vrai ☐ faux ☐ pas dans le texte
   Correction: ________________
3. Les participants s'intéressent plus au cinéma que d'autres jeunes.
   ☐ vrai ☐ faux
   ligne/s: ________________
4. Quelles activités est-ce que les jeunes peuvent faire? *(deux exemples)*
   – ________________
   – ________________
5. Le film que Nino a particulièrement aimé …
   ☐ est une comédie. ☐ montre qu'il faut être courageux et croire à l'avenir.
   ☐ a reçu un prix pour le meilleur scénario.
6. Quel a été le problème de Beyra?
   ____
   ____
7. Pourtant, elle s'est bien débrouillée.
   ☐ vrai ☐ faux ☐ pas dans le texte
   Correction: ________________
8. Qu'est-ce qui l'a intéressée le plus au festival?
   ☐ les films ☐ les stars ☐ l'ambiance
9. Son film préféré est «Hors normes», parce que/qu' … *(deux bonnes réponses)*
   ☐ il est triste et drôle en même temps. ☐ les acteurs ne parlent pas beaucoup.
   ☐ il traite un sujet actuel dont on n'aime pas trop parler. ☐ elle veut devenir éducatrice un jour.
   ☐ il n'est pas très long.

Lire

12 Comment Pixar a révolutionné le dessin animé … (nach SB S. 78, Nr. 5)

A *Lis d'abord le texte.*

En 1995, l'entreprise américaine Pixar sort le film «Toy Story». C'est le tout premier dessin animé réalisé uniquement avec des ordinateurs. Une révolution dans l'animation!

Il voulait donner vie aux dessins animés. Il y est parvenu. John Lasseter, l'un des créateurs de Pixar, poursuivait ce rêve depuis tout petit. C'est pourquoi, après le lycée, le jeune Américain s'inscrit dans une école fondée par Walt Disney. Il y apprend l'art de l'animation auprès des *9 old men*, les 9 vieux messieurs, des dessinateurs qui avaient travaillé avec Walt Disney lui-même. Mais John Lasseter voit plus grand.

Il veut que ses personnages soient en 3 dimensions. Autrement dit, qu'ils ne soient plus uniquement dessinés sur le papier, mais qu'ils soient travaillés avec des volumes. Mais pour cela, il faut des ordinateurs. John Lasseter est persuadé que ces machines ont la capacité de réaliser de super dessins animés. Nous sommes dans les années 1980. L'entreprise Disney pour laquelle il travaille ne croit pas en son projet et le renvoie.

Il retrouve un emploi aux Studios LucasFilm qui ont produit la saga *Star Wars*. Là, il est associé à Ed Catmull, un génie de l'informatique, lui aussi persuadé que l'on pourra bientôt dessiner et peindre directement sur un ordinateur. Un homme va acheter leur rêve. Il s'appelle Steve Jobs et c'est l'un des fondateurs de l'entreprise Apple. Il est déjà millionnaire et investit 10 millions de dollars dans cette nouvelle société nommée Pixar.

En 1987, *Luxo Junior* est le premier film d'animation entièrement réalisé sur un ordinateur à être nommé aux Oscars, les récompenses du cinéma américain. Avec ce qu'elles ont appris et grâce au progrès de la technologie, les équipes de Pixar commencent à être connues et reconnues. Disney s'intéresse finalement à leur travail et les accompagne dans leur rêve en commandant un film. Mais pas un conte de fée … «On voulait être différent de Disney», confie John Lasseter. On leur demande de créer un film plus moderne, pour adultes.

Ce film est *Toy Story*. Mais la première présentation de leur travail à Disney est un échec. Woody le cowboy est méchant, pas rigolo. L'histoire ne fonctionne pas. Les équipes de Pixar reprennent tout à zéro. Petit à petit, Toy Story prend vie. En 1995, lors de la sortie, le film connaît un immense succès. La légende de Pixar est née. En 2006, l'entreprise est rachetée par Disney. Au fil des années, ses créations vont rafler 9 Oscars et donner vie à des personnages adorés des petits comme des grands: *Flash McQueen, Nemo, Les Indestructibles, Ratatouille* … Pixar a ouvert une nouvelle ère du cinéma et ne semble pas avoir terminé sa révolution.

Nach Journal des enfants, N° 1750, octobre 2020, p. 8/9

B *Coche la bonne réponse ou écris l'information demandée.*

1. Pixar est le nom d'une entreprise ____________________ dont le premier film d'animation est sorti en ____________________.

2. John Lasseter, un des créateurs de Pixar, … *(deux bonnes réponses)*

- ☐ a découvert sa passion pour le cinéma et les films d'animation au lycée.
- ☐ a été sûr qu'on pourra créer des films d'animation seulement avec l'ordinateur.
- ☐ a travaillé avec Walt Disney lui-même.
- ☐ s'est adressé aux Studios LucasFilm pour réaliser son rêve.
- ☐ a pu créer l'entreprise Pixar grâce à Steve Jobs.
- ☐ a reçu un Oscar pour son film d'animation Luxo Junior.

3. Quelle série de films est-ce que les Studios LucasFilm ont réalisée?

____

4. Comme les équipes de Pixar ont de plus en plus de succès, l'entreprise Disney leur demande de faire un film.

☐ vrai ☐ faux ☐ pas dans le texte ligne / s: ____________________

5. Pourquoi est-ce que la première version de Toy Story ne plaît pas?

____

6. Toy Story sort enfin en ____________________.

7. Quelques années plus tard, Pixar et Disney deviendront une seule entreprise.

☐ vrai ☐ faux ☐ pas dans le texte

Correction: ____

8. Malgré leur énorme succès, ces films d'animation n'ont jamais reçu un prix.

☐ vrai ☐ faux ☐ pas dans le text

Correction: ____

En forme/ u de mots

13 Parlons «film». (nach SB S. 77, Nr. 3)

→ En plus S. 99, Nr. 2 △

Aujourd'hui, un journaliste explique aux participants de l'atelier comment écrire une bonne critique de film.

A *Complète le texte avec le verbe* ***suivre****.*

Bonjour à tous et à toutes!

Vous ____________________ cet atelier, parce que votre passion est le 7e art! Mais regarder un film est une chose, en écrire une critique en est une autre. Règle N° 1: votre critique est claire et le lecteur ____________________ facilement vos idées. Alors, par quoi commencer? Par le titre du film, la date de sortie, le réalisateur et les acteurs, le genre et la nationalité du film? Ou plutôt par l'action ou la mise en scène? A vous de voir! Si votre critique est bien faite, les futurs spectateurs vous ____________________ et sauront à la fin si le film les intéresse ou pas. Tous les participants ____________________? Toi, jeune fille, tu as l'air un peu fatiguée? Ça va? Tu me ____________________ aussi? Oui? Parfait! Vous pouvez aussi parler des images, des décors et de la musique, bien sûr! Et pour finir: N'oubliez pas de donner votre avis! Dites la vérité, mais rappelez-vous toujours que votre critique peut être très importante pour le succès du film.

Ça y est? Tout le monde ____________________? Super! Alors, on attaque!

B *Trouve le mot correct – ils se cachent tous dans* ***A*** *– pour chaque définition et complète la grille. Les cases jaunes te donnent le nom du prix que le meilleur film reçoit à Cannes.*

a) les personnes qui regardent un film

b) un synonyme pour le cinéma

c) la personne qui met un film en scène

d) elle crée de l'ambiance dans un film

e) les personnes qui jouent dans un film

f) le jour où on peut voir le film pour la 1e fois

g) l'information sur le pays d'origine d'un film

h) une comédie, un policier en sont des exemples

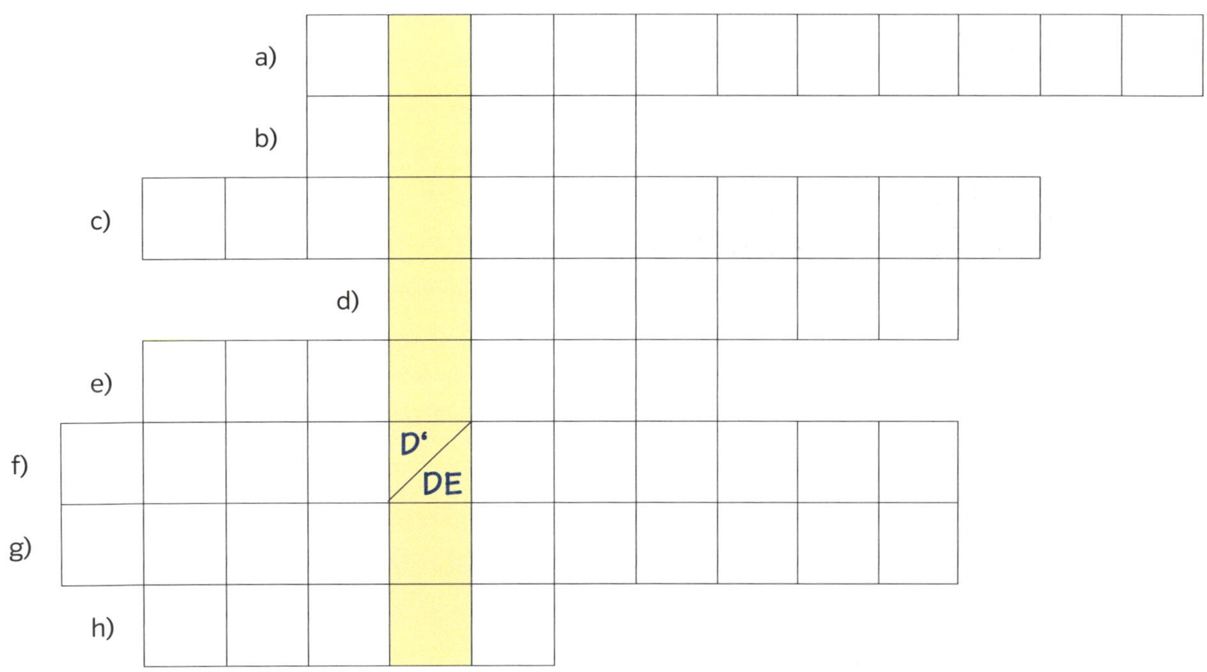

La chasse aux fautes

14 Le festival de Cannes (nach SB S. 77, Nr. 4)

A *Nathalie, qui représente l'OFAJ au festival de Cannes, a posté un article. Malheureusement, son smartphone a fait des erreurs à cause de la fonction autocorrection. Relis la stratégie dans ton livre à la page 77 et corrige son texte.*

corrections:

J'espère que vous avez bien ressu mes photos du festival de Cann. ______

Si vous regards mes photos, vous suits toutes les étapes du festival. ______

L'arrivée des stars sur le tappis rouge devant les photographers est ______

un moment de réve! C'est cool de voir arriver Brad Pitt en smoken ou ______

d'admirer les actress en longues robes qui descendent les March du ______

festival.

Cette année, j'ai eu un coup de choir pour le film «Les hirondelles de Kaboul». L'action se passe en Afghanistan en 1998. Les talibans oppriment ______

le people surtout les femmes. Mais un jeune couple se révolt. Le scénario est génial. ______ ______

B *Malheureusement, Nathalie a posté les mauvaises photos du festival. Regardez les photos et cochez les photos qui ne vont pas avec le festival de Cannes et écrivez pourquoi.*

☐ ______ ______

☐ ______ ______ ______

☐ ______ ______ ______

☐ ______ ______ ______

Parler

15 On regarde un film ensemble? (nach SB S. 78, Nr. 5)

*L'Institut français de ta ville a organisé une séance de cinéma avec des films en français. Tu aimerais (**A**) y aller avec ton / ta correspondant / e (**B**). Tu discutes avec lui / elle sur les films au programme. Travaillez à deux.*
*Pliez la feuille au milieu et décidez qui prend le rôle **A** et le rôle **B**.*
***A** commence. Après, changez de rôle et rejouez la scène.*

A	B
1. Du möchtest wissen, ob dein Freund / deine Freundin Lust hat, mit dir einen Film im Kino anzuschauen.	**1.** [Est-ce que tu as envie de regarder un film au cinéma avec moi?]
2. [Oui. Quel film est-ce que tu proposes?]	**2.** Du bejahst und möchtest gerne wissen, welchen Film dein Freund / deine Freundin vorschlägt.
3. Du schlägst den Film von Hugo Gélin „Demain tout commence" vor. Du findest den Film toll.	**3.** [Je te propose le film d'Hugo Gélin «Demain tout commence». C'est un bon film.]
4. [Quels acteurs jouent dans ce film? Tu peux me raconter un peu l'histoire?]	**4.** Du erkundigst dich, welche Schauspieler mitspielen und bittest deinen Freund / deine Freundin, kurz die Geschichte zu erzählen.
5. Du sagst, dass Omar Sy im Film mitspielt. Dein Freund / deine Freundin kennt ihn vielleicht aus dem Film „Intouchables" („Ziemlich beste Freunde"). In diesem Film „Demain tout commence" geht es um einen jungen Mann, der im Süden Frankreichs lebt. Eines Tages bekommt er Besuch von einer Frau und einem Baby. Dieser Besuch ändert sein Leben, weil es sein Baby ist.	**5.** [Omar Sy joue dans le film. Tu le connais peut-être du film «Intouchables» («Ziemlich beste Freunde»). Demain tout commence, c'est l'histoire d'un jeune homme qui vit dans le sud de la France. Un jour, une jeune femme avec un bébé lui rend visite: cette visite va changer sa vie parce que le bébé, c'est son bébé.]
6. [Ce film, c'est quel genre?]	**6.** Du fragst nach dem Filmgenre.
7. Du antwortest, dass es eine Komödie, aber auch ein Drama ist, da die Tochter sehr krank ist.	**7.** [C'est une comédie, mais c'est aussi un drame parce que la petite fille est très malade.]
8. [Je trouve le sujet passionnant. J'aimerais bien voir ce film avec toi.]	**8.** Du findest das Thema spannend und du möchtest dir diesen Film gerne mit ihr / ihm ansehen.
9. Du schlägst vor, dass dein Freund / deine Freundin heute Abend um 18 Uhr zu dir kommt.	**9.** [Si tu veux, tu peux venir ce soir à 6 heures chez moi.]
10. [D'accord! Alors à ce soir!]	**10.** Du bist einverstanden und verabschiedest dich bis zum Abend.

Médiation/ Écrire

16 Welcher Bär darf's denn sein? (nach SB S. 79)

Ton / ta correspondant(e) aime le cinéma. Dans son collège, il/elle va aussi au cinéma-club. Mais les films qui ont des prix, par exemple au festival de Cannes, ne sont pas des films qui intéressent les jeunes. Tu as fait des recherches sur Internet et tu as trouvé des informations intéressantes sur la Berlinale, le festival du film en Allemagne, et sur les films pour les jeunes. Ecris-lui un mail (150–180 mots) sur la Berlinale. Explique-lui la définition de la section «Generation» (Kplus und K14).

Cannes ist schicker. Und Venedig wärmer. Doch die Berlinale gehört trotzdem seit ihrer Gründung 1951 neben Cannes und Venedig zu den führenden Filmfestivals der Welt. Jahr für Jahr werden an verschiedenen Orten in Berlin bis zu 400 Filme in verschiedenen Sparten und Genres gezeigt und rund 300.000 Tickets an das Publikum verkauft.

Unter dem Motto „Schaufenster der freien Welt" eröffnete die erste Berlinale am 6. Juni 1951 mit Alfred Hitchcocks „Rebecca". Hier wurde dann auch zum ersten Mal der – nach einer Vorlage der Bildhauerin Renée Sintenis gestaltete – Goldene Berliner Bär verliehen.

Die Preisträger wurden in den ersten Jahren teilweise durch Publikumswahl bestimmt. Heute vergibt eine internationale Jury alljährlich acht Preise, darunter den Goldenen Bären für den besten Film und die Silbernen Bären für die beste Darstellerin und den besten Darsteller. Etwa 20 Filme, die innerhalb der letzten 12 Monate vor Festivalbeginn produziert und noch nicht außerhalb ihrer Ursprungsländer aufgeführt wurden, stehen jedes Jahr im Wettbewerb. Die Nominierung der Filme sowie die Auswahl der Jurymitglieder ist Aufgabe der Festivaldirektion. Die frühe Berlinale war vor allem ein Publikums- und Glamour-Festival, auf dem sich zahlreiche Filmstars wie z.B. Gary Cooper und Sophia Loren präsentierten. Heute liegt der Schwerpunkt eher auf der Verleihung des Filmpreises. Für Cineasten meist interessanter als der Wettbewerb selbst ist eine weitere Sektion des Festivals, das *Internationale Forum des jungen Films*, das es seit 1971 gibt und dessen inhaltlicher Schwerpunkt traditionell im Bereich des politisch engagierten Kinos liegt. Mit der Hommage und dem Goldenen Ehrenbären werden seit 1977 zudem herausragende Persönlichkeiten des Films für ihr Lebenswerk gewürdigt.

Und dann gibt es da auch noch *Generation Kplus* und *Generation 14plus*, zwei Wettbewerbe, die internationales Kino am Puls der Zeit präsentieren. Für ein junges Publikum und für alle anderen. […] Im Fokus der Auswahl stehen Filme, die in ihren Erzählungen und ihrer Filmsprache Kinder und Jugendliche ernst nehmen. Geschichten, die aus der Sicht ihrer jungen Protagonisten erzählt werden und deren Welt erfahrbar machen. Bedeutsame Filme, die ein Tor in unbekannte Welten öffnen. Filme, die Mut einfordern […] und gemeinsame Lösungsansätze fördern. Filme, die der Welt der Erwachsenen einen Spiegel vorhalten. Spielfilme, dokumentarische Arbeiten, Animationen, Genreformate und Filme, die die Formensprache des Kinos erweitern, konkurrieren in den beiden Wettbewerben der Sektion gleichrangig miteinander. Die Präsentation der Filme spielt bei *Generation* eine wichtige Rolle. Die Premieren werden in Anwesenheit der Filmemacher und ihrer jungen Darsteller auf dem roten Teppich und in den Kinos gefeiert. Bei den moderierten Vorführungen legt diese Sektion großen Wert auf den Austausch zwischen Publikum und Filmschaffenden. Sie ermöglichen vor allem den jungen Zuschauern in Dialog zu treten. Sichtweisen und Fragen, die das Publikum zu den unterschiedlichen filmischen Formen und Inhalten vorbringen, sind immer überraschend und die Filmemacher freuen sich über die erfrischen-

→

den Perspektiven auf ihr Werk. Vier Jurys vergeben dann Preise an die besten Lang- und Kurzfilme. Die Gläsernen Bären in *Generation Kplus* werden von der Kinderjury, bestehend aus elf Kindern zwischen elf und 14 Jahren, vergeben. Die Gläsernen Bären in *Generation 14plus* vergibt die Jugendjury, die sich aus sieben Jugendlichen im Alter zwischen 14 und 18 Jahren zusammensetzt. […] Der starke Publikumszuspruch ist ein Beweis für die vorhandenen Möglichkeiten, auch ein junges Publikum für […] Kino zu begeistern.

Ecouter

17 Ma vie de courgette (nach SB S. 79)

51 *Tu vas entendre le document deux fois. Tu as 1 minute pour lire les questions, 1 minute de pause entre les deux écoutes, puis 1 minute pour compléter tes réponses.*

Anna et son correspondant français Florian discutent cinéma. Ils ne sont pas toujours d'accord.

A Avant l'écoute

Relis le texte «En direct du festival de Cannes» dans ton livre:

Deutsch-französisches Jugendwerk = ___ ___ ___ ___

Office franco-allemand pour la jeunesse = ___ ___ ___ ___

B Pendant l'écoute

Lis d'abord les questions puis complète ou coche la / les bonne / s réponse / s.

1. Qu'est-ce que Florian a fait à Cannes? *(plusieurs réponses)*

☐ Il a tourné un film. ☐ Il a participé à un atelier.

☐ Il a monté les marches. ☐ Il a interviewé une star.

2. Le film préféré de Florian est un film …

☐ de télévision. ☐ de science-fiction. ☐ d'animation.

3. Anna trouve le titre du film ______________________.

4. Anna connaît très bien ce film. ☐ vrai ☐ faux

Correction: ______________________.

5. Anna veut tout savoir sur le film. ☐ vrai ☐ faux

Correction: ______________________.

6. Florian veut tout savoir sur un film avant de le regarder. ☐ vrai ☐ faux

Correction: ______________________.

7. Anna dit que si on regarde la bande annonce[1] d'un film avant de le voir, il n'y a plus de ____________

8. L'histoire du film, c'est un petit ____________ qui a perdu ____________.

9. C'est un film … *(plusieurs réponses)*

☐ passionnant. ☐ drôle. ☐ triste. ☐ ennuyeux.

10. C'est un film seulement pour les enfants. ☐ vrai ☐ faux

Correction: ______________________

C Après l'écoute

Est-ce que Florian et Anna vont aller au cinéma ensemble?

1 **une bande annonce** ein Trailer

Pratique: tâches

Ecrire / Parler

18 Réaliser une vidéo en ligne (nach SB S. 80)

Vous voulez participer au concours de vidéo en ligne que votre collège jumelé a organisé.

a) *Ecrivez d'abord le scénario de votre vidéo. Suivez les étapes indiquées ci-dessous:*

1. *Décrire la situation et les personnages* **2.** *Présenter les problèmes*
3. *Expliquer la solution* **4.** *Donner une fin à l'histoire*

Intégrez des dialogues et / ou des commentaires.

b) *Imaginez les scènes que vous allez tourner. Donnez-leur un titre et dessinez-les schématiquement.*

scène 1: ______________ scène 2: ______________ scène 3: ______________

scène 4: ______________ scène 5: ______________ scène 6: ______________

c) *Choisissez le réalisateur / la réalisatrice, les acteurs/actrices et les présentateurs/présentatrices. Répétez vos rôles.*

d) *Tournez votre vidéo. Faites attention au son et à la lumière. Puis faites le montage.*

PORTFOLIO

e) *Présentez votre vidéo à la classe et regardez les vidéos des autres groupes. Notez vos impressions sur les autres vidéos à l'aide de la grille d'évalutaion.*

	J'adore!	**J'aime bien.**	**J'aime un peu.**	**Bof!**
L'idée et le scénario: C'est intéressant? original? amusant? Il y a du suspense?				
La qualité du français: On comprend bien? La prononciation est bonne?				
Les gestes, le jeu				
La qualité technique: son et lumière				
La qualité du montage				

f) *Discutez en classe pour choisir la / les vidéo(s) que vous voulez envoyer au concours.*

Bilan

→ Solutions: page 142.

1 Parler (nach SB S. 81, Nr. 1)

Ich kann sagen …
1. dass ich im Schnitt 2 Stunden am Tag online bin.
2. dass ich das Handyverbot an der Schule gut finde.
3. dass ich im Netz schon beleidigt worden bin.
4. dass ich auch gerne Videos auf Youtube posten würde.
5. welche Art von Film(en) (Krimi, Zeichentrickfilm …) ich am liebsten sehe.
6. dass der Film XY total spannend ist.
7. dass man dieses Thema eher totschweigt.
8. dass die Anzahl der Nutzer in den sozialen Netzwerken stetig zunimmt.

ON DIT

1. En m… , je suis 2 heures …
2. Je trouve que … est …
3. J'ai déjà été …
4. J'aim… aussi …
5. Mes films préférés sont …
6. Dans le film XY, il y a vraiment …
7. On ne parle pas …
8. Le nombre des personnes qui utilisent … n'arr…

2 Ecouter (nach SB S. 81, Nr. 2)

Ich kann beim Hören ganz bestimmte Informationen herausfinden.
Ergänzt die fehlenden Informationen.

52

1. Le festival de cinéma de Tübingen est un festival …
   - ☐ français. ☐ francophone. ☐ anglophone. ☐ canadien.
2. Cette année, il y avait beaucoup de monde à Tübingen pour le festival. ☐ vrai ☐ faux

   Justification: ______________________________.
3. Le père de Horst Buchholz à joué dans …
   - ☐ Les sept corsaires. ☐ Les sept magnifiques.
   - ☐ Les sept mercenaires. ☐ Les dix-sept mercenaires.
4. Les films à l'affiche du festival de Tübingen de cette année sont …
   - ☐ Les sept mercenaires. ☐ Baanum Nafi. ☐ The magnificent seven.
   - ☐ Bécassine. ☐ Kuru. ☐ Cayenne.
   - ☐ Camille. ☐ Champ de mars. ☐ Camomille.
5. Cette année, la journaliste trouve que le festival est ______________________________.
6. Les partenaires du festival de Tübingen sont …
   - ☐ l'Institut Goethe. ☐ l'OFAJ. ☐ le consulat de France.
   - ☐ le consulat du Québec. ☐ Ärzte ohne Grenzen. ☐ l'institut français.
   - ☐ le consulat général de Suisse. ☐ SWR. ☐ l'ambassade de Suisse.
   - ☐ MDR. ☐ ARTE. ☐ la ville de Stuttgart.

3 En forme (nach SB S. 81)

Ich kann die **Verben suivre** und **recevoir** verwenden.

– Tiens, j'__________ un message! Cool!

– Mademoiselle, répétez, svp! Je ne vous __________ plus!

– Quoi? Tu ne __________ pas la vie des grandes stars de ciné?
– Non! Et alors?

– Vous __________ notre réponse dans les jours qui viennent!

4 En forme (nach SB S. 81, Nr. 3)

Ich kann das **conditionnel passé** und **Bedingungssätze (des Typs III)** bilden und verwenden.

1. Si Mathilde ______________________ *(écouter)* son père, elle ______________________ *(ne pas poster)* sa première vidéo.
2. Elle ______________________ *(déjà commencer)* plus tôt si elle ______________________ *(savoir)* comment s'y prendre.
3. Beyra ______________________ *(ne jamais aller)* à Cannes si sa prof ______________________ *(ne pas lui parler)* de cet atelier franco-allemand.
4. Si les autres participants ______________________ *(ne pas l'aider)*, elle ______________________ *(ne pas réussir)* à écrire une bonne critique de film.
5. Si le scénario ______________________ *(être)* nul, les «Hirondelles de Kaboul» ______________________ *(ne pas plaire)* à Nino.
6. Les jeunes ______________________ *(ne jamais porter)* des smokings et des robes longues s'ils ______________________ *(ne pas monter)* les marches du Palais des festivals.

5 On combine (nach SB S. 81)

A Ich kenne die **Verteilung der Zeiten und Modi** in den **Bedingungssätzen (Typ I, II und III)**.

présent | imparfait | conditionnel passé | futur simple | conditionnel présent | plus-que-parfait

	si-Satz	Hauptsatz
Typ I	______	______
Type II	______	______
Type III	______	______

B Ich kann die **Verben recevoir** und **suivre** verwenden und das **conditionnel (présent / passé)** sowie **Bedingungssätze (des Typs I, II und III)** bilden und verwenden.

Coucou! C'est encore moi, Alice! Dans cette vidéo, je / j' ______ *(aimer)* d'abord vous dire merci! Merci, parce que vous me ______ depuis des mois! Merci, parce que je / j' ______ des centaines de likes! Merci, parce que vous me montrez que je / j' ______ sur le bon chemin. Eh bien, moi aussi, j'ai commencé à zéro et je ______ *(ne jamais croire)* que mes vidéos vous ______ *(plaire)*! Au début, je / j' ______ les blogueurs et je regardais les vidéos d'autres youtubeurs, mais un jour je me suis dit: Si je / j' ______ *(ne pas essayer)*, je ne ______ *(être)* jamais youtubeuse. Alors, j'ai enregistré ma première vidéo, je l'ai postée et en peu de temps, je / j' ______ 15 likes! Si je / j' ______ *(ne pas faire)* ce premier pas, je / j' ______ *(ne jamais entrer)* dans ce monde magique de youtube! Alors, ______ mon conseil: Si vous ______ *(rêver)* de devenir youtubeur ou youtubeuse, vous aussi, ______ (ne pas hésiter)! Créez votre chaîne et postez votre première vidéo … et si le succès ne ______ *(venir)* pas tout de suite, ce n'est pas grave! Tout le monde a une deuxième chance! Bisous et à + Alice

En plus: différenciation

Parler

1 Poster des vidéos

△ *Avec tes amis, tu postes souvent des vidéos sur Internet (**A**). Quand ton / ta correspondant / e (**B**) te rend visite, il / elle ne comprend pas et n'est pas d'accord pour le faire aussi. Tu discutes avec ton / ta correspondant(e) sur les aspects positifs et négatifs des vidéos sur Internet. Travaillez à deux. Pliez la feuille au milieu et décidez qui prend le rôle **A** et le rôle **B**.*
***A** commence. Après, changez de rôle et rejouez la scène.*

A	B
1. Du bist total begeistert von den Videos im Internet. Sie sind so witzig! Du würdest auch gern welche machen.	**1.** [J'adore les vidéos sur Internet. Elles sont trop drôles! J'aimerais bien en faire aussi.]
2. [Mais il faut sûrement des heures pour tourner les vidéos.]	**2.** Du meinst, dass es sicherlich Stunden dauern muss, um ein Video aufzunehmen.
3. Du stimmst zu. Für dich sind Youtuber exotische Leute.	**3.** [Oui, c'est vrai. Pour moi, les youtubeurs sont des gens exotiques!]
4. [Moi, je déteste les gens qui mettent des vidéos sur Internet toute la journée.]	**4.** Du verabscheust die Leute, die den ganzen Tag Videos im Internet posten.
5. Du verstehst nicht warum und forderst deinen Freund / deine Freundin auf, einfach die Kommentare zu lesen, die die Leute schreiben. Die Leute mögen diese Videos.	**5.** [Mais pourquoi? Lis les commentaires que les gens écrivent. Ils adorent ces vidéos.]
6. [Mais il faut faire attention. Les vidéos „drôles" ne sont pas drôles pour tout le monde. La semaine dernière, quelqu'un est venu à l'école. Quelqu'un a mis une vidéo de lui en ligne. Il ne le savait pas. Ce n'était vraiment pas drôle!]	**6.** Du gibst zu bedenken, dass man vorsichtig sein muss. Die „witzigen" Videos sind nicht für alle Leute witzig. Letzte Woche ist jemand zu euch in die Schule gekommen. Jemand hat ein Video mit ihm online gestellt. Er wusste nichts davon. Es war wirklich nicht witzig!
7. Du gibst deinem Freund / deiner Freundin recht. Aber zum Glück läuft es nicht immer so. Es gibt auch Youtuber, die anderen mit ihren Videos helfen wollen.	**7.** [Tu as raison. Mais heureusement ce n'est pas toujours comme ça. Heureusement, il y a des youtubeurs qui aident les autres avec leurs vidéos.]
8. [C'est vrai, on trouve aussi de bonnes idées sur Internet. Mais à mon avis, il faut plus surveiller les vidéos et les jeux vidéo sur Internet.]	**8.** Das ist auch deine Meinung. Man findet auch gute Ideen im Internet. Deiner Ansicht nach sollte man die Videos und Videospiele im Internet mehr überwachen.
9. Du bist einverstanden. Aber du denkst, dass jeder auch aufpassen muss, was er / sie auf seinem / ihrem Account veröffentlicht.	**9.** [Je suis d'accord. Mais je pense aussi que chacun doit faire attention à ce qu'il / elle publie sur son compte.]
10. [Oui, il ne faut pas être dépendant/e d'un appareil et être en ligne tout le temps.]	**10.** Ja, man sollte nicht abhängig von einem Gerät und die ganze Zeit nur online sein.

En forme

2 A suivre …

*Relie les phrases qui vont ensemble et complète-les avec la bonne forme de **suivre** ou de **recevoir**. Fais attention aux temps et modes!*

1 Vous êtes sûr que vous m'avez envoyé un courriel?	a) Espérons qu'il ______________ un prix.
2 Je vais vous montrer le chemin!	b) Je ne ______________ que 20 euros par mois.
3 Luc est nul en maths.	c) Je ne / n'______________ rien ______________.
4 Ce film est vraiment super!	d) Ils ______________ une formation en ligne.
5 Comment? Tes parents te donnent 50 euros?	e) ______________-moi!
6 Marie et Fabius veulent travailler dans le tourisme.	f) S'il ______________ un peu mieux le cours …

Solution: 1 ____ 2 ____ 3 ____ 4 ____ 5 ____ 6 ____

En forme

3 Sans ça, rien ne se serait passé!

*A l'aide des éléments donnés, complétez les phrases au **conditionnel passé**.*

1. ne pas connaître / succès

   Sans ses vidéos, la youtubeuse ______________________________

   ____

2. ne pas être connu(e) / dans le monde entier

   Sans les réseaux sociaux, les jeunes ______________________________

   ____

3. ne jamais aller / en vacances / campagne

   Sans Facebook, je ______________________________

   ____

4. ne rien apprendre / aussi vite / école

   Sans le monde numérique, vous ______________________________

   ____

5. ne jamais réaliser / projets / aussi vite

   Sans Internet, le monde ______________________________

   ____

En forme

4 Que des «si» ... (nach SB S. 81, Nr. 6)

A *Après son retour de Cannes, Nino discute avec un copain. Forme des phrases conditionnelles irréelles.*

1. si – je – ne pas prendre l'option cinéma // je – ne pas pouvoir participer à l'atelier à Cannes

2. tu – ne jamais découvrir le métier de journaliste de cinéma // si – tu – ne pas aller à Cannes

3. si – les professionnels – ne pas nous aider // nous – ne pas réussir à écrire une critique.

4. si – l'ambiance – ne pas être si bonne // vous – ne pas s'amuser.

5. les élèves allemands – ne pas pouvoir participer // si – ils – ne pas parler si bien le français

6. si – Beyra – ne pas avoir de photo avec une star // elle – être très déçue.

On combine

5 «Es-tu accro aux médias?»

Emma a écrit un commentaire dans un forum. Elle est en train de relire son texte. Aide-la à le corriger. Si la forme soulignée est correcte, met un «/» et, s'il y a une faute, corrige-la (à droite).

Qu'est-ce que ça veut dire «être accro au médias?». J'ai un portable et une tablette mais je pense ___ je ne suis pas dépendant! Je passe environ 4,5 heures par jour au ligne. C'est la moyenne, non? Mais si mes parents me prendraient mes deux appareils, ce serait la catastrophe! Je ne pourrait plus communiquer avec mes amis, écouter ___ musique ... et si mon père ne m'avait pas avertie, j'avais déjà posté une vidéo sur youtube. J'utilise ma tablette aussi pour le collège: Je suive régulièrement l'actualité, je cherche les informations, et parfois, je partage le devoirs avec mes copines! Si je reçois un courriel d'un de mes profs – et oui, ça arrive! – j'essaie répondre le plus vite possible! A la nuit, mon portable «dormit» à cote de moi, mais je ne le regarde pas! Voilà!

Emma

aux

Un peu d'entraînement

⟶ Lösungen findest du auf S. 143.

Lire

1 Paris-Versailles (nach SB S. 85)

Comment choisir le bon moyen de transport pour aller de Paris à Versailles? Lis les informations puis réponds aux questions.

Où se trouve Versailles?
Versailles est une ville du département des Yvelines (n° 78), dans la région Île-de-France, à environ 20 km du centre de Paris. Mais c'est surtout le symbole de l'histoire grâce au château du Roi-Soleil.
Si on veut visiter le château, on peut acheter un seul billet pour le transport et pour les visites. Grâce à des applications, on a toujours les dernières informations. Il y beaucoup de possibilités pour aller de Paris à Versailles.

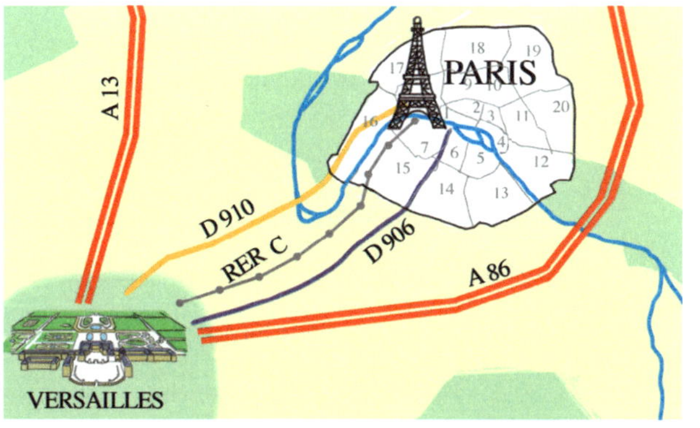

En train ou RER Ligne C (métro express):
Ce train propose le trajet le plus direct et arrive à la gare la plus proche du château (à dix minutes), la gare «Versailles Château-Rive Gauche». Nous vous conseillons ce trajet. Vous pouvez partir du centre de Paris, par exemple des Invalides ou de la tour Eiffel. Les trains circulent à des intervalles de 15 minutes. Le coût d'un aller-retour est de 7 euros et le trajet en train dure 40 minutes. Achetez un billet aller-retour pour gagner du temps. Attention! Vous ne pouvez pas voyager avec un ticket de métro de Paris, il faut acheter un billet «Île de France». Car le **métro** et le **RER**, ce sont deux réseaux différents.
Autres trains: il y a deux autres gares à Versailles. Il faut 20 minutes à pied pour aller au château.
- Si vous partez de la gare Montparnasse à Paris, vous arrivez à la gare «Versailles – Chantiers».
- Si vous partez de la gare Saint-Lazare à Paris, vous arrivez à la gare «Versailles – Rive Droite».

En bus: Circulation régulière toutes les 15 à 20 minutes. Durée : 40 minutes. Prix: 4 euros. Il existe aussi une navette «Versailles Express» qui part de la tour Eiffel.
En voiture: prenez l'autoroute A 13. Vous mettez environ 45 minutes pour faire les 35 km de trajet quand il n'y a pas de bouchon. La ville propose 3 000 places de parking, parfois souterraines. Vous pouvez aussi prendre un taxi (environ 60 euros).

Tu dois préparer le trajet entre Paris et Versailles pour ta famille. Alors réponds aux questions ou coche les bonnes réponses.

1. Regarde la carte. Où est Versailles? *(plusieurs réponses possibles)*
   ☐ au nord-est de Paris. ☐ dans un département voisin de Paris. ☐ à l'ouest de Paris.
   ☐ en «Île de France». ☐ au sud-est de Paris. ☐ au nord de Paris. ☐ au sud-ouest de Paris.
2. A Paris, le métro s'appelle aussi RER.
   ☐ vrai ☐ faux Correction: ______________________________.
3. Avec le RER …
   ☐ il faut changer à Rive droite. ☐ le trajet est direct. ☐ Il faut changer à Rive gauche.
4. On peut seulement partir depuis la tour Eiffel.
   ☐ vrai ☐ faux Correction: ______________________________.
5. Le trajet en train à Versailles dure … ☐ 7 minutes. ☐ 15 minutes. ☐ 40 minutes.
6. Pour prendre le RER on ne peut pas utiliser le billet du métro.
   ☐ vrai ☐ faux Correction: ______________________________.

Unité 5
Versailles d'hier à aujourd'hui ...

Atelier A

Ecouter **1**

Interview avec un roi de France (nach SB S. 85)

57 *En 2021, on a fait une interview fictive avec un ancien roi de France. Ecoute cette interview, puis coche la / les bonne / s réponse / s ou complète ou réponds aux questions.*

1. L'interview a lieu au ______________________ de Versailles.

2. C'est une interview avec le roi ... *(une réponse)*

☐ Louis XIII. ☐ Louis XIV. ☐ Louis XV.

3. Le roi se décrit comme ... *(trois réponses)*

☐ célèbre. ☐ heureux. ☐ ambitieux. ☐ créatif. ☐ sportif. ☐ résolu.

4. Ce roi a choisi ______________________ comme symbole.

5. Pourquoi est-ce que le roi a choisi ce symbole? Note **une** de ses idées.

Parce qu'il ____

6. Quels sont les problèmes du peuple français? *(trois réponses)*

☐ le travail ☐ l'argent ☐ l'école
☐ le logement ☐ la nourriture ☐ la santé

7. Ce roi aime s'amuser après le travail. Quelles activités est-ce qu'il préfère?

Il préfère a) ______________, b) ______________ et c) ______________.

8. Pour être en forme, le roi fait du sport. Il aime ... *(une réponse)*

☐ le hockey au parc. ☐ chasser dans la forêt.
☐ l'équitation dans la forêt. ☐ la course à pied dans la nature.

9. A la fin de l'interview, le roi a un rendez-vous avec ______________________.

10. Qu'est-ce que le roi va faire après l'interview?

☐ de la danse ☐ de la musique
☐ du cheval ☐ de la natation

11. Quelle est la phrase préférée de Louis XIV? L'Etat, c'est ______________________!

1 **un auditeur / une auditrice** ein Zuhörer / eine Zuhörerin 2 **la fidélité** → Engl. fidelity

ocabulaire

2 Vocabulaire de la cour (nach SB S. 86–87, Nr. 1)

→ En plus S. 118, Nr. 4

A *Ecris les mots ci-dessous en français dans la bonne catégorie:*

das Labyrinth | ein Gemälde | die Skulptur | der Höfling / die Hofdame | die Orangerie
die Kapelle | die Perücke | der Spiegel | der Springbrunnen | das Gold | die Jagd
der König | das Theater | die Fassade | die Königin | das Fest | der Gemüsegarten
der Kanal | das Schmuckstück | der Garten | die Spiele | der Raum | das Konzert

le château	le parc	la cour / les accessoires	les activités

B *Jouez à deux. L'élève **A** donne une définition et l'élève **B** doit trouver le bon mot.*
Exemple: **A** – C'est un endroit où on joue des pièces. **B** – C'est un théâtre.

propos du texte

3 Un château pas comme les autres (nach SB S. 86–87, Nr. 1)

A *Relis d'abord le texte p. 86–87 de ton livre. Puis lis les phrases ci-dessous et coche la bonne case (vrai / faux). Si c'est faux, corrige.*

	v	f
1. A Versailles, avant le château de Louis XIV, il y avait un autre château de conte de fée.	☐	☐
Correction: ___		
2. Non seulement la famille royale vit au château mais aussi six mille courtisans.	☐	☐
Correction: ___		
3. Le symbole de Louis XIV, c'est le soleil parce qu'il veut être au centre du monde comme le soleil.	☐	☐
Correction: ___		
4. La pièce la plus célèbre du château, c'est la chapelle royale.	☐	☐
Correction: ___		
5. Pour Louis XIV, le château était moins important que le parc.	☐	☐
Correction: ___		
6. Le potager du Roi était trop petit pour nourrir toute la cour.	☐	☐
Correction: ___		

Médiation/ Ecrire

4 Der doppelte Spiegelsaal (nach SB S. 87)

→ En plus S. 117, Nr. 2 △

Du möchtest mit deiner französischen Austauschpartnerin Louise einen Ausflug zum Schloss Herrenchiemsee machen. Louise ist zunächst nicht sehr begeistert. Sie findet, dass nur Schloss Versailles einen Besuch wert ist. Du schreibst ihr eine E-Mail und erklärst ihr auf Französisch, weshalb ein Besuch vom Schloss Herrenchiemsee (besonders der Spiegelsaal) für Jugendliche interessant ist, und warum seine Lage einzigartig ist (150–180 mots).

Diese Wörter könnten hilfreich sein:

Chiemsee le lac Chiemsee

Bayern la Bavière

ein Lüster un lustre

plastisch en relief

Der doppelte Spiegelsaal – Ist die Kopie besser als das Original?

Rund drei Millionen Besucher zieht es jedes Jahr nach Schloss Versailles. Sie kommen, um sich am barocken Prunk des berühmten Bauwerks zu ergötzen. Zu bestaunen gibt es allein im 73 Meter langen und 12 Meter hohen Spiegelsaal allerhand: 17 Bogenfenster mit einem einzigartigen Ausblick auf eine nicht enden wollende Parklandschaft, denen 17 Großspiegel gegenüberliegen, die das hereinströmende Licht reflektieren, prachtvolle Verzierungen aus Gold und imposante Deckengemälde, die Ludwig XIV. und sein Königtum verherrlichen. All das nur mit einem einzigen Ziel: der Demonstration von Macht und Größe.

Ein unvergleichliches Kunstwerk? Nicht ganz! Denn auf einer Insel mitten im Chiemsee und nur per Schiff oder Boot zu erreichen liegt eines der prächtigsten Schlösser Deutschlands, Schloss Herrenchiemsee, mit einem fast identischen Spiegelsaal. Schloss Herrenchiemsee ist zwar insgesamt kleiner als sein französisches Vorbild, doch sein repräsentativster Schauraum, die Spiegelgalerie, übertrifft das Original sogar noch an Größe: 75 Meter lang, ganze zwei Meter länger als in Versailles, und knapp 13 Meter hoch ist der bayerische Spiegelsaal. Der Blick nach oben lohnt sich auf jeden Fall. Neben 33 imposanten Deckenlüstern, an denen knapp 2000 Kerzen den Raum erhellen sollten, erstrecken sich überwältigende Deckengemälde, die ein idealisiertes Königtum darstellen. Doch die Tatsache, dass der bayerische Spiegelsaal den französischen an Länge übertrifft, stellte die armen Maler vor ein gewaltiges Problem: Die eigentlich maßstabsgetreu anzufertigenden Kopien der französischen Deckengemälde aus dem Versailler Schloss mussten möglichst unauffällig vergrößert werden. Abgesehen von kleineren Abweichungen ist das auch hervorragend gelungen. Ebenfalls erwähnenswert ist noch eine Besonderheit bei der Deckengestaltung in Herrenchiemsee: Ganz nach bayerischer Art ließ Ludwig II. einige Stellen durch plastischen Schmuck ergänzen, der hier und dort aus den Gemälden heraustritt.

Das einzigartige Ambiente dieses Saales zieht seit über 20 Jahren jeden Sommer die inzwischen renommierten, internationalen Herrenchiemsee-Festspiele an. Unter alljährlich wechselnden Themen füllen ausgewählte und hochkarätige Beiträge das Konzertprogramm. Der einzigartige Konzertsaal in Schloss Herrenchiemsee macht die hier stattfindenden Konzerte zu einem optischen und akustischen Genuss – gerade abends, wenn der durch unzählige Kerzenleuchter erhellte Spiegelsaal in ganz besonderem Licht erstrahlt.

Auch die Filmbranche hat Herrenchiemsee für sich entdeckt. So wurde der Hollywood-Film „Die drei Musketiere" von 2010 zu Teilen im Spiegelsaal von Schloss Herrenchiemsee gedreht, auch wenn die Geschichte eigentlich in Paris spielt. Doch die Bedingungen für die Filmemacher waren in Bayern einfach besser und es musste nichts verändert werden, denn schließlich wurde der Spiegelsaal nach dem Vorbild von Versailles erbaut. Die Aufnahmen im bayerischen Spiegelsaal wurden schließlich so spektakulär, dass die amerikanischen Zuschauer es gar nicht glauben konnten, dass es solche Räume überhaupt noch gibt.

Parler

5 Visitons Neuschwanstein (nach SB S. 89, Nr. 4)

*Ton / Ta correspondant / e (**B**) passe deux semaines chez toi (**A**) en Bavière. Vous discutez pour organiser les activités du week-end. Travaillez à deux. Décidez qui prend le rôle **A** et le rôle **B**. **A** commence. Puis changez de rôle.*

A (Toi)	B (Le / la correspondant / e français / e)
1. Du fragst deine / n französische / n Austauschpartner / in, was er / sie am Wochenende gerne unternehmen möchte. Du schlägst einen Ausflug vor.	**1.** [Qu'est-ce que tu voudrais faire pendant le week-end? On pourrait faire une sortie.]
2. [(Si c'était possible,) J'aimerais visiter ce château célèbre de ce roi bavarois mystérieux, Louis II. Je ne me rappelle plus le nom, mais c'est un vrai château de conte de fée. C'est quelque chose avec «neu», je pense.]	**2.** Du würdest gerne dieses berühmte Schloss des mysteriösen bayerischen Königs Ludwig II. besichtigen. Du kannst dich aber nicht mehr an den Namen dieses Märchenschlosses erinnern, meinst aber, dass er etwas mit „neu" zu tun hatte.
3. Du meinst, dass er / sie sicherlich Schloss Neuschwanstein meint und fragst, ob das stimme.	**3.** [Tu parles certainement du château de Neuschwanstein, je pense. C'est ça?]
4. [Ah oui, c'est ça! Quel nom compliqué! Ce château se trouve dans le sud de la Bavière, non?]	**4.** Du hast genau dieses Schloss gemeint, findest aber den Namen ziemlich kompliziert. Du möchtest wissen, ob das Schloss im Süden Bayerns stehe.
5. Du bejahst und erklärst die genaue Lage des Schlosses: neben der Stadt Füssen, gleich an der österreichischen Grenze. Um Neuschwanstein zu zu erreichen, müsstet ihr ungefähr 30 Minuten bergauf gehen und eine 30-minütige Führung machen, um das Schloss auch von innen sehen zu können. Du fragst deine / n Austauschpartner / in, ob das für ihn / sie interessant wäre.	**5.** [Exactement. C'est près de la ville de Füssen, donc tout près de l'Autriche. Pour aller au château, nous devrions monter à pied un chemin pendant environ 30 minutes. Et pour pouvoir visiter le château, il faut faire une visite guidée de 30 minutes. Ça t'intéresserait?]
6. [Oui, absolument. La visite n'est pas trop longue et le château est impressionnant, je pense. Tu savais que Neuschwanstein était un modèle[1] pour le château à Disneyland?]	**6.** Du stimmst zu und sagst, dass die Führung ja nicht zu lange dauere und das Schloss deiner Meinung nach auch sehr beeindruckend sei. Du fragst, ob er / sie wüsste, dass Neuschwanstein als Vorbild[1] für das Schloss in Disneyland gedient habe.
7. Du verneinst, findest die Information aber interessant. Deine Idee ist nun, zur Marienbrücke zu gehen, die nur einige Minuten vom Schloss entfernt liegt und von der aus man eine der schönsten Aussichten auf das Schloss, die Berge und Seen der Region hat. Du findest, dass sich der Weg dorthin lohnt und möchtest nun wissen, ob dein / e Austauschpartner / in dazu Lust hätte.	**7.** [Ah non! C'est intéressant. Ecoute, j'ai encore une autre idée. A quelques minutes du château, il y a le pont Marienbrücke. Depuis ce pont, on a une des plus belles vues sur le château, les montagnes et les lacs de la région. Ça vaut le coup d'y aller. Tu en aurais envie?]
8. [Bien sûr! Et je pourrai faire des photos super. Ce sera une belle sortie!]	**8.** Dein / e Austauschpartner / in ist begeistert, weil er / sie dann tolle Fotos machen kann und es sicherlich ein schöner Ausflug sein wird.

1 **ein Vorbild** un modèle

Chasse aux fautes

6 Versailles sous Louis XIV (nach SB S. 89)

Pendant un voyage scolaire, ta classe visite le château de Versailles. Tu as reçu une brochure, mais il pleut et il y a des mots qu'on ne peut pas bien lire à cause de la pluie. Ton copain a essayé de compléter le texte, mais il a fait quelques fautes. Corrige-les.

Le château de Versailles a beaucoup changé sous le réigne de Louis XIV. Comme le Roi-Soleil voulait s'instale en dehors de Paris, il a aggrandit le petit château de chasse de son père pour construire un château baroque sompteuse avec beaucoup d'eaur dans la décoration. C'était un projet ambitieu car Louis XIV a réalisé à Versailles son rêve de pierre, d'eau et de lumier. Les travails ont commencé en 1661 et ont duré 53 ans. En 1682, la cour et le roi ont finalement vécu la néssance d'un château de comte de fée: 7000 pièces pleines de tablaux et de sculture, 357 mirroirs dans la galerie des glace, 800 hectares de parc et de jardins avec une belle symmétrie «à la française» … On a même decorer toutes les portes avec un soleil! Pour Louis XIV, c'était l'endroit idéal pour governer l'état français parce que ce grand château pouvait montrer sa pissance aux autres rois d'Europe et du monde entier.

Corrections:

____

____

____

____

____

____

____

____

____

____

____

____

Atelier B

Lire

7 L'art de vivre de Louis XIV (nach SB S. 90, Nr. 1)

A *Lis les trois textes.*

Le Lever du roi

La vie au château s'orientait d'après l'étiquette et le Lever du roi.
A partir de 8h, après que le valet qui dormait dans sa chambre a réveillé Louis XIV, une centaine de valets et courtisans – seulement des hommes – entraient peu à peu dans sa chambre. Ils avaient la chance de participer à la cérémonie du Lever du roi où on pouvait reconnaître une hiérarchie très stricte: lequel avait le droit d'ouvrir les fenêtres, de s'occuper de sa toilette ou de sa perruque, de le maquiller? Lequel pouvait l'habiller avec quel vêtement, ou lui mettre ses chaussures rouges?
Et le soir, la même cérémonie recommençait. Là, un courtisan avait le droit de tenir les bougies pour faire de la lumière au roi. Un grand honneur!

Les repas

C'est grâce à Louis XIV que la gastronomie française est si célèbre aujourd'hui. Pour lui, tout était important: les buffets somptueux mais aussi le décor, la lumière, le spectacle. Un art de vivre! Alors, comment mangeait-il? D'abord, on lui proposait plusieurs menus et on préparait un très grand nombre de plats dans la cuisine. Parfois, il y avait 14 entrées! Mais aussi des viandes, du poisson et des desserts qu'un médecin goûtait avant pour chercher des traces de poison. Un valet surveillait tous les plats jusqu'à leur arrivée dans la chambre du roi mais là, ils n'étaient plus très chauds. Louis XIV mangeait énormément. Il aimait goûter un peu de tout comme il lui plaisait. Il adorait les fruits et légumes de son potager, et les œufs durs! Il mangeait sans sa fourchette mais avec un couteau et avec ses mains. On lui apportait toujours un rince-doigts et une serviette. A la fin du repas, il distribuait les restes aux courtisans qui assistaient au spectacle.

Les plaisirs

Louis XIV adorait s'amuser. Les sorties et le jeu tenaient une place très importante à la cour. C'était aussi pour montrer sa puissance et l'art de gouverner. Le roi passait ses après-midis dehors. Il partait à la chasse, faisait du bateau, allait voir les animaux de son zoo ou se cachait dans le labyrinthe. Les courtisans pouvaient faire du tennis, du golf et même du traineau en hiver. De 19h à 22h, il organisait des «soirées d'appartement» dans les salons du château. On jouait souvent avec de l'argent au billard, aux cartes ou à des jeux de société. On y discutait, on dansait, on écoutait de la musique. Louis XIV jouait lui-même du luth et de la guitare. Dans le parc du château, il proposait des spectacles magnifiques: bals, ballets, comédies, opéras, concerts, jeux sur l'eau. Après, il offrait toujours à manger et à boire, sur des tables décorées de fleurs.
Le soir, le parc était illuminé et on pouvait admirer des feux d'artifice!

B *Coche la bonne case: vrai ou faux? Si c'est faux, corrige.*

1. Louis XIV décidait chaque jour quel courtisan avait le droit de s'occuper de lui.

☐ vrai ☐ faux ☐ pas dans le texte

Correction: ______

2. Les arts de la table en France sont nés des traditions gastronomiques sous Louis XIV.

☐ vrai ☐ faux ☐ pas dans le texte

Correction: ______

3. Un repas chez Louis XIV avait 14 plats au total.

☐ vrai ☐ faux ☐ pas dans le texte

Correction: ______

4. Louis XIV mangeait beaucoup mais il ne mangeait pas tous les plats proposés.

☐ vrai ☐ faux ☐ pas dans le texte

Correction: ______

5. Il mangeait parfois avec ses doigts.

☐ vrai ☐ faux ☐ pas dans le texte

Correction: ______

6. Le Roi-Soleil mangeait en même temps que ses courtisans.

☐ vrai ☐ faux ☐ pas dans le texte

Correction: ______

______

7. Louis XIV passait ses après-midis dans les salons du château.

☐ vrai ☐ faux ☐ pas dans le texte

Correction: ______

8. Louis XIV détestait jouer avec de l'argent.

☐ vrai ☐ faux ☐ pas dans le texte

Correction: ______

______

Ecrire

8 Louis XIV écrit à son frère (nach SB S. 91, Nr. 2)

Imagine que tu es Louis XIV. Tu écris une lettre à ton petit frère pour lui raconter ta journée de Roi-Soleil. Ton frère est en Allemagne avec sa femme Mme Palatine. N'oublie pas que …

- *tu es le grand frère.*
- *«Monsieur» est ton petit frère et tu es le roi de France!*

Ecris entre 180 et 200 mots dans ton cahier: «Monsieur, …»

STRATEGIE

Note tes idées, puis structure ton texte.
Fais des phrases avec des mots comme *d'abord, enfin, pendant, depuis, c'est pourquoi, quand, qui, que, où, …*

En forme

9 La vie de Madame Palatine (nach SB S. 92)

*Connais-tu Madame Palatine? Lis le texte qui parle de sa vie et mets les bonnes formes des verbes **s'en aller, recevoir, suivre, tuer, se révolter, prévenir, quitter, opprimer, partir**.*

1. Madame Palatine était une princesse allemande et la femme de Philippe d'Orléans, le frère de Louis XIV. Pour son mariage, elle ________________ Heidelberg et ________________ son mari à Versailles. **2.** Madame aimait être en compagnie. A la question «Qu'est-ce que vous ferez ce soir?» elle répondait: Je ________________ encore de la visite.» **3.** Madame Palatine admirait Louis XIV. Souvent, les deux ________________ à la chasse dans les forêts de Versailles. **4.** Elle montrait toujours du respect envers le roi, mais un jour, elle s'est disputée avec lui quand il l' ________________ : «Ma chère, mes soldats ________________ dans le Palatinat pour faire la guerre.» **5.** Elle ________________ : «Sire, s'il vous plaît, ne ________________ pas en guerre contre mon pays!» **6.** Mais les soldats français ________________ quand même ________________ l'ordre de leur roi et ________________ vers le Palatinat. **7.** Alors, elle a pensé: «Je serais restée l'amie de Louis si ses soldats n'________________ pas mon pays et s'ils ne ________________ pas mon peuple.» **8.** A partir de ce moment-là, Madame Palatine ne voulait plus vivre à la cour de Louis XIV. «Si je pouvais, je ________________ les troupes de Louis aujourd'hui pour aller à la maison.» a-t-elle dit à une dame de la cour. **9.** Alors, elle ________________ le conseil d'un ami: «Vous avez raison, Madame. ________________ tout de suite!»

Parler

10 Louis XIV et Mme Palatine (nach SB S. 92)

Louis XIV et Madame Palatine (Prinzessin Elisabeth Charlotte von der Pfalz) avaient les mêmes goûts et la plupart du temps ils s'entendaient bien. Mais dans l'exercice N° 9 vous avez vu qu'ils n'étaient pas toujours d'accord.

Travaillez à deux. Imaginez un dialogue entre le Roi-Soleil et Madame Palatine. Parlez de leurs problèmes, mais n'oubliez pas leur relation. Les informations ci-dessous peuvent vous aider.

Louis XIV

- se croit le centre du monde
- veut montrer sa puissance au monde entier
- est toujours gentil avec Madame Palatine
- aime bien passer du temps avec elle
- aime la chasse
- aime les arts, la musique et le théâtre

Madame Palatine

- admire tout chez Louis XIV
- montre de l'amour et du respect envers le roi
- aime l'Allemagne, surtout le Palatinat
- dit toujours la vérité
- n'est pas comme les autres dames de la cour
- aime la chasse

Ecouter

11 Notre projet (nach SB S. 93, Nr. 5)

58 *Cristina et Jonah, élèves bavarois, font des interviews de touristes français pour un projet scolaire.*

A ***Avant l'écoute:*** *Imagine dans quels endroits de Bavière vous pourriez faire des interviews de touristes français. Pourquoi sont-ils à ces endroits-là?*

B ***Pendant l'écoute:*** *Complète et coche la bonne réponse.*

1. Le roi Louis II de Bavière était un grand fan du roi ______________________.
2. Louis II a visité Versailles après la guerre entre ______________________.
3. Après, il a construit en Bavière un château …
   ☐ pour son idole. ☐ qui ressemble au château de son idole. ☐ pour les soldats de la guerre.
4. Le château de Herrenchiemsee est une copie exacte de Versailles à Paris.
   ☐ vrai ☐ faux Correction: ______________________
   ____
5. Qu'est-ce qui est moderne au XIXe siècle dans ce château? (deux choses): ______________________
   ____
6. Les deux rois ont connu une vie de luxe, mais lequel a vécu une vie plus confortable et pourquoi?
   ____
   ____
   ____
7. Louis II aimait ☐ le soleil. ☐ la foule. ☐ vivre seul. ☐ la politique.
8. Ce château de Louis II n'est pas fini parce que Louis II ______________________
9. Dans la salle de bain, il y a ______________________
10. Entre la salle de bain et sa chambre, il y a un ____________ secret.
11. Sa «chambre de parade» est la pièce la plus moderne du XIXe siècle en Allemagne.
    ☐ vrai ☐ faux Correction: ______________________
    ____
12. Comment s'appellent les deux autres châteaux de Louis II? ______________________
13. Au total, le roi Louis II a vécu ☐ 100 ☐ 6 ☐ 10 ☐ 1800 jours dans ce château.
14. Comme à Versailles, on peut voir … *(plusieurs réponses)*:
    ☐ un parc et des jardins. ☐ une ferme. ☐ un grand canal.
    ☐ une orangerie. ☐ des jeux d'eau. ☐ des fontaines et sculptures.
    ☐ un théâtre. ☐ des symétries. ☐ un zoo.
    ☐ un petit train. ☐ une forêt.

C ***Après l'écoute:***
Aimerais-tu proposer ce projet à ton école? Pourquoi (pas)? Discute avec ton/ta partenaire.

1 **le marbre** der Marmor 2 **un parterre** ein Beet

Ecrire

12 C'est une affaire de goût! (nach SB S. 98, Nr. 4)

Voilà un tableau célèbre de Hyacinthe Rigaud de 1701 qui montre le Roi-Soleil.
Regarde bien le tableau, puis mets-toi à la place de Louis XIV et remplis A et B.

A *Décris le look de Louis XIV.*

B *Qu'est-ce que tu penses de son look **aujourd'hui**?*

un bas / un collant ein Strumpf **une chaussure à talon** ein Stöckelschuh **un manteau** ein Mantel **une cape** ein Umhang

C *Louis XIV s'adresse à d'autres personnes: qu'est-ce qu'il leur dirait sur la mode?*
Choisis deux des personnes ci-dessous et écris un dialogue (150 mots).

sa femme **son fils** **un courtisan** **une courtisane** **un valet** **Mme Palatine**

Lire

13 Louis II et Louis XIV (nach SB S. 94)

A *Lis d'abord le texte. Il y a des mots que tu ne connais pas mais ils sont faciles à comprendre.*

Louis II de Bavière, plus connu sous le nom de «Roi de conte de fées» continue à fasciner les gens. Mais pourquoi admire-t-on ce roi jusqu'à nos jours? Parce qu'il est devenu un mythe avec les légendes autour de sa vie, de sa folie et de sa mort mystérieuse.

Louis II était très francophile. Il adorait tout ce qui était français. Le roi admirait une personne et une époque: Louis XIV et l'art de cette époque. Au contraire de Louis XIV, Louis II n'aimait pas du tout son rôle de chef d'Etat. Il ne voulait pas gouverner et il était malheureux dans les affaires politiques de la Bavière. Il rêvait d'être un monarque absolu. Mais au milieu du XIXe siècle, à cause de la puissance du parlement bavarois, ceci ne fonctionnait plus. Louis II détestait les discussions avec le parlement. Très vite, il a décidé de quitter Munich pour s'installer loin de la capitale bavaroise et pour construire ses châteaux de conte de fée.

Louis XIV était l'idole de Louis II mais leurs personnalités étaient très différentes. Le Roi-Soleil aimait être au centre de la vie politique et culturelle de la France et il avait toujours une foule de gens autour de lui. C'était tout le contraire pour Louis II! Il ne voulait plus voir sa famille, il détestait même sa mère et son frère. Il préférait être seul, sans courtisans autour de lui, et se promener dans la nature, surtout dans les montagnes de la Bavière. Tout seul avec ses valets dans ses grands châteaux, il s'imaginait qu'il était le Roi-Soleil, s'habillait comme lui, et rêvait d'une autre époque.

En plus, Louis II vivait la nuit. Il dormait toute la journée et se levait vers 20 heures pour faire une promenade nocturne sous la lune. C'est pour cela qu'on l'appelle aussi le «Roi-Lune».

Cette admiration pour le Roi-Soleil se retrouve aussi dans l'architecture des châteaux de Louis II. Les châteaux français, surtout Versailles, le fascinaient, c'est pourquoi il a construit une copie presque identique chez lui en Bavière: son château de Herrenchiemsee. Les bâtiments, les jardins, les statues, les fontaines, tout était dans le style français du XVIIe et du XVIIIe siècle.

Mais c'est la folie du luxe du roi qui l'a ruiné à la fin. Louis II a dépensé des millions pour la construction de ses châteaux mais aussi pour sa passion pour la musique de Richard Wagner et même pour ses parfums. En 1884, ses ministres ont décidé d'arrêter la construction du château de Herrenchiemsee parce que Louis II n'avait plus d'argent. Et voilà un autre parallèle avec Louis XIV qui, à la fin de sa vie, n'avait plus d'argent à cause de ses guerres et de sa vie de luxe.

B *Coche les bonnes réponses.*

Louis II de Bavière est aussi connu sous le nom de …

☐ Roi-Soleil ☐ Roi-Lune ☐ vieux Bavarois ☐ Roi de conte de fées ☐ Roi fou

C *Réponds aux questions.*

1. Pourquoi est-ce que Louis II fascine les gens encore aujourd'hui?

____

____

2. Louis II était francophile (l. 4). Qu'est-ce que ça veut dire? Explique avec tes propres mots.

____

D *Voici des informations sur Louis XIV et Louis II de Bavière. Lesquelles correspondent à Louis XIV et lesquelles à Louis II? Note le bon chiffre romain dans les colonnes.*

XIV gouverne comme un vrai chef

_____ ne s'intéresse pas à la politique

_____ n'aime pas discuter avec son parlement

_____ ne vit pas avec sa famille

_____ n'est jamais seul

_____ ne dort pas pendant la nuit

_____ dépense beaucoup d'argent pour ses guerres

_____ aime beaucoup son rôle

E *Vrai ou faux? Coche la bonne réponse, puis note les numéros des lignes.*

	v	f	ligne(s)
1. Les Bavarois aiment bien leur ancien roi.	☐	☐	_____
2. Louis II préférait le système politique bavarois au système politique français.	☐	☐	_____
3. Louis II a quitté Munich à cause du parlement bavarois.	☐	☐	_____
4. Louis II était un roi sans cour et sans valets.	☐	☐	_____
5. Louis II rêvait souvent d'une autre vie.	☐	☐	_____
6. Louis II a dépensé trop d'argent pour les arts, sa vie dans le luxe et ses châteaux de conte de fée.	☐	☐	_____

Pratique: tâches

Ecrire / Parler

14 Les rois de France … quelle famille! (nach SB S. 95, Nr. 1)

A la fin de cette tâche, tu vas présenter l'arbre généalogique des rois de France à ta classe. Mais il n'est pas facile à comprendre. Fais d'abord les exercices A–C: ils vont t'aider pour la présentation.

A *Fais une recherche sur Internet et complète le tableau. Retrouve les noms des sept rois de France qui manquent. Attention! Les chiffres indiquent le règne des rois, pas les dates de naissance et de mort.*

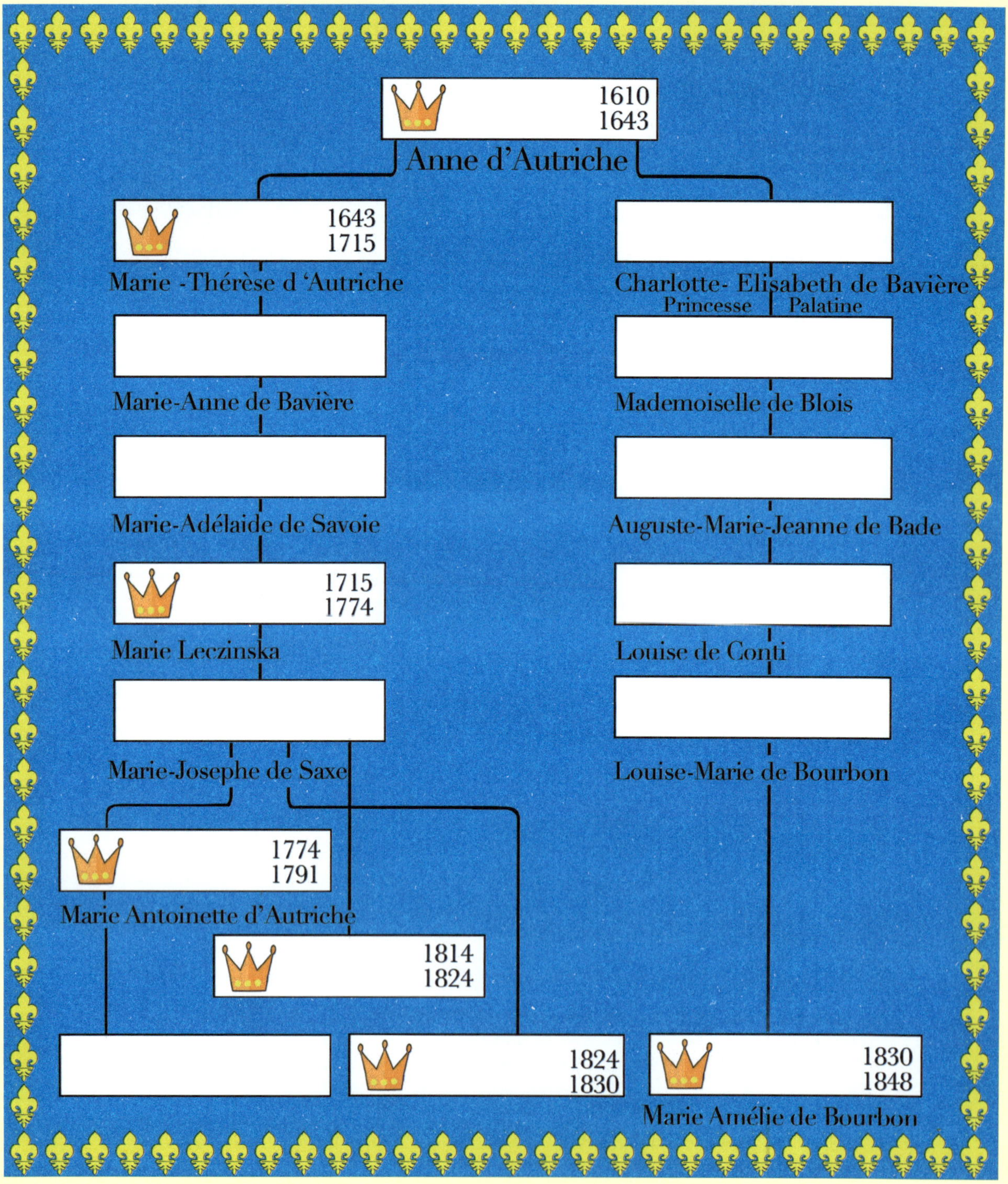

1 le neveu der Neffe **2 la nièce** die Nichte **3 le gendre** der Schwiegersohn **4 la belle-fille** die Schwiegertochter

B *Complète ou réponds aux questions.*

Les mots utiles pour B et C: un arbre généalogique, le petit-fils, l'arrière-petit-fils, l'arrière-grand-père, la femme, le mari, marié(e) / se marier, lointain, le trône, la guillotine, (portfolio), le prince / la princesse

1. Qui est la femme du frère de Louis XIV? ______________________________
2. De quelles régions d'Allemagne viennent les femmes de Louis Grand Dauphin, Louis Dauphin et Philippe duc d'Orléans? ______________________________
3. Les trois frères qui ont été rois de France s'appelaient ______________________________
4. Quel est le nom du dernier roi de France? ______________________________

C *Qui est qui? Complète le texte ci-dessous à l'aide des informations de A et des mots à droite.*

1. **Louis XIV** n'a que quatre ans lorsque son ______________ **Louis XIII** meurt. **2.** Et qui prend sa place sur le trône en 1715? Ce n'est pas son ______________ Louis Grand Dauphin, ce n'est pas non plus son ______________ car ils sont morts tous les deux avant lui. **3.** Non, c'est son ______________________, **Louis XV** qui, à la mort de son ______________________, n'a aussi que cinq ans quand son règne commence. **4.** Son ______________, Louis Dauphin, marié avec la princesse Marie-Josèphe de Saxe, est le ______________ de trois rois de France: **Louis XVI**, **Louis XVIII** et **Charles X**. **5.** **Louis XVIII** est l'______________ de **Louis XVII** qui meurt en prison à dix ans. **6.** A la mort de **Louis XVIII**, son ______________ **Charles X** devient roi. **7.** Et qui prend ensuite sa place? C'est son très lointain ______________ **Louis-Philippe Ier** qui a un ancêtre commun avec les autres rois: **Louis XIII**!

fils x2 | **petit-fils** | **arrière-petit-fils** | **oncle** | **frère** | **cousin** | **père x2** | **arrière-grand-père**

D *Regardez l'arbre généalogique de Louis XIII et préparez des devinettes pour votre partenaire.*
Exemples : Qui est le petit-fils de Louis Philippe duc d'Orléans? → C'est le roi Louis Philippe Ier.
De quand à quand a eu lieu le règne de Charles X? → De 1824 à 1830.

E *Seul ou à deux, présentez maintenant cet arbre généalogique devant la classe.*
Exemples: A la révolution française de 1789, le roi meurt sur la guillotine. → (Louis XVI)
Il devient roi à 5 ans mais son règne commence quand il a 14 ans. → (Louis XV)

TFOLIO

Avec l'aide de votre professeur d'histoire, créez une exposition autour des trois princesses d'origine allemande: Charlotte-Elisabeth de Bavière, Marie-Anne de Bavière et Marie-Josèphe de Saxe. Pour préparer l'exposition:

1. Formez trois groupes. Chaque groupe choisit une des trois dames pour ses recherches.
2. Dans chaque groupe, partagez le travail:
   a) Biographie courte de la dame.
   b) Pourquoi est-ce qu'elle s'est mariée avec un Français? Qui a pris cette décision? Quand?
   c) Quelles ont été les conséquences de son mariage pour la France? Pour l'Allemagne?

Bilan

→ Solutions: page 143-144.

Parler

1 Quelques châteaux en France et en Allemagne (nach SB S. 96, Nr. 1)

Ich kenne verschiedene Schlösser in Frankreich und Deutschland und kann sie beschreiben.

Château de Versailles

Château de Neuschwanstein

Regarde les photos des châteaux ci-dessus. Décris chaque château à l'aide de l'encadré à droite.

ON DIT

Le château de …
… se trouve à / en / près de …
… date du … siècle.
Le château …
… est beau / somptueux / élégant / immense / symétrique.
… est un château de conte de fées.
Il y a beaucoup de tours / décorations en or / fenêtres / miroirs / lumière.

Dans le parc, il y a …
… des statues / des sculptures.
… un canal, des fontaines, des jeux d'eau.
Autour du château, il y a des forêts / des monatgnes / des lacs …

Vocabulaire

2 Le saviez-vous? (nach SB S. 96, Nr. 2)

Ich kann über den Sonnenkönig **Ludwig XIV.** und **Schloss Versailles** sprechen.

Complète le texte avec ces mots ci-dessous et mets-les à la bonne forme:

accès **courtisans** **gouverner** **puissance** **Soleil**
ambitieux **chasse** **roi** **visite** **télécharger**

Saviez-vous …

1. que Louis XIV est devenu ________________ de France quelques mois avant son cinquième anniversaire?
2. qu'il était très ________________?
3. qu'il a décidé de ________________ tout seul?
4. que Louis XIV s'est appelé le Roi-________________ pour montrer sa p________________?
5. que le Roi-Soleil allait régulièrement à la ________________ avec Madame Palatine?
6. que Louis XIV mangeait chaque soir avec les c________________ à Versailles?
7. que les jeunes Français ont gratuitement ________________ au château de Versailles?
8. qu'on peut ________________ une application sur le portable pour préparer la ________________?

…n combine

3 Louis XIV et Molière (nach SB S. 97, Nr. 4)

Ich kenne das Verb **s'en aller** und kann das **Passé composé** und das **Imparfait** verwenden.

Louis XIV ________________ *(aimer)* les arts et le théâtre, surtout les pièces de l'écrivain Molière. En peu de temps, Molière ________________ *(devenir)* l'écrivain préféré du Roi-Soleil et finalement, l'écrivain ________________ *(pouvoir)* dire à sa troupe de l'Illustre Théâtre: «Si nous ________________ *(s'en aller)* de Paris pour vivre à Versailles, nous deviendrons la troupe royale!» Alors, Molière et ses hommes ________________ *(s'en aller)* à la cour de Versailles. Quelle chance! Presque chaque jour, Louis XIV ________________ *(s'en aller)* au parc pour assister aux spectacles de l'Illustre Théâtre. D'habitude, à la fin d'un spectacle, Molière ________________ *(s'adresser)* au roi pour le remercier de son aide et il ________________ *(s'excuser)* si le spectacle n'________________ *(être)* pas parfait. Mais il n'y ________________ *(avoir)* jamais de soucis: chaque fois, les artistes ________________ *(s'en aller)* sous les bravos du public. Malheureusement, à la fin de sa vie, le Roi-Soleil ________________ tout à coup ________________ *(préférer)* le musicien Lully et un jour, il ________________ *(dire)* à Molière: «Monsieur, ________________ *(s'en aller)* tout de suite! Il n'y a plus de place pour vous à la cour.» Alors, Molière ________________ *(s'en aller)* de Versailles.

…ocabulaire

4 Venez visiter le Louvre ! (nach SB S. 96, Nr. 3)

Ich verfüge über die nötigen sprachlichen Mittel, um über den Besuch einer Touristenattraktion zu sprechen.

Tu t'informes sur Internet pour visiter le Louvre mais il y a un problème avec l'ordinateur: des mots ont disparu! Remets-les à la bonne place.

préparer **Joconde** **possible** **horaires** **construire** **billet** **sculptures** **immense** **verre** **téléchargez** **galeries** **nécessaire** **nocturnes** **meubles** **plafond** **foule** **Révolution** **admirer**

L'histoire du Louvre commence vers 1190 quand le roi Philippe Auguste décide de ________________ un château fortifié autour de Paris: ce sera le Louvre. C'est en 1793, pendant la ________________ française que cet ________________ château est devenu un musée. Aujourd'hui, le Louvre est un des endroits les plus visités de France – et même du monde entier. Les visiteurs peuvent découvrir ses ________________ sur 72 000 m² et ________________ environ 35 000 objets d'art: des ________________ et des statues, des tableaux au ________________, des ________________ de toutes les époques. Alors, il est ________________ de bien ________________ votre visite! Regardez les ________________ du musée: le Louvre est ouvert tous les jours de 9 h à 18 h, sauf le mardi. Le mercredi et le vendredi, on peut faire des visites ________________ jusqu'à 21 h 45. L'entrée du Louvre se trouve sous la célèbre pyramide en ________________. Achetez votre ________________ en ligne pour éviter la ________________ de touristes à l'entrée. ________________ le plan du musée et choisissez les salles que vous voudriez voir absolument, comme par exemple la salle de la célèbre ________________. Mais n'oubliez pas: le Louvre, c'est grand comme plusieurs musées et ce n'est pas ________________ de tout visiter en un jour!

En plus: différenciation

Ecouter

1 Madame Palatine

59 *En 2021, une station de radio a fait une interview fictive avec Madame Palatine.*
Ecoute l'interview, puis coche la / les bonne / s réponse / s ou complète ou réponds aux questions.

1. L'interview a lieu en Allemagne à Heidelberg. ☐ vrai ☐ faux

   Correction: ______________________________

   ____

2. Madame Palatine est née au ☐ XVIe ☐ XVIIe ☐ XVIIIe siècle.
3. Le journaliste vient de …

   ☐ Saint-Cloud. ☐ Versailles. ☐ Heidelberg.
4. Le journaliste et madame Palatine restent dans la chambre de Madame. ☐ vrai ☐ faux

   Correction: ______________________________

5. Les soldats de Louis XIV ont détruit le château de Heidelberg.

   ☐ vrai ☐ faux

   Correction: ______________________________
6. La guerre contre le Palatinat, c'est la faute de …

   ☐ Le Chevalier de Lorraine. ☐ Louis XIV.

   ☐ Madame de Maintenon. ☐ Monsieur.
7. Madame Palatine adore Madame de Maintenon.

   ☐ vrai ☐ faux

   Correction: ______________________________
8. Le frère du roi Louis XIV préfère les hommes aux femmes.

   ☐ vrai ☐ faux

   Correction: ______________________________
9. Quelles vont être les activités de Madame Palatine? *(2 réponses)*

   ☐ le théâtre ☐ la lecture ☐ l'écriture ☐ le sport
10. Le roi est en colère contre Madame Palatine.

    ☐ vrai ☐ faux

    Correction: ______________________________

édiation/ Parler

2 Porträt einer ungewöhnlichen Frau

Ton correspondant Xavier passe quelques semaines dans ta famille. Sur la table du salon, il trouve par hasard un article sur Diane Herzogin von Württemberg. Comme Xavier ne connait pas cette princesse, tu lui expliques qui elle est, quel est son rapport avec la France et pourquoi on parle d'elle comme d'une femme exceptionnelle. (150 mots)
Pour t'aider, lis d'abord le vocabulaire ci-dessous.

la duchesse | **le Wurtemberg** | **le bronze** | **le métal** | **la peinture sur soie** | **la sculpture** | **le sculpteur** | **une œuvre** | **une exposition** | **un engagement** | **caritatif,-ve** | **la fondation**

Kunst ist mein Leben! – Porträt einer ungewöhnlichen Frau

Fast alles, was sie anfasst, wird zu Kunst: Diane Françoise Maria da Glória Herzogin von Württemberg ist nicht etwa wegen ihrer adeligen Herkunft bekannt, es ist ihr künstlerisches Schaffen, das für Gesprächsstoff sorgt. Bereits ihre Kindheit ist alles andere als gewöhnlich: 1940 in Brasilien als französische Prinzessin geboren wächst sie in Marokko, Portugal, Spanien und schließlich in der französischen Heimat ihrer Eltern auf. Schon im Alter von 14 Jahren beschäftigt sie sich intensiv mit der Seidenmalerei. Zudem erlernt sie zahlreiche weitere Techniken und beginnt, ihre Arbeiten mit DxDiane zu signieren.

Im Juli 1960 heiratet die Prinzessin aus dem Hause Bourbon den Deutschen Carl Herzog von Württemberg, mit dem sie sechs Kinder hat und auf Schloss Altshausen nahe Ravensburg leben wird. Der Herzog erkennt schnell das Talent seiner Frau und unterstützt ihr künstlerisches Schaffen. Doch aufgrund einer schweren Erkrankung muss Herzogin Diane drei Jahre pausieren. In der Zeit von 1971 bis 1980 entstehen dann aber etwa 80 Bilder jährlich und bereits 1972 eröffnet sie ihre eigene Ausstellung in Paris.

Ab 1980 widmet sich die DxDiane dem plastischen Arbeiten. Nach einem Modellierkurs bei der Stuttgarter Bildhauerin Hanne Schorp-Pflumm erschafft sie zahlreiche großformatige Skulpturen aus Metall. Besonders angetan hat es ihr die bildhauerische Gestaltung mit Bronze. Eine Auswahl ihrer Werke befindet sich im Skulpturenpark des Schlosses von Altshausen. Die Werke der Herzogin haben weltweit in vielen Ausstellungen große Beachtung gefunden. Nicht nur für ihr künstlerisches Engagement hat Diane Herzogin von Württemberg zahlreiche nationale und internationale Preise bekommen, sie wurde auch für ihr karitatives Engagement im In- und Ausland geehrt, denn der Erlös ihrer Kunstwerke fließt in ihre beiden Stiftungen für hilfsbedürftige Kinder.

En forme

3 Les chiffres romains

Le savais-tu? En français, on utilise les chiffres romains pour:
- les rois et empereurs: Louis **XI** (onze), Napoléon **I**er (premier), Napoléon **III** (trois).
- *les siècles: Le **XXI**e siècle (vingt-et-unième)*
- les arrondissements d'une ville: le **XVIII**e (dix-huitième) arrondissement de Paris.
- les chapitres d'un livre: chapitre I, chapitre II

A *Regarde le tableau ci-dessous pour savoir quel chiffre romain correspond à quel chiffre arabe.*

I	II	III	IV	V	VI	VII	VIII	IX	X	L	C	D	M
1	2	3	4	5	6	7	8	9	10	50	100	500	1000

B *Ecris maintenant les chiffres arabes en chiffres romains.*

1 = ______ 5 = ______ 10 = ______ 50 = ______ 100 = ______ 500 = ______ 1000 = ______

C *Regarde le tableau ci-dessous. Relie les chiffres arabes et romains qui correspondent.*

a. IX	**b.** XVII	**c.** XL	**d.** LX	**e.** XC	**f.** CX	**g.** CM	**h.** MMXX	**i.** XIX
A. 2020	**B.** 9	**C.** 40	**D.** 19	**E.** 110	**F.** 17	**G.** 60	**H.** 90	**I.** 900

Solutions: **a.** ____ **b.** ____ **c.** ____ **d.** ____ **e.** ____ **f.** ____ **g.** ____ **h.** ____ **i.** ____

D *Complète le texte avec les bons chiffres romains.*

1. Le dernier roi de France s'appelait Louis-Philippe (1er) ________.
2. Avant lui, c'était Charles (10) ________ et encore avant, c'était son frère Louis (18) ________.
3. Il n'y a plus de rois en France depuis le (19e) ________ siècle.
4. Le ________ siècle s'est terminé en 1999 et le ________ siècle en 1699.

Vocabulaire

4 La visite du château de Versailles

Comment visiter le château? Complète le texte ci-dessous avec les bons mots.

Voici quelques ______________ pratiques pour préparer ta visite au château de Versailles. Il faut bien faire attention aux ______________ d'ouverture car le château est fermé avant 9 heures et après 18 h 30, et aussi le ________ toute la journée. On peut faire une visite ________ ou une visite guidée. Si on veut faire une visite guidée, il est absolument nécessaire de faire une ______________ avant, par téléphone ou ______________. Les ________ d'entrée sont intéressants pour les ______________ de l'UE. L'entrée est même ______________ pour eux jusqu'à 26 ans! Et il ne faut pas payer non plus pendant la journée pour entrer dans le ________ et les ______________! On peut y faire un tour en ______________ ou en segway. Le soir, entre le mois d'________ et le mois d'______________, on peut y avoir accès si on a acheté un billet pour un spectacle ______________, comme par exemple pour un ou des jeux d'eau. Un bon conseil: ____________ez l'application du château sur votre ______________, cela ne coûte rien et comme ça, vous aurez toutes les ______________ utiles!

LE MASQUE DE FER

D1 **A** *Regardez l'affiche, puis lisez le texte.*

Le 4 septembre 1687, un journal annonce qu'un prisonnier mystérieux est enfermé «par ordre du roi» (Louis XIV) dans une prison sur l'Île Sainte-Marguerite en Provence. Personne ne le connaît, personne ne connaît son nom. En plus, il porte un masque de fer sur le visage. C'est Voltaire qui, le premier, croit que ce prisonnier mystérieux serait le frère jumeau de Louis XIV. La mère de Louis XIV, Anne d'Autriche[1] aurait fait disparaître le frère jumeau de Louis XIV à la naissance, avec l'aide de Mazarin[2]. Ainsi, il n'y aurait pas de problème de succession. Ce frère caché du futur Louis XIV serait donc l'homme mystérieux au masque de fer.

Mais un jour, Louis XIV découvre l'histoire de l'homme au masque de fer. Que faire? Le tuer? Le faire disparaître pour toujours? Si on découvrait que cet homme est le frère jumeau du roi, pourrait-il devenir lui aussi roi? Pourrait-il devenir un concurrent de Louis XIV? A l'époque, les frères jumaux sont un problème pour la succession et pour la couronne.

La réponse au problème était que le premier «né», le premier sorti du ventre de la mère devenait roi. L'autre restait prince. Si l'homme au masque de fer était le jumeau de Louis XIV, s'il était peut-être né avant lui, même une minute avant, alors Louis XIV aurait eu un gros problème. Il fallait donc le faire disparaître pour toujours dans une prison, cacher son identité, cacher son visage car les jumaux se ressemblent toujours un peu ou beaucoup parfois.

Mais pour dire la vérité historique, personne ne sait qui est l'homme au masque de fer. A côté du jumeau de Louis XIV, certains historiens pensent qu'il serait Molière ou d'Artagnan, ou un amant de la reine. C'est l'écrivain Alexandre Dumas qui met en scène en 1847 cette histoire du jumeau de Louis XIV dans son roman «Le Viconte de Bragelonne» qui est la suite des deux romans «Trois Mousquetaires» et «Vingt ans après».

Vous connaissez peut-être le film «Le masque de fer» avec Leonardo DiCaprio qui joue le rôle de Louis XIV. Bien sûr, ce film est basé sur le roman d'Alexandre Dumas, pas sur la vraie Histoire! Dans le film, vous ne verrez pas Versailles, car Versailles n'existait pas à cette époque. Louis XIV était encore très jeune. Mais vous verrez le château de Fontainebleau et le château de Vaux-le-Vicomte.

B *Est-ce que vous croyez à l'histoire du frère jumeau de Louis XIV? Discutez en classe avec votre professeur et avec vos camarades.*

C *Est-ce que vous connaissez des frères jumeaux dans vos familles, chez vos amis? Pourriez-vous imaginer une histoire pareille aujourd'hui? Pourquoi (pas)? Justifiez votre réponse.*

1 **Anne d'Autriche (1601–1666)** reine de France, mère de Louis XIV.
2 **Jules Mazarin (1602–1661)** Ministre d'Etat pendant la régence d'Anne d'Autriche

Un peu d'entraînement

→ Lösungen findest du auf S. 144.

Géographie

1 Les noms de lieux

Les noms de lieux en Suisse sont souvent différents en français et en allemand.
Trouve les noms qui vont ensemble.

français	allemand
1 le lac Léman	a) Greyerz
2 Neuchâtel	b) der Bodensee
3 le Cervin	c) Genf
4 le lac des Quatre-Cantons	d) der Genfer See
5 les Entrelacs	e) das Matterhorn
6 le lac de Constance	f) Basel
7 Gruyères	g) St. Stephan
8 Bâle	h) Interlaken
9 Genève	i) der Vierwaldstättersee
10 Saint Etienne	j) Neuenburg

Solutions: 1 ______, 2 ______, 3 ______, 4 ______, 5 ______, 6 ______, 7 ______, 8 ______, 9 ______, 10 ______

2 Tu connais la Suisse?

Qu'est-ce que tu sais de la Suisse? Si tu ne connais pas la réponse, cherche sur Internet.

1. Avec combien de pays est-ce que la Suisse a des frontières communes?
- ☐ 4
- ☐ 5
- ☐ 6

2. L'un des plus célèbres personnages littéraires suisses est
- ☐ Heidi
- ☐ Momo
- ☐ Le petit prince

3. Comment s'appelle le héros national suisse?
- ☐ Albert Einstein
- ☐ Guillaume Tell
- ☐ Albert Schweitzer

4. Quel pays n'a pas de frontière avec la Suisse?
- ☐ l'Autriche
- ☐ la Slovénie
- ☐ l'Italie

5. La Suisse est divisée en 26
- ☐ départements.
- ☐ provinces.
- ☐ cantons.

6. La Suisse est
- ☐ plus grande
- ☐ aussi grande
- ☐ moins grande que la Bavière.

7. La capitale de la Suisse est
- ☐ Zurich.
- ☐ Berne.
- ☐ Genève.

8. Quel est le plus grand lac de la Suisse?
- ☐ le lac Léman
- ☐ le lac de Constance
- ☐ le lac Majeur[1]

9. Quel est le plus haut sommet[2] de Suisse?
- ☐ la pointe Dufour
- ☐ le Cervin
- ☐ le Dom

10. Quelle langue n'est pas une langue officielle en Suisse?
- ☐ l'italien
- ☐ l'allemand
- ☐ le suisse

1 le lac Majeur der Lago Maggiore **2 le sommet** der Gipfel

Unité 6

Au camping en Suisse?

Lire **1** **A propos du texte** (nach SB S.105–106, Nr. 3)

Relis d'abord le texte (p.105/106) dans ton livre. Puis, coche la bonne réponse ou écris l'information demandée.

1. Léandre et sa mère passent leurs vacances sur

____

dans la région de __________________________ .

2. Qu'est-ce qu'ils ont fait pour être indépendants?

____

3. Pendant le séjour, Léandre …

☐ chatte avec ses amis. ☐ écrit un blog. ☐ partage des vidéos sur youtube.

☐ note ses impressions dans un journal de bord.

4. Pour découvrir la région, Léandre et sa mère ont visité plusieurs endroits. Relie l'endroit avec la bonne activité. Attention! Il y a deux activités en trop!

	a) visiter une fromagerie
1 Broc	b) assister à une fête traditionnelle
2 Gruyère	c) découvrir les mystères du chocolat
3 Moléson	d) admirer la belle vue
	e) dormir dans un chalet

5. Combien de musées est-ce que les deux ont visités? __________________________

6. Pourquoi est-ce que Léandre aimerait bien revenir dans la maison Cailler?

____

____

7. En Suisse, la fabrication du fromage est plus ancienne que la fabrication du chocolat.

☐ vrai ☐ faux Correction: ________________________________

8. «Gruyère» est le nom … *(deux bonnes réponses)*

☐ d'un fromage suisse connu.

☐ d'un village médiéval en Suisse.

☐ d'un plat typique suisse.

☐ d'une montagne en Suisse.

☐ d'une région en Suisse.

9. Au 18e siècle, on a créé la fondue pour …

☐ pouvoir passer une soirée sympa en famille ou avec des amis.

☐ lutter contre le froid en hiver.

☐ ne pas devoir mettre de la nourriture à la poubelle.

☐ faire revivre un repas traditionnel du Moyen-Âge.

Lire 2 Nos voisins, les Suisses! (nach SB S. 107, Nr. 4)

Lis d'abord le texte.

Quand on pense à la Suisse, de nombreux clichés viennent à l'esprit: montagnes, montres, chocolat, banques, etc. Ce 3 novembre, pour célébrer la «Journée du cliché», nous avons demandé à nos fans Facebook quels étaient les clichés suisses les plus forts pour eux.

Le fromage suisse

Ce n'est pas une surprise que les Suisses aiment le fromage. D'ailleurs, personne dans le pays ne s'étonne de manger une fondue en plein été. Si nous produisons plus de 450 variétés de fromage dans les différentes régions de Suisse, l'Emmental reste le fromage suisse le plus connu à cause de ses trous.

Le chocolat suisse

Pourquoi est-ce que le chocolat suisse est autant apprécié à l'étranger? Probablement grâce aux célèbres marques internationales qui ont fait la renommée des chocolats suisses pour sa qualité. Peut-être aussi par les ingénieuses inventions des chocolatiers et confiseurs suisses dans l'histoire du chocolat (Daniel Peter et Henri Nestlé qui ont inventé le chocolat au lait en 1875, Rodolphe Lindt le processus de conchage en 1879). Ou alors plus simplement parce que chaque Suisse consomme 11.9 kg de chocolat par an, ce qui fait de la Suisse la plus grande nation de consommateurs de chocolat au monde!

Tous les Suisses sont riches

S'il n'est pas faux de dire que les Suisses gagnent plus d'argent que leurs voisins et que la qualité de vie est qualifiée de meilleure dans le pays d'Heidi, il faut relativiser cette idée reçue car la vie en Suisse coûte également plus cher qu'ailleurs. Et même si personne ne meurt de faim en Suisse, nous avons encore près d'une personne sur 10 qui vit dans la pauvreté.

Tous les Suisses chantent le Yodel

Si seulement nous savions faire! Le Yodel fait partie de la tradition suisse, mais sa pratique reste limitée à quelques régions de montagne. Tous les trois ans, l'association fédérale des yodleurs organise la fête fédérale des yodleurs.

Tous les Suisses ont un couteau suisse dans la poche

S'il est vrai que le couteau suisse est une icône du pays, il faut savoir que le premier couteau suisse fabriqué pour l'armée suisse en 1891 était produit en Allemagne. Mais la même année, le fondateur de Victorinox Karl Elsener a décidé de rapatrier cette production à Ibach dans le canton de Schwyz.

La ponctualité helvétique

De nombreuses raisons ont fait rimer la Suisse avec ponctualité. En premier lieu son industrie horlogère. Nos trains sont également connus pour être les plus ponctuels d'Europe. 87,7% arrivent à l'heure à destination. Et finalement, si la ponctualité est très appréciée en Suisse, elle est surtout considérée comme une marque de respect envers les autres.

Réponds aux questions ou coche la bonne réponse et corrige.

1. Ces idées sur les Suisses sont le résultat d'un sondage fait dans les réseaux sociaux.

   ☐ vrai ☐ faux ☐ pas dans le texte

   Correction: ______________________________

2. L'Emmental est le fromage suisse le plus connu, parce qu'on peut l'acheter dans le monde entier.

   ☐ vrai ☐ faux ☐ pas dans le texte

   Correction: ______________________________

3. D'où vient le succès du chocolat suisse à l'étranger? (deux raisons)

   ____

   ____

4. Les Suisses sont le peuple qui mange le plus de chocolat au monde.

   ☐ vrai ☐ faux

   Correction: ______________________________

5. En Suisse, …

   ☐ la vie est plus chère que dans les autres pays en Europe.

   ☐ presqu'un dixième de la population ne mange pas à sa faim.

   ☐ on travaille plus, mais on est aussi mieux payé que dans d'autres pays européens.

   ☐ la qualité de la vie ressemble à celle des pays voisins.

6. Chaque année, il y a un concours de Yodel.

   ☐ vrai ☐ faux ☐ pas dans le texte

   Correction: ______________________________

7. Où et pour qui est-ce qu'on a fabriqué le premier couteau suisse?

   ____

8. Pour les Suisses «être à l'heure» veut dire qu'on …

   ☐ sait s'organiser.

   ☐ respecte les autres.

   ☐ est riche.

9. En Suisse, environ un train sur huit est en retard.

   ☐ vrai ☐ faux ☐ pas dans le texte

   Correction: ______________________________

Médiation/ Ecrire

3 Das Schweizer Taschenmesser: Wer hat's erfunden? (nach SB S. 108, Nr. 7)

Ton/ta correspondant/e de Lausanne dit que le «couteau suisse» est né en Suisse. Toi, tu crois que le «couteau suisse» est né en Allemagne. Alors tu fais des recherches sur Internet et tu trouves par hasard sur un blog la vraie histoire du couteau suisse. Alors, tu lui envoies le lien de l'article avec un petit commentaire pour lui expliquer. (150–180 mots).

Das Schweizer Taschenmesser ist tatsächlich für viele Menschen auf der ganzen Welt das Paradebeispiel des Schweizer Erfindungsgeistes. Einst von dem Schweizer Pionier Karl Elsener als Armee-Messer konzipiert, gilt es heute als vielseitiges Multi-Tool für jedermann. Das Schweizer Traditionsunternehmen Victorinox prägte das Offizier-Messer mit der typischen Griffschale aus rotem Kunststoff. Das Schweizer Kreuz markiert dieses wichtige Stück der Schweizer Ingenieurskunst. Doch haben es die Schweizer tatsächlich erfunden?

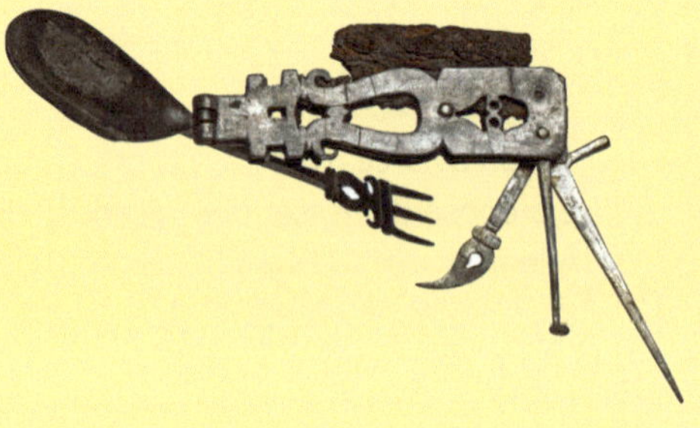

Wer hat's erfunden? Die Römer?!

Auch wenn es im Grunde die sagenhafte Erfolgsgeschichte des Schweizer Taschenmessers mitnichten schmälert, so hinterlässt ein Fund, der vor circa 25 Jahren bei Ausgrabungen am Mittelmeer zu Tage kam, ein leicht flaues Gefühl in der Magengegend. Ein Klappmesser mit integriertem Löffel, Gabel, Spatel und Stift. Sogar ein Zahnstocher war bei diesem uralten Vorreiter mit von der Partie. Und das Wörtchen „uralt" trifft den Nagel tatsächlich auf den Kopf! Das Stück wurde laut Experteneinschätzung vor circa 1800 Jahren gefertigt … von den Römern. Alle Komponenten des 8 cm x 15 cm großen Taschenmessers wurden aus Silber gefertigt. Man nimmt an, dass dies wegen der keimtötenden Wirkung dieses Metalls geschah.

Die Geschichte des Schweizer Taschenmessers …

… nahm im Jahre 1880 seinen Anfang. Die Schweizer Armee gab ein aufklappbares Multifunktionsmesser in Auftrag, das sowohl als Werkzeug zum Zerlegen des Gewehrs, wie auch als Essbesteck dienen sollte. Darauf muss man erstmal kommen! Die ersten 15 000 Taschenmesser wurde dann in Solingen / Deutschland gefertigt, da Schweizer Manufakturen zu dieser Zeit noch nicht die technischen Mittel zur Verfügung hatten. Ende 1891 übernahm dann Karl Elsener aus Ibach (Kanton Schwyz) die Herstellung der Messer. Und die Legende ward geboren! Karl Elsener legte nämlich auch den Grundstein für die heutige Traditionsfirma *Victorinox*, die diese praktischen Allzweckmesser nach wie vor fabriziert und in der ganzen Welt vertreibt. Ursprünglich teilten sich zwei Schweizer Unternehmen diese Aufgabe. In der französischen Schweiz baute die Firma „Wenger" die Schweizer Taschenmesser, die sich bis auf das Aussehen des eingravierten Schweizer Kreuzes nicht von denen des Marktbegleiters unterschieden. Allerdings geriet Wenger 2001 in eine wirtschaftliche Schieflage und wurde im Jahre 2005 von Victorinox übernommen.

Nach „Der Inbegriff des Schweizer Erfindungsreichtums: das Sackmesser"

Parler

4 Camping à la ferme (nach SB S. 108, Nr. 8)

*Ton/Ta correspondant/e **(A)** français(e) veut passer pour la première fois des vacances sans ses parents. Comme il/elle n'a pas beaucoup d'argent, qu'il/elle habite à l'est de la France et toi en Bavière, il/elle te propose de faire du camping en Suisse avec toi pendant deux semaines **(B)**. Vous discutez pour organiser le camping. Travaillez à deux. Décidez qui prend le rôle **A** et le rôle **B**. **A** commence. Puis changez de rôle.*

A (Ton / Ta correspondant/e)	B (Toi)
1. Du sagst deinem / deiner Austauschpartner/in, dass du die nächsten Sommerferien zum ersten Mal ohne Eltern verbringen möchtest und fragst, was er / sie davon hält.	**1.** [J'aimerais bien passer les prochaines vacances d'été pour la première fois sans mes parents. Qu'est-ce que tu en penses?]
2. [D'un côté, j'ai envie de passer mes vacances avec toi, mais d'un autre côté, je n'ai pas beaucoup d'argent.]	**2.** Du antwortest, dass du einerseits Lust hast mit ihm / ihr die Ferien zu verbringen, aber dass du anderseits wenig Geld hast.
3. Du meinst, dass es deiner Meinung nach kein Problem sei, weil du ihm / ihr vorschlägst in der Schweiz, zwischen Deutschland und Frankreich Urlaub zu machen. So ist es weder für ihn / sie noch für dich sehr weit entfernt.	**3.** [A mon avis, ce n'est pas un problème parce que je te propose de passer des vacances en Suisse, entre l'Allemagne et la France. Comme ça, ce n'est pas loin pour moi et pour toi.]
4. [C'est exact, mais à mon avis, la Suisse, c'est un pays très cher.]	**4.** Du sagst, dass es stimmt, dass aber deiner Meinung nach die Schweiz ein sehr teures Land sei.
5. Du pflichtest ihm / ihr bei und schlägst vor, nicht ins Hotel zu gehen, sondern zu zelten.	**5.** [C'est exact. Je propose de ne pas aller à l'hôtel mais de faire du camping.]
6. [D'accord, mais mon grand frère devrait nous accompagner. La raison, c'est que c'est mieux, si un adulte nous accompagne.]	**6.** Du stimmst zu, wendest aber ein, dass dein großer Bruder mitkommen müsste. Der Grund dafür ist, dass es besser ist, wenn ein Erwachsener euch begleitet.
7. Du sagst, dass du eine bessere Idee hast. Dein Onkel hat einen Bauernhof in der Schweiz in der Nähe vom Bodensee. Da könntet ihr auf dem Bauernhof zelten.	**7.** [J'ai une meilleure idée. Mon oncle a une ferme en Suisse près du lac de Constance. On pourrait faire du camping à la ferme.]
8. [C'est génial, parce que pour la première fois, on peut passer des vacances sans parents, sans frère, sans sœur et sans carte de crédit. Le lac de Constance, c'est génial!]	**8.** Du bist begeistert, weil ihr dann ohne Eltern, ohne Bruder, ohne Schwester und ohne Kreditkarte zum ersten Mal Urlaub machen könnt. Der Bodensee sei auch ganz toll.

Ecrire

5 Qui suis-je? (nach SB S. 109, Nr. 10)

A *Choisis une des deux personnes et crée son portrait à l'aide de la structure ci-dessous. Puis mets-toi dans la peau de cette personne et écris un texte sur «ton» personnage.*

Nom + prénom, âge ______________________________

métier ______________________________

caractère ______________________________

____

____

activités préférées ______________________________

____

rêves ______________________________

but dans la vie ______________________________

Parler

B *Fais une interview avec ton / ta partenaire pour tout savoir sur son personnage.*

On combine

6 Bonnes vacances en Suisse!

Complétez le texte avec ***y*** *et* ***en*** *et les verbes* ***avoir, être, devoir, s'en aller, recevoir, célébrer, fuir*** *et* ***suivre*** *à la forme correcte.*

En 2018, je ______________ dans un petit pays avec quatre langues, la Suisse. J'_____ avais rêvé depuis longtemps. _____ réalité, j'______________ mon pays et la Suisse est devenue ma nouvelle patrie. J'_____ ai rencontré beaucoup de nouveaux amis et je n'ai plus le mal du pays. S'il ______________ rentrer un jour, je n'______________ pas envie parce qu'_____ Suisse, il y a beaucoup à découvrir. J'adore les montagnes, alors j'_____ vais souvent pour des randonnées. Il y a aussi les lacs. La ville de Lugano ______________ beaucoup de soleil. Les régions autour des Alpes ______________ plutôt de la pluie. Il faut s'_____ attendre _____ cas de visite. Certains lieux ______________ la visite de vedettes comme Madonna. Mais si vous n'aimez pas la foule, alors ______________ et regardez les concerts sur Internet. Beaucoup de jeunes ______________ par exemple un musicien de Zurich qui s'appelle «Faber». Il nous manque encore un peu d'histoire. Si la Suisse n'______________ pas née en 1291, les Suisses ne ______________ pas leur fête nationale le 1er août. Au cours des années qui ______________, la Suisse est devenue indépendante et ______________ sa neutralité. Si elle n'______________ neutre, elle ______________ participer aux deux guerres mondiales. J'espère que vous ______________ mes explications et bonnes vacances _____ Suisse!

Parler

7 Le GPS (nach SB S. 108 Nr. 8)

Ton / Ta correspondant/e ***(B)*** *passe deux semaines chez toi* ***(A)*** *à Lindau en Bavière. Vous avez décidé de faire un tour à vélo autour du lac de Constance avec tes parents.*
Travaillez à deux. Décidez qui prend le rôle ***A*** *et le rôle* ***B****.*
A *commence. Puis changez de rôle.*

A (Toi)	B (Le / la correspondant/e français/e)
1. Du fragst deine/n französische/n Austauschpartner/in, ob er/sie daran gedacht, einen Rucksack mit T-Shirts, Shorts, Seife, Taschengeld, einer Flasche Wasser, seinem/ihrem Handy und seinen/ihren Papieren mitzunehmen.	**1.** [Tu as pensé à prendre un sac à dos avec des t-shirts, un short, un savon, de l'argent de poche, une bouteille d'eau, ton portable et tes papiers?]
2. [A quoi ça sert de prendre tout ça et est-ce que c'est vraiment nécessaire? Mon sac à dos va être trop gros!]	**2.** Du fragst, wozu du das alles mitnehmen sollst und ob das unbedingt notwendig ist. Dein Rucksack wird zu dick sein.
3. Du meinst, dass du dachtest, ihr würdet eine Fahrradtour um den Bodensee herum machen. Dafür muss man von Lindau aus durch 3 Länder fahren: Deutschland, Österreich und die Schweiz.	**3.** [Je croyais qu'on voulait faire un tour à vélo autour du lac de Constance? Pour cela, il faut traverser trois pays depuis Lindau: l'Allemagne, l'Autriche et la Suisse.]
4. [Franchement, ça me dérange un peu d'aller si loin à vélo avec un gros sac à dos.]	**4.** Nach deiner ehrlichen Meinung stört es dich ein wenig, so lange mit einem dicken Rucksack Fahrrad zu fahren.
5. Du sagst, dass du es nicht glaubst, und fragst, ob er / sie es ernst meint, wenn er / sie sowas sagt.	**5.** [J'y crois pas. Tu es sérieux(-euse) quand tu dis ça?]
6. [Bon, on ne va pas s'énerver pour ça. J'ai trouvé un compromis.]	**6.** Du sagst, dass es sich nicht lohnt, sich aufzuregen und dass du einen Kompromiss gefunden hast.
7. Du meinst, dass er / sie nicht so viele Probleme mit dem Rucksack hätte, wenn er/sie sich weniger mit seinem / ihrem Handy beschäftigen würde. Er / sie solle aufhören Nachrichten zu schicken.	**7.** [On aurait moins de problèmes avec ton sac à dos si tu t'occupais moins de ton portable et si tu arrêtais d'envoyer des messages.]
8. [Je n'envoie pas des messages, mais je cherche le chemin à vélo avec mon GPS autour du lac de Constance!]	**8.** Du sagst, dass du keine Nachrichten verschickst, sondern mit deinem GPS nach dem Fahrradweg um den Bodensee herum suchst.

Pratique: tâche

Ecrire

PORTFOLIO

Les vacances de Camille

Camille passe une semaine en Gruyère. Voici les photos qu'elle a postées sur son blog.
Ajoute un texte sur son poste et imagine les commentaires de ses amis.

Abonniert | Nachricht | E-Mail | ▼

____

____

Commentaires:

Lisa: ____________________________________

Ma: ____________________________________

Marine: ____________________________________

Nicolas: ____________________________________

Julie: ____________________________________

Chloé: ____________________________________

Bilan

→ Solutions: page 144.

1 Parler (nach SB S. 116, Nr. 2)

Ich kann **sagen** …

1. dass etwas gut / schlecht riecht.
2. dass ich einen Einwand vorbringen möchte.
3. dass ich hoffe, dass ich mein Gegenüber überzeugt habe.
4. dass es sich lohnt, die Seilbahn zu nehmen.
5. dass ich zu Fuß ins Tal absteigen werde.
6. dass dieses Museum alle Sinne anspricht.
7. dass ich diesen Käse gerne probieren würde.
8. dass sich dieser See zum Stand-Up Paddling anbietet.

ON DIT

1. Ça s …
2. J'aimerais bien faire …
3. J'espère que je t'ai / vous ai …
4. Ça vaut … de prendre …
5. Je descendrai dans … à …
6. Ce … fait appel à …
7. J'aimerais bien g …
8. Ce … est vraiment fait pour …

2 Vocabulaire (nach SB S. 117, Nr. 3)

Ich kann fehlende Wörter aus dem Kontext ergänzen.

1. Avant de partir en Suisse, il faut changer de l'argent parce que les Suisses ont leur propre ______________ .
2. Les deux tiers des Suisses parlent au moins deux langues, ils sont ______________ .
3. On peut faire du ski même en été grâce aux ______________ .
4. Il y a des touristes qui arrivent avec une valise presque vide et au départ, elle est ______________ de chocolats et d'autres souvenirs.
5. Ils montent sur les montagnes et prennent des photos avant de redescendre dans la ______________ .
6. Dans les chalets, ça ______________ souvent le fromage parce qu'on y mange la fondue suisse.

3 La chasse aux fautes (nach SB S. 117, Nr. 4)

Ich kann sprachliche Fehler in einem Text verbessern.

Bonjour. Je m'appelle Alexia, j'habite à Ratisbonne, je **suis** 15 ans ______________
et je viens de **fait** un échange d'une semaine avec un collège à ______________
Genève. Je **m'attendais** super bien avec ma corres et sa famille et ______________
j'ai **apprendu** beaucoup de choses sur la vie en Suisse. Saviez-vous ______________
par example que **chacun** Suisse mange environ 10 kilos de ______________
chocolat par **année** et qu'en Suisse, il y a 1500 lacs! Ma corres ______________
avait deux cochons d'Inde et je **l'**avais demandé pourquoi elle **leur** ______________
avait deux. Eh bien, surprise: En Suisse, on n'a pas le droit **à** avoir ______________
un seul! Est-ce que la Suisse a plus ou moins **des** habitants que la ______________
ville de New York ? Vous **trouverai** la réponse bientôt ici sur mon ______________
blog! A + Alexia ☺

DELF-Prüfung

On prépare le DELF (nach Unités 1–3) → Solutions: pages 145–147

*Mit den folgenden Übungen, die dem Niveau **zwischen „DELF A2 und B1** version scolaire" entsprechen, kannst du für die Prüfung trainieren.*

***Zum Ablauf:** Für das Hörverstehen hast du ungefähr 25 Minuten Zeit.*
Für das Leseverstehen stehen dir 35 und für das Schreiben 45 Minuten zur Verfügung.
Der 4. Prüfungsteil, Sprechen, dauert ungefähr 15 Minuten, plus 10 Minuten Vorbereitung.

***Hinweis:** Wie bei der echten DELF-Prüfung tauchen unbekannte Wörter auf, die du aber durch den Zusammenhang meistens verstehen kannst.*
Bei den Ankreuzaufgaben sind manchmal auch 2 Antworten richtig, ohne dass es dafür 2 Punkte gibt.
Findest du das Wort „Justification", trage die Textstelle ein, die deine Wahl begründet.
Zu den einzelnen Aufgaben und zur abschließenden Punktevergabe findest du ab S. 136 weitere Informationen.

1 Compréhension de l'oral

Teil 1	
points	tes points
25	

Vous allez entendre 3 documents sonores, correspondant à 3 exercices.

Pour le premier et le deuxième, vous aurez:
– 30 secondes pour lire les questions;
– une première écoute, puis 30 secondes de pause pour commencer à répondre aux questions;
– une seconde écoute, puis 1 minute de pause pour compléter vos réponses.

Pour répondre aux questions, cochez les bonnes cases ou écrivez l'information demandée.

65 **Exercice 1** *Lisez les questions. Ecoutez le document, puis répondez.* — 7

1. Alexis et son père — A ☐ font du vélo. B ☐ nagent. C ☐ courent. — 1
2. Le père — A ☐ est fatigué. B ☐ est en forme. C ☐ a des courbatures. — 1
3. Alexis — A ☐ vient de se séparer de sa copine. B ☐ vient de trouver une nouvelle copine. C ☐ n'a jamais eu de copine. — 1
4. Alexis aime surtout — 1
A ☐ 
B ☐ 
C ☐ 
5. Que veut faire Alexis l'année prochaine, avant de passer le bac? ____________________ — 2
____
6. Que fera-t-il avec son groupe? ____________________ — 1
____

points | tes points

Exercice 2 *Lisez les questions. Ecoutez le document, puis répondez.* 7

1. Dans quel domaine Robert travaille-t-il? A ☐ Physique. B ☐ Informatique. C ☐ Sport. 1
2. Avec qui Robert avait-il une entreprise? A ☐ Avec un vieil ami. B ☐ Avec sa copine. C ☐ Avec un étudiant en physique. 1
3. Pourquoi sa première copine l'a-t-elle quitté? ______________________________ 2
4. Qu'est-ce qu'il vient d'acheter? A ☐ Un appartement. B ☐ Une nouvelle voiture. C ☐ Une autre entreprise. 1
5. Qu'est-ce qu'il a fait avec sa partie de l'entreprise? ______________________________ 1
6. Comment passe-t-il les week-ends avec Astrid? A ☐ Ils font du sport. B ☐ Ils regardent du sport. C ☐ Ils vont au cinéma. 1

Exercice 3 *Vous aurez 1 minute pour lire les questions. Puis vous entendrez une première fois un document sonore. Ensuite, vous aurez 3 minutes pour répondre aux questions. Vous écouterez une seconde fois l'enregistrement. Après la seconde écoute, vous aurez 2 minutes pour compléter vos réponses.*
Lisez les questions. Ecoutez le document, puis répondez. 11

1. Quel est le thème de cette émission? A ☐ Un évènement scolaire. B ☐ Un projet du journal du lycée. C ☐ Une action de solidarité. 1
2. Qui est responsable de cette émission? A ☐ Un professeur. B ☐ Des élèves-journalistes. C ☐ Les élèves de seconde. 1
3. Comment s'appelle le projet que M. Arnaud a créé? ______________________________ 2
4. Quelles activités propose-t-on? A ☐ Les promenades. B ☐ La lecture. C ☐ La danse. 1
5. Comment l'idée d'aller à la maison de retraite St-Joseph est-elle née? ______________________________ 2
6. Les grands-parents d'Amélie habitent loin, à Paris. Pour cette raison, elle trouve cette expérience A ☐ difficile. B ☐ fatigante. C ☐ positive. 1
7. Pour M. Arnaud, la «chimie humaine», cela signifie ______________________________ 2
8. Pour M. Arnaud, le mot «chimie», a deux sens: 1
   il est professeur de ______________ et il parle de «______________________».

2 Compréhension des écrits

Teil 2	
points	tes points
25	
13	

Exercice 1 *La Maison de la Rance a publié ces informations sur Internet.*
Pour répondre aux questions, cochez les bonnes cases ou écrivez l'information demandée.

Découvrir et comprendre la Vallée de la Rance

FR EN ES

OBSERVER
Créée dans un ancien corps de ferme rénové près de Dinan, **La Maison de la Rance** vous fait découvrir l'un des **deltas les plus remarquables de Bretagne**: la **Vallée de la Rance**.

Son patrimoine naturel et culturel d'une diversité extraordinaire justifie sa préservation à laquelle contribue la Maison de la Rance.

COMPRENDRE
Un espace de découverte incontournable de 300 m² sur deux étages et six salles pour comprendre la Rance.

Jeux audios et vidéos, simulation de marées, odeurs, la Rance sur grand écran vous fait vivre un **patrimoine exceptionnel**.
Profitez aussi d'expositions temporaires à thèmes:
- **Les paysages de la Vallée de la Rance**
- **La Rance d'hier et d'aujourd'hui**

DÉCOUVRIR
Profitez des **randonnées de la Rance fluviale à la Rance maritime**.
A pied, à vélo ou en bateau, un animateur vous transmet sa passion de la nature. Découvrez et observez la faune et la flore de la Rance.

De l'école maternelle au lycée, l'équipe d'animateurs propose des programmes adaptés aux projets pédagogiques des enseignants.

A ne pas manquer:
Les ateliers et les stages nature.

OÙ EST LA MAISON DE LA RANCE? | INFOS VISITE | HORAIRES D'OUVERTURE

Tarifs
- Entrée: **3,90 €**
- Tarifs réduits:
  Pass famille: **6,00 €** (parents accompagnés d'un enfant de moins de 15 ans)
  3,00 €: pour les 15–18 ans, séniors, familles nombreuses, étudiants, groupes à partir de 10 personnes
- **Gratuit:** pour les moins de 15 ans
- **30 €:** forfait visite guidée (groupes)

Découvrez notre boutique nature et ses produits locaux.

1. Ce site est A ☐ une description de film. B ☐ une invitation à un parc de loisirs. C ☐ une publicité pour une région. (1)

2. La Rance est le nom A ☐ d'un fleuve. B ☐ d'une montagne. C ☐ d'une ville. (1)

3. La Vallée de la Rance est en Normandie. ☐ Vrai ☐ Faux (1)

4. La Maison de la Rance est un musée interactif. ☐ Vrai ☐ Faux (1)

5. On peut s'y informer sur l'histoire de la Rance. ☐ Vrai ☐ Faux (1,5)

Justification: ______________________________

6. Il y a toujours des expositions. ☐ Vrai ☐ Faux (1)

points | tes points

7. La Maison de la Rance organise des excursions dans la vallée. ☐ Vrai ☐ Faux [1,5]

Justification: ______________________

8. On peut y découvrir et observer des animaux et des plantes. ☐ Vrai ☐ Faux [1,5]

Justification: ______________________

9. C'est surtout pour les jeunes de 15–18 ans que la Maison de la Rance est idéale. ☐ Vrai ☐ Faux [1,5]

Justification: ______________________

10. Combien est-ce que vous payez pour les parents, la grand-mère (70 ans), la sœur (8 ans) et vous (15 ans)? ______________________ [1]

11. Où est-ce qu'il faut cliquer pour savoir si la Maison de la Rance est ouverte le lundi après-midi? ______________________ [1]

Exercice 2 *Madame Robine envoie une lettre de son fils Cyril à un ami allemand qui est professeur de français. Elle lui demande de donner cette lettre à ses élèves de français. Répondez aux questions en cochant les bonnes cases ou en écrivant l'information demandée.* [12]

Bonjour les jeunes Allemands,

Je m'appelle Cyril et j'ai 15 ans.
J'aime le sport et je joue au handball en compétition dans la région «Pays de la Loire».
J'habite dans un appartement à 10 minutes du centre-ville d'Angers.
Je suis très motivé pour parler l'allemand et l'anglais.
J'aime bien rencontrer des gens, être avec mes copains. Je communique facilement.
J'ai déjà été en vacances au lac de Titisee, quelques jours à Osnabrück et en mars, je vais passer 10 jours à Lahr dans la Forêt-Noire avec mon collège.
Je suis intéressé par un échange avec un Allemand qui a envie d'apprendre le français. Je souhaite qu'on s'entende bien, qu'on partage beaucoup de choses, qu'on passe du bon temps ensemble. Un garçon qui rentre tous les soirs à 18 h dans sa chambre, qui ne cherche pas à me parler, cela n'ira pas.
A Angers, tu auras ta chambre à toi, à côté de la mienne.
Il est possible de faire les 2 échanges à la suite. Ce serait idéal si tu venais 2 ou 3 semaines entre fin avril et fin août, par exemple au mois de mai pendant les vacances allemandes parce que tu pourrais aller dans des cours à mon collège. Mais si tu préfères, tu peux aussi venir pendant les vacances en août.
Ici à Angers, nous sommes en vacances du 7 au 23 avril (Pâques) et du 5 juillet au 4 septembre.
Je peux venir chez toi entre juin et septembre; l'idéal serait au mois de juillet.
On visitera Angers, les châteaux de la Loire, et on passera peut-être un week-end à Paris. On ira aux Sables d'Olonne sur la côte. Là, c'est très touristique, mais la grande plage de sable est très belle.

Nous pourrions nous parler par skype avant pour faire connaissance, et nos parents aussi.
Ils sont heureux de t'accueillir. Ils te montreront des choses typiques de la France et de notre région.
On a un chat tout noir, il s'appelle Minou. J'espère que tu n'es pas allergique aux chats.

Si tu as envie de faire l'échange avec moi, écris-moi vite.
A bientôt,
Cyril Robine

1. Dans la lettre, Cyril
   - A ☐ veut louer une chambre à un Allemand qui fait un échange.
   - B ☐ dit qu'il veut faire un échange avec un Allemand.
   - C ☐ cherche une famille française qui s'occupe de son corres allemand pendant un échange.

2. Dans quelle région se trouve la ville d'Angers?

   ____

3. Cyril veut passer quelques semaines en Allemagne parce qu'il aimerait surtout parler l'allemand. ☐ Vrai ☐ Faux

Justification: ______________________________

4. Pour Cyril, il n'est pas important d'être souvent avec son corres. ☐ Vrai ☐ Faux

Justification: ______________________________

5. Combien de semaines d'échange Cyril propose-t-il au corres allemand?

   ____

6. Qu'est-ce que les Robine vont sûrement montrer au corres allemand? A ☐ L'Atlantique. B ☐ Paris. C ☐ Angers.

7. Cyril aimerait bien aller en Allemagne pendant les vacances françaises. ☐ Vrai ☐ Faux

8. Avant l'échange, les deux garçons peuvent communiquer par skype pour
   - A ☐ parler des choses typiques de la France.
   - B ☐ mieux se connaître.
   - C ☐ parler de leurs parents.

9. Lequel de ces trois garçons pourrait faire l'échange avec Cyril? Voici leurs portraits:

Jonas est sportif. Il joue au foot et fait de la natation. A l'école, il aime le sport et les langues (anglais, français). C'est un garçon sérieux. Il aime passer ses vacances d'été au bord de la mer en Espagne. Il est allergique aux chats et aux chiens.

A ☐ Jonas

Linus joue au basket et fait du vélo. Il aime les langues (anglais, français et latin). C'est un élève ouvert qui aime communiquer. Il a organisé une fête avec sa classe. Il a passé trois jours à Paris avec son oncle. Il aime manger des croissants et des crêpes.

B ☐ Linus

Florian aime faire de la musique. A l'école, il est fort en maths et en sciences naturelles. Il est un peu timide. Il ne connaît pas la France. Il n'aime pas visiter des villes. Pendant les vacances d'été, il aime aller à la piscine.

C ☐ Florian

	points	tes points
1.	1	
2.	1	
3.	1,5	
4.	1,5	
5.	1	
6.	2	
7.	1	
8.	1	
9.	2	

3 Production écrite

Teil 3	
points	tes points
25	

Faire un stage pour découvrir la vie professionnelle et pour savoir ce que tu veux faire après ton bac.

Le journal de votre lycée fait une enquête sur la question:
«Pourquoi faire un stage?»
Le journal a ouvert un site sur Internet où vous pouvez participer à l'enquête. Expliquez votre point de vue. Donnez aussi des exemples et parlez de vos expériences personnelles. Comme il s'agit d'une enquête anonyme, ne donnez pas votre nom.
(120 – 140 mots)

(mots:)

4 Production orale

Teil 4 points	tes points
25	

A *Entretien dirigé (1 minute 30 environ, sans préparation)*
Tu te présentes (toi, ta famille, tes amis, tes activités et p. ex. aussi tes projets pour les prochaines vacances) et l'examinateur te pose quelques questions complémentaires.

points	tes points
4	

B *Exercice en interaction (3–4 minutes, sans préparation)*
Tu choisis entre les deux thèmes, puis tu commences le jeu de rôle.

points	tes points
8	

Tu es en Normandie avec ton ami(e) et vous voulez louer des vélos pour une journée pour faire une longue promenade. Tu vas dans un magasin «Location de vélos».

Tu as oublié ton sac à dos dans l'avion. Alors tu vas au bureau des objets trouvés à l'aéroport de Paris. Tu expliques la situation.

L'examinateur joue le rôle de la personne au magasin ou au bureau.

C *Expression d'un point de vue (5–7 minutes, 10 minutes de préparation)*
Tu choisis un des deux textes. Tu dégages le thème soulevé par le document et tu présentes ton point de vue (3 min environ), l'examinateur posera quelques questions.

points	tes points
13	

Il n'y a pas mal d'élèves dans notre lycée pour qui la mode et les vêtements jouent un rôle très important.
Ils choisissent leurs amis d'après les marques de leurs jeans et le style de leurs cheveux. Pour moi, cela m'est égal ce que mes copines et aussi les autres gens portent.
(Léna, 15 ans)

Aller à l'école et avoir un petit boulot, ça va très bien ensemble. Pour moi, c'est comme un cadeau quand je peux acheter des billets pour un concert avec mon argent. C'est bien d'avoir un peu plus d'argent. Et mes notes restent bonnes. Je sais qu'il y a des copains qui n'arrivent pas à faire 2 choses en même temps. *(Ahmed, 16 ans)*

100	

Gesamtsumme

Auswertung:

1. Habe ich bei jedem der vier Aufgabenteile wenigstens 5 Punkte erreicht? ☐ Ja ☐ Nein
2. Habe ich insgesamt 50 oder mehr als 50 Punkte? ☐ Ja ☐ Nein

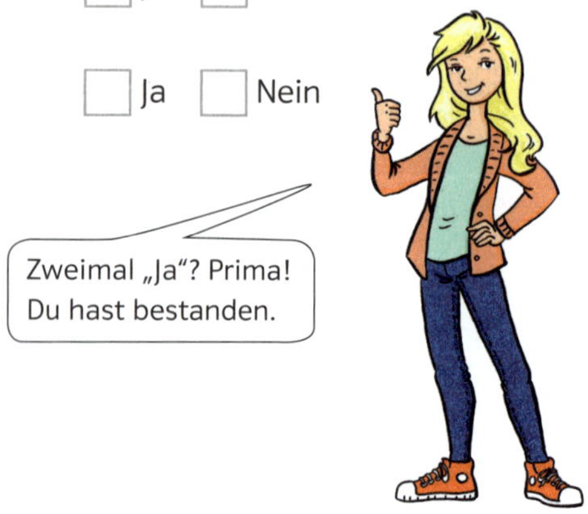

Lösungen und Lösungsvorschläge

Mit dem Lösungsteil hast du die Supergelegenheit, SOFORT zu erkennen, ob du die richtige Lösung gefunden hast. Du brauchst deinen Lehrer nicht, du kannst selbst kontrollieren.
Damit du eigene Fehler erkennst, vergleiche sorgfältig, schaue sehr genau hin und unterstreiche die Fehler, die du gemacht hast, mit einem roten Stift. Benutze für deine Verbesserungen eine andere Farbe. So kannst du dir später immer noch einmal klarmachen, welche Fehler dir unterlaufen sind. Denn auch aus Fehlern lernt man natürlich.
Steht vor einer Lösung «Möglichkeit», so heißt dies, dass es noch andere Lösungen gibt. Deine Lösung kann also anders ausfallen und trotzdem richtig sein. Wenn du unsicher bist, zeige deine Lösung deiner Lehrerin oder deinem Lehrer.

Bienvenue

Le quiz:
1. 20; 2. Vitale; 3. la Belgique, la Suisse, le Canada, la Tunisie; 4. Les intrus: un copain, un job, un papi, rigoler; Lösung: un ami, un travail, un grand-père, rire 5. Québec; 6. 6800 kilomètres entre Paris et la Martinique/66 millions d'habitants en France/220 millions de francophones dans le monde; 7. au CDI; 8. CDI: Centre de documentation et d'information/ BD: Bande dessinée/Corres: correspondant/e/TGV: Train à grande vitesse/Interro: interrogation écrite/ Bac: Baccalauréat/Récré: récréation; 9. le français/ le breton; 10. Sur les autoroutes

Unité 1

Un peu d'entraînement

S. 4, Nr. 1A
1. de la cité de Carcassone; 2. La Saône et le Rhône

S. 4, Nr. 1B
1. → Lyon; 2. → la Bretagne; 3. → Nantes; 4. → Limoges; 5. → Paris; 6. → Marseille; 7. → les Alpes; 8. → Lille; 9. → la Camargue; 10. → la Normandie

S. 4, Nr. 1C
1. Marseille; 2. Guignol/Gnafron; 3. Lille; 4. Tour de France; 5. Cannes; 6. Nantes; 7. Normandie; 8. Défense

S. 5, Nr. 2
1. L'été prochain, ma famille et moi, nous allons faire «un tour de France». 2. Notre tour va commencer à Strasbourg où nous allons aller d'abord et il va finir à Mulhouse où nous allons traverser la frontière allemande. 3. J'espère qu'il ne va pas pleuvoir et que je vais voir beaucoup de choses intéressantes. 4. Comme je/j' vais avoir 15 ans en août, mes parents vont m'offrir un cadeau spécial: ils vont acheter des billets pour un festival de musique! 5. Sur le site Internet, on peut lire: «Vous allez discuter avec les stars après le spectacle.» 6. Ça va être génial! Tu crois que tu vas pouvoir discuter avec des stars un jour?

S. 5, Nr. 3A
Un fleuve/un land/un pays/une ville/un dialecte

S. 5, Nr. 3B
Mulhouse/Bâle/Fribourg/la Suisse/le Luxembourg/ la Belgique/la Rhénanie-Palatinat/la Sarre/ la Forêt-Noire/le Rhin/la Meuse/la Moselle

S. 6, Nr. 4
1. les madeleines; 2. Charlemagne; 3. le Parlement européen; 4. les Vosges; 5. Place Stanislas à Nancy; 6. Patricia Kaas; 7. la route des vins d'Alsace; 8. ARTE: 9. Jeanne d'Arc; 10. les mirabelles; 11. Notre-Dame de Reims; 12 Tomi Ungerer

S. 7, Nr. 1
1. Région gastronomique: la choucroute, la tarte flambée, le bretzel, le kouglof; 2. Région de vin: le crémant, le gewurztraminer, le riesling; 3. Région naturelle: les cigognes, les Vosges, le Rhin; 4. Région européenne: les autoroutes gratuites, une capitale européenne, le Parlement européen, ARTE

Bilan

S. 22, Nr. 1
1. Est-ce que notre guide est déjà là?; 2. Comment continue notre voyage?; 3. Quelles sont les spécialités de l'Alsace?

1. On va voir un son et lumière. 2. On doit télécharger une application. 3. ce/cette … est passionnant(e)

S. 22, Nr. 2

1. Jean-Marc: Moi, je/j' **habiterai** en Bretagne avec mon frère et nous **achèterons** (acheter) un bateau de pêche. 2. Julie: Mes amies et moi, nous **fonderons** (fonder) un groupe de musique et nous **donnerons** (donner) des concerts. Un jour peut-être, on **participera** à un casting et on nous **invitera** (inviter) à la télé, c'est notre grand rêve! Et vous les amis, vous **aurez** envie de faire partie de ce groupe? 3. Pascale: Non, pas du tout. Vous **serez** tout le temps stressés, ce n'est pas la vie que je **choisirai** (choisir) pour moi. Je **vivrai** (vivre) près de la mer et je/j'**irai** à la plage chaque jour. Je **rencontrerai** (rencontrer) des gens et ensemble, nous **ferons** (faire) des jeux de ballon. Milène, tu **viendras** (venir) me voir? 4. Milène: Oui sûrement. On **pourra** faire du tourisme ensemble, je sais que ça te **plaira** (plaire) aussi! 5. Jérémie: Moi, **j'arrêterai** (arrêter) l'école, je **partirai** (partir) loin et je **deviendrai** (devenir) artiste. 6. Léo: Tu crois que tu **auras** du succès? Tu **attendras** (attendre) peut-être longtemps pour rien. 7. Jérémie: On **verra** (voir) bien. Sinon, je **devrai** trouver autre chose. Ou alors mes amis m'**aideront** (aider). Et toi, Léo, quand est-ce que tu **sauras** enfin ce que tu veux faire?

S. 23, Nr. 3

1. Henri: Est-ce que vous **participerez** à l'échange avec l'Angleterre si vos parents sont d'accord? 2. Lilou: Pourquoi? Henri: Si tu **veux** bien apprendre une langue, tu **devras** (devoir) passer quelques mois dans un autre pays. 3. Maurice: Moi, bien sûr! J' **irai** en Angleterre si j'**ai** la possibilité. Si nous **savons** bien parler anglais, nous **aurons** un meilleur avenir après l'école. 4. Lilou: Moi, je rêve de parler l'espagnol. Si mes parents me **paient** (payer) un séjour, je **pourrai** passer tout l'été en Espagne. 5. Henri: Bof! Si une personne me **parle** (parler) dans une langue que je ne connais pas, je lui **répondrai** (répondre) en anglais. 6. Maurice: Et si tu **fais** ça, elle **comprendra** (comprendre) peut-être les mots. Mais si tu **apprends** (apprendre) sa langue, tu **comprendras** (comprendre) aussi sa culture.

S. 23, Nr. 4

Bienvenue sur mon blog «Ma Lorraine»! Si vous **êtes** nouveau, vous **voudrez** (vouloir) savoir plus de choses sur cette **belle** région française. Aucun problème! Dans les prochaines semaines, je vous **ferai** (faire) découvrir des endroits cool. Aujourd'hui au programme: Metz! Voilà cinq **bonnes** raisons qui vous **donneront** envie d'aller là-bas.
Raison n°1: C'est une ville **historique** avec plus de 2000 ans d'histoire car elle est devenue la ville **principale** des Celtes.
Raison n°2: Si vous ne la **connaissez** (connaître) pas encore, Metz **aura** une surprise pour vous: son architecture. Vous **verrez** des bâtiments de styles très **différents** .
Raison n°3: C'est aussi une ville **culturelle**: il y a l'Opéra-Théâtre et beaucoup de musées. Mais on **trouve** (trouver) aussi beaucoup d'autres choses!
Raison n°4: Si vous **désirez** (désirer) goûter les **bons** produits de la région, ce **sera** facile. Au restaurant, demandez «l'assiette **lorraine** » pour connaître la cuisine locale.
Raison n°5: Avec ses **beaux** jardins et parcs où elle **invitera** (inviter) les visiteurs à se promener, Metz est une **vraie** ville verte. Vous **voyez**, ça vaut le coup d'aller à Metz!

Bonus 1

S. 28 L'Alsace

1. un dessin humoristique
2. Qu'est-ce que tu vois? Décris les éléments du dessin en détail. (150 mots)
On voit un oiseau qui est le symbole de l'Alsace porter 2 enfants: un petit garçon français et une petite fille allemande. On reconnait le petit garçon français parce qu'il a une baguette de pain. Et la petite fille allemande a un verre de bière et elle a les cheveux typiquement allemands. L'oiseau (une cigogne) traverse la frontière car l'Alsace est l'enfant des deux parents: la France et l'Allemagne. L'Alsace a toujours été entre les deux pays.
3. A ton avis, qu'est-ce que les personnages symbolisent? Explique.
Ce sont la France et l'Allemagne, représentées par des stéréotypes.
4. Que penses-tu du dessin? Est-ce que tu trouves que le message est bien clair?
Individuelle Lösung
5. Est-ce que tu as envie de faire un dessin humoristique aussi? Quels aspects de l'Alsace vont être dans ton dessin et pourquoi?
Exemple: un dessin humoristique sur la cuisine, les spécialités, l'histoire, les monuments.

Unité 2

Un peu d'entraînement

S. 29, Nr. 1

1. France (pharmacie); 2. France (Kiosk); 3. Allemagne (U-Bahn); 4. Allemagne (Apotheke); 5. France (Automat); 6. France (Schilder)

S. 29, Nr. 2

A quoi est-ce que tu penses quand tu entends le mot «France»? A Paris et sa tour Eiffel que plus de 6 millions de touristes prennent en photo chaque année? A la baguette que nous mangeons aussi en Allemagne? Aux villes et aux paysages du sud de la France qui ne plaisent pas seulement aux touristes français? Ou est-ce que tu penses à la cathédrale de Reims que les Allemands ont détruit en 1914? Aux traboules de Lyon qui ont servi aux habitants pour fuir les nazis? Une chose est sûre: pendant des siècles, la France et l'Allemagne se sont battues, ont connu des moments très, très difficiles et personne ne savait si les deux pays allaient s'entendre un jour …

S. 30, Nr. 3A

1. Chaîne de télévision franco-allemande; 2. Débarquement des Alliés; 3. Office franco-allemand pour la jeunesse; 4. Bataille de Verdun

S. 30, Nr. 3B

1. créé en 1991 – Strasbourg – chaîne qui propose des émissions en français et en allemand
2. 6 juin 1944 – Normandie – bataille (des Alliés/ soldats américains, anglais et canadiens) pour libérer la France de l'occupation nazie
3. créé en 1963 – Paris/Berlin – organisation qui propose des échanges – site pour trouver un/des correspondant/s
4. 1916 – Verdun – 300 jours et 300.000 morts (terrible bataille) – cimetière avec 16.000 tombes – 500.000 visiteurs chaque année

Bilan

S. 44, Nr. 1

1. Charles de Gaulle a travaillé à la réconciliation franco-allemande. 2. La France et l'Allemagne collaborent dans de nombreux domaines. 3. La plupart des jeunes Allemands ont une image positive de la France. 4. J'ai trouvé le sondage intéressant. 5. Il est important de lutter contre les préjugés. 6. Je n'y ai pas pensé.

S. 44, Nr. 2

x Dans 10 trains ALLEO qui traversent la frontière franco-allemande par jour, les employés parlent les deux langues.
x On compte plus de 2000 jumelages.
x Il y a moins d'élèves français qui apprennent l'allemand que des élèves allemands qui apprennent le français.

S. 45, Nr. 3

Mon grand-père me racontait souvent ses souvenirs de jeune homme. C'était en 1940. Les soldats français fuyaient devant l'armée allemande. Le gouvernement français a fui Paris pour aller à Bordeaux, puis à Vichy. Nous, on fuyait les Allemands pour ne pas aller à la guerre ou à Dachau. Je me souviens encore. Ma mère nous disait: «Fuyez!» Mes frères ont fui dans la montagne pour se cacher. Et ma sœur a fui en Angleterre pour retrouver le général de Gaulle. Elle disait toujours: «Tu verras, Marcel, un jour, les Allemands fuiront/vont fuir aussi. C'est une question de temps.» Malheureusement, les Allemands m'ont attrapé. Ils m'ont mis dans une ferme en Bavière où je suis resté 2 ans! C'est là que j'ai rencontré ta grand-mère, Elsa. Elle ne parlait pas français et moi, je ne parlais pas allemand, mais on se comprenait. Mais un jour, je/j'ai fui avec un camarade. Nous avons traversé la Bavière, puis la Suisse et finalement, nous sommes arrivés ici en Bourgogne, à la maison. Après la guerre, j'ai retrouvé Elsa. Elle m'a dit: «Tu vois, Marcel, aujourd'hui, je fuis mon père. C'était un nazi et il faut fuir les nazis comme la peste.»

S. 45, Nr. 4

Charles de Gaulle – un grand homme politique
Né en 1890 à Lille, Charles de Gaulle entre à l'âge de 18 ans dans l'armée où il apprend aussi l'allemand. Pendant la Première Guerre mondiale, il lutte à Verdun et les Allemands le capturent: Il passera deux ans et demi en Allemagne. De cette période il gardera un très mauvais souvenir.
Pendant l'occupation, en juin 1940, il fuit à Londres d'où il appelle les Français à la résistance. A la fin de la guerre, il retourne dans un Paris libéré.
Le 21 décembre 1958, il deviendra président français et signera bientôt le traité de l'Elysée avec le chancelier allemand Konrad Adenauer, un grand pas qui marque le début de l'amitié franco-allemande. Charles de Gaulle mourra le 9 novembre 1970 dans un petit village du Grand-Est.

Unité 3

Un peu d'entraînement

S. 51, Nr. 1

Bonjour la classe et bienvenue dans notre maison de mode! Karim, imagine: un jour, tu seras *(être)* peut-être toi aussi «chef de projet». Qu'est-ce que tu feras *(faire)* exactement comme travail? Ça dépendra *(dépendre)* du domaine où tu devras *(devoir)* travailler. Tu auras *(avoir)* peut-être des employés. Vous irez *(aller)* voir des clients et vous achèterez *(acheter)* des programmes. Mais comment saura -t-on (savoir) diriger le projet? Vous ferez *(faire)* des études de marché et vous aurez *(avoir)* des informations. Max, tu te demandes certainement si les projets dans le domaine informatique seront *(être)* difficiles. Tu verras *(voir)*, l'informatique, c'est comme l'économie ou l'écologie. Ben, Karim et toi, bien sûr vous pourrez *(pouvoir)* faire un stage avec nous. D'abord, vous m'enverrez *(envoyer)* des informations sur vous, puis vous viendrez *(venir)* dans mon bureau et je vous donnerai *(donner)* des conseils.

S. 51, Nr. 2A

Lösungsvorschlag: C'est un moyen de transport électrique. Ça ne coûte pas cher et c'est pratique en ville. Les avantages de rouler vert c'est que ça ne coûte pas cher, ça ne prend pas de place. C'est écologique et ça ne fait pas de bruit. Les désavantages c'est quand il pleut ou quand ça ne marche plus. On ne peut pas aller loin avec.

S. 51, Nr. 2B

1. Dans le document, on parle de trois x moyens de transport.
2. Zoé existe depuis 2012.
3. Avec Zoé, vous pourrez rouler pendant 400 kilomètres.
4. Les élèves peuvent utiliser Zoé. faux x
Correction: quand vous aurez dix-huit ans.
5. Avec le vélo électrique, vous pourrez rouler pendant 60–80 kilomètres.
6. Le problème avec le vélo électrique c'est qu'il est très cher.
7. Combien coûte le 3e moyen de transport 500 à 1000 euros.
8. Classe les 3 moyens de transport du moins cher au plus cher.
3 la voiture 1 la trottinette 2 le vélo
9. Le problème avec la trottinette, c'est qu'elle est très dangereuse.

Bilan

S. 67, Nr. 1

Plus, tard, j' aimerais être pilote. Mon rêve, ce serait de faire un stage à Toulouse chez Airbus. Je m'intéresse aux avions. J'aimerais travailler comme ingénieur. Les gros avions me fascinent comme par exemple l'Airbus A 400M.
Je suis bon en mathématiques, mais travailler comme prof de maths, ça ne me dit rien !
Pourriez-vous me donner des informations ou des documents sur le métier d'ingénieur, cela me permettrait d'avoir une idée sur le nombre d'années d'études et sur les possibilités de métiers.

S. 67, Nr. 2

1. Jean discute avec 3 dames devant x l'école maternelle.
2. Pourquoi est-ce que Jean ne travaille pas? Parce qu'il a perdu son travail.
3. Que fait-il? Il est homme/père au foyer; il s'occupe de la maison et des enfants.
4. Son ancien métier était «conseiller en finances».
x vrai
5. Jean raconte qu'il s'occupe chaque jour …
x de la vaisselle. x des poubelles. x des repas.
6. La première dame est x conductrice de bus.
7. Maintenant, la 2e dame est x mécanicienne.
8. Elle trouve les voitures et la technique passionnantes. x vrai
9. La 3e dame est x développeuse informatique.
10. «… mais être papa ou maman, c'est quand même le plus beau métier du monde!».

S. 68, Nr. 3

1. … on aide des gens qui sont dans une situation sociale difficile
un assistant social / une assistante sociale
2. … on aide des gens malades.
un médecin/docteur / une médecin/docteure
3. … on travaille à la télé ou à la radio et on parle aux gens.
un animateur / une animatrice
4. … grâce à eux/elles, les avions peuvent voler.
un pilote / une pilote
5. … on aide des animaux malades.
un vétérinaire / une vétérinaire
6. … on travaille sur des voitures, par exemple sur le moteur.
un mécanicien / une mécanicienne
7. … on s'occupe des cheveux de ses clients ou clientes.
un coiffeur / une coiffeuse
8. … on travaille à l'hôpital, on s'occupe de malades et on aide les médecins.
un infirmier / une infirmière

S. 68, Nr. 4

1. Idris: Vous êtes encore contente de votre métier? Ou vous vous décideriez (se décider) autrement si vous aviez (avoir) encore le choix? 2. Yasmine: Oui et non. Je me sentirais (se sentir) peut-être moins stressée dans un autre métier, mais est-ce que je serais (être) aussi contente de mon travail? 3. On ne le sait jamais avant. Si on le savait (savoir) plus tôt, on prendrait (prendre) cette décision plus facilement, je crois! 4. Idris: Oui, c'est vrai! Moi, je suis triste quand Mehdi me dit: «Papa, tu devrais (devoir) travailler moins!» Il a raison, car si nous travaillions (travailler) moins,, nous pourrions (pouvoir) passer plus de temps avec nos enfants.
5. Yasmine: Ah oui, je connais bien cette situation. Mais si nos enfants avaient (avoir) des enfants, ils nous comprendraient (comprendre) sûrement mieux!

Plateau 1

S. 71, Nr. 1A

1. On visite combien de villes nouvelles dans cette capsule? 5 2. Ces villes sont ... Biarritz, Brest, Lille, Annecy, Ajaccio

S. 71, Nr. 1B

Biarritz:
1. La géographie Sud-ouest, plage, océan atlantique, Pyrénnées
2. La culture/le sport Le surf, Pays basque
3. La gastronomie Poulet basquaise, piment d'Espelette

Brest:
1. La géographie en Bretagne
2. L'histoire Château de Brest

Lille:
1. La géographie 500 km au nord, Grande place, carrefour entre 4 capitales européennes
2. La culture Le train Eurostar
3. La gastronomie les moules frites

Annecy:
1. La géographie Au sud, le lac, le canal, les montagnes
2. La culture La Venise des Alpes, sports de l'extrême

Ajaccio:
1. La géographie Sud de la France, entre la mer et la montagne, sous le soleil toute l'année
2. L'histoire Napoléon
3. La culture Riche culture corse

Les mers/les océans: Mer du Nord, la Manche, l'Océan atlantique, la Méditerrannée

S. 72, Nr. 2

1. Pas OK! Pas de documents officiels dans Internet.
2. OK!
3. Pas OK! Pas de photos dans un magasin!
4. OK!
5. Pas OK! Pas de mots méchants sur les gens!
6. OK!

S. 74, Plaisir de lire

Lösungsvorschlag: Georges Brassens est né en 1921 à Sète. Il est mort en 1981.
Ses chansons les plus connues sont: La mauvaise réputation, Le gorille, Jeanne, Chanson pour l'Auvergnat, Les sabots d'Hélène, Le parapluie
Son rapport a l'Allemagne: En 1943, il doit partir en Allemagne pour le service du travail obligatoire. Il arrive à Basdorf près de Berlin. Là, il travaille dans une usine qui fabrique des moteurs d'avion.

Lösungsvorschlag: Barbara est née en 1930 à Paris. Elle est morte en 1997.
Ses chansons les plus connues sont: Göttingen, L'aigle noir, Une petite cantate, Marienbad, Il pleut sur Nantes, Ma plus belle histoire d'amour, ...
Son rapport à l'Allemagne: Barbara n'aime pas l'Allemagne à cause de la guerre. Mais en 1964, elle va chanter à Göttingen. C'est le directeur du Junges Theater qui a invité Barbara. Les gens de Göttingen sont si sympathiques que Barbara écrit pour dire merci la chanson «Göttingen» qui est un grand succès. En 1988, le gouvernement allemand lui donne le Bundesverdienstkreuz pour avoir travaillé à la réconcialiation entre la France et l'Allemagne. Elle a même chanté ses chansons en allemand.

Lösungsvorschlag: Patricia Kaas est née en 1966 à Forbach.
Ses chansons les plus connues sont: Mademoiselle chante le blues, D'Allemagne, Rose Kennedy, Kabaret, Ganz und gar, Unter der Haut, If you go away, ...
Son rapport à l'Allemagne: Au début, elle chante souvent à Saarebruck au club Rumpelkammer. Elle chante aussi souvent en allemand.

S. 74C:

1. Gaston et Martin symbolisent 2 hommes. L'un est ami des Américains. L'autre est l'ami des Allemands pendant la guerre.
2. Il était une fois = Es war einmal.
3. On pense à la guerre entre la France et l'Allemagne.
4. La chanson se passe à Berlin. On y parle "du mur".

Unité 4

Un peu d'entraînement

S. 76, Nr. 1

Paul et sa sœur Léna ont invité Socrate et Lara. Malgré le beau temps, les quatre amis préfèrent rester dans le salon: Les nouveaux médias sont plus intéressants que les activités dehors. Lara qui est assise au premier plan fait un selfie avec son portable/(smartphone). Après, elle va l'envoyer à ses copines. Socrate, le garçon devant à droite, joue à un jeu vidéo. Paul, lui, regarde la télévision. Sur l'écran, on voit un match de foot. Sa sœur, elle, écoute de la musique et écrit des textos/SMS/messages. On ne sait pas quelle application elle utilise. Peut-être qu'elle cherche aussi quelque chose sur Internet. Au milieu/centre du dessin, il y a une table avec des journaux, quelques DVD et deux consoles. Personne ne parle. Est-ce ça, communiquer et se retrouver entre amis aujourd'hui?

S. 77, Nr. 2A

Raphael (15 ans, Nantes)
A mon avis, on pourrait (pouvoir) très bien vivre sans portable. Pour téléphoner, j'utiliserais (utiliser) le téléphone «classique». Et pour faire des recherches, les gens iraient (aller) sur internet avec l'ordinateur. Ecouter de la musique et regarder des films? Avec des CD et des DVD, ça resterait (rester) toujours possible! Je ne vois pas pourquoi une vie sans portable poserait (poser) un problème. Nous serions moins stressés, nous parlerions (parler) plus avec nos amis et beaucoup de jeunes dormiraient (dormir) mieux! Il faudrait (falloir) essayer!

Jade (14 ans, Marseille)
Une vie sans portable? C'est une blague ou quoi? Personne ne voudrait (vouloir) vraiment ça, non? A mon avis, la vie serait (être) nulle: Qui me réveillerait (réveiller) le matin? Comment est-ce que je prendrais (prendre) des photos? Et à qui est-ce qu'on les enverrait (envoyer)? En plus, vous auriez (avoir) moins d'amis! Eh oui! Vous vous sentiriez (se sentir) seuls! Sans mon portable, je devrais (devoir) organiser ma vie autrement mais je ne saurais (savoir) pas comment. En tout cas, je n'aimerais (aimer) pas faire cette expérience! Voilà!

S. 77, Nr. 2B

1. → d 2. → c 3. → b 4. → a
1. Si mes copains étaient d'accord …
4. J' irais vraiment mal, …
b) je m' achèterais bien un deuxième portable.
c) si nous passions moins de temps avec notre portable.

Bilan

S. 95, Nr. 1

1. En moyenne, je suis 2 heures en ligne par jour.
2. Je trouve que c'est bien d'interdire le portable à l'école.
3. J'ai déjà/je n'ai pas encore été victime de harcèlement dans Internet/dans les réseaux sociaux.
4. JJ'aimerais aussi poster des vidéos sur Youtube.
5. Mes films préférés sont (des films d'action).
6. Dans le film XY, il y vraiment du suspense.
7. On ne parle pas de ce problème.
8. Le nombre des personnes qui utilisent les réseaux sociaux n'arrête pas d'augmenter.

S. 95, Nr. 2

1. Le festival de cinéma de Tübigen est un festival …
x francophone.
2. Cette année, il y a avait beaucoup de monde à Tübingen pour le festival. x faux
Justification: Le festival était donc en ligne pour la première fois.
3. Le père de Horst Buchholz à joué dans … x Les sept mercenaires
4. Les films à l'affiche du festival de Tübingen de cette année sont …
x Bécassine x Camille x Baanum Nafi x Champ de mars x Cayenne
5. Cette année, la journaliste trouve que le festival est triste.
6. Les partenaires du festival de Tübingen sont …
x le consulat du Québec
x le consulat général de Suisse
x l'OFAJ x SWR x ARTE x L'Institut français x la ville de Stuttgart

S. 96, Nr. 3

1. –Tiens, j'ai reçu un message! Cool!
2. –Mademoiselle, répétez, svp! Je ne vous suis plus!
3. –Quoi? Tu ne suis pas la vie des grandes stars de ciné?
–Non! Et alors?
4. –Vous recevrez notre réponse dans les jours qui viennent!

S. 96, Nr. 4

1. Si Mathilde avait écouté (écouter) son père, elle n'aurait pas posté (ne pas poster) sa première vidéo. 2. Elle aurait déjà commencé (déjà commencer) plus tôt si elle avait su (savoir) comment s'y prendre. 3. Beyra ne serait jamais

allée (ne jamais aller) à Cannes si sa prof **ne lui avait pas parlé** (ne pas lui parler) de cet atelier franco-allemand. 4. Si les autres participants **ne l'avaient pas aidé** (ne pas l'aider), elle **n'aurait pas réussi** (ne pas réussir) à écrire une bonne critique de film. 5. Si le scénario **avait été** (être) nul, les «Hirondelles de Kaboul» **n'auraient pas plu** (ne pas plaire) à Nino. 6. Les jeunes **n'auraient jamais porté** (ne jamais porter) des smokings et des robes longues s'ils **n'étaient pas montés** (ne pas monter) sur le marches du Palais des festivals.

S. 97, Nr. 5

A

Typ I **si-Satz** présent **Hauptsatz** futur simple / (présent)
Typ II **si-Satz** imparfait **Hauptsatz** conditionnel présent
Typ III **si-Satz** plus-que-parfait **Hauptsatz** conditionnel passé

B

Coucou! C'est encore moi, Alice! Dans cette vidéo, j'**aimerais** (aimer) d'abord vous dire merci! Merci, parce que vous me **suivez** depuis des mois! Merci, parce que je **reçois** des centaines de likes! Merci, parce que vous me montrez que je **suis** le bon chemin. Eh bien, moi aussi, j'ai commencé à zéro et je **n'aurais jamais cru** (ne jamais croire) que mes vidéos vous **plairaient** (plaire)! Au début, je **suivais** les blogueurs et je regardais les vidéos d'autres youtubeurs, mais un jour je me suis dit: Si je **n'essaie pas** (ne pas essayer), je ne **serai** (être) jamais youtubeuse. Alors, j'ai enregistré ma première vidéo, je l'ai postée et en peu de temps, j'**ai reçu** 15 likes! Si je **n'avais pas fait** (ne pas faire) ce premier pas, je **ne serais jamais entrée** (ne jamais entrer) dans ce monde magique de youtube! Alors, **suivez** mon conseil: Si vous **rêvez** (rêver) de devenir youtubeur ou youtubeuse, vous aussi, **n'hésitez pas** (ne pas hésiter)! Créez votre chaîne et postez votre première vidéo … et si le succès ne **(vient)/venait** (venir) pas tout de suite, ce n'est pas grave! Tout le monde a une deuxième chance! Bisous et à + Alice

Unité 5

Un peu d'entraînement

S. 101, Nr. 1

1. Regarde la carte. Où est Versailles? *(plusieurs réponses possibles)* X dans un département voisin de Paris. X en «Île de France». X au sud-ouest de Paris.
2. Qui a habité dans le château de Versailles? **Le Roi-soleil**
2. A Paris, le métro s'appelle aussi RER.
X faux Correction: ce sont deux réseaux différents.
3. Avec le RER … . X le trajet est direct.
4. On peut seulement partir depuis la tour Eiffel.
X faux Correction: **par exemple des invalides ou de la tour Eiffel.**
5. Le trajet en train à Versailles dure … X 40 minutes.
6. Pour prendre le RER on ne peut pas utiliser le billet du métro. X vrai Correction: –

Bilan

S. 114, Nr. 1

1. Le château de Versailles se trouve près de Paris. Il date du 17e siècle. C'est un beau château baroque. Il est somptueux et élégant. La construction a duré 50 ans. Il a une façade de 680 mètres et compte 2300 pièces. Il y a aussi un jardin somptueux avec des statues et des sculptures, un canal, des fontaines et des jeux d'eau. La galerie des glaces avec la symétrie des 17 fenêtres laisse entrer la lumière.
2. Le château de Neuschwanstein se trouve en Bavière. C'est un des châteaux du roi de Bavière, Louis II. C'est un château de rêve sur une montagne. Mais il n'y a pas de jardin somptueux comme à Herrenchiemsee. Il n'y a pas de galerie des glaces. Elle est à Herrenchiemsee. Le château de Neuschwanstein date du 19e siècle. Il est plus moderne que le château de Versailles. Mais il y a beaucoup de tours comme dans un château de conte de fées.

S. 114, Nr. 2

1. que Louis XIV est devenu **roi** de France quelques mois avant son cinquième anniversaire?
2. qu'il était très **ambitieux**?
3. qu'il a décidé de **gouverner** tout seul?
4. que Louis XIV s'est appelé le Roi-**Soleil** pour montrer sa **puissance**?
5. que le Roi-Soleil allait régulièrement à la **chasse** avec Madame Palatine?
6. que Louis XIV mangeait chaque soir avec les **courtisans** à Versailles?
7. que les jeunes Français ont gratuitement **accès** au château de Versailles?
8. qu'on peut **télécharger** une application sur le portable pour préparer la **visite**?

S. 115, Nr. 3

Louis XIV **aimait** (aimer) les arts et le théâtre, surtout les pièces de l'écrivain Molière.
En peu de temps, Molière **est devenu** (devenir) l'écrivain préféré du Roi-Soleil et finalement, l'écrivain **a pu** (pouvoir) dire à sa troupe de l'Illustre

Théâtre: «Si nous nous en allons (s'en aller) de Paris pour vivre à Versailles, nous deviendrons la troupe royale!» Alors, Molière et ses hommes s'en sont allés (s'en aller) à la cour de Versailles. Quelle chance! Presque chaque jour, Louis XIV s'en allait (s'en aller) au parc pour assister aux spectacles de l'Illustre Théâtre. D'habitude, à la fin d'un spectacle, Molière s'adressait (s'adresser) au roi pour le remercier de son aide et il s'excusait (s'excuser) si le spectacle n' était (être) pas parfait. Mais il n'y avait (avoir) jamais de soucis: chaque fois, les artistes s'en allaient (s'en aller) sous les bravos du public. Malheureusement, à la fin de sa vie, le Roi-Soleil a tout à coup préféré (préférer) le musicien Lully et un jour, il a dit (dire) à Molière: «Monsieur, allez-vous-en tout (s'en aller) de suite! Il n'y a plus de place pour vous à la cour.» Alors, Molière s'en est allé (s'en aller) de Versailles.

S. 115, Nr. 4

L'histoire du Louvre commence vers 1190 quand le roi Philippe Auguste décide de construire un château fortifié autour de Paris: ce sera le Louvre. C'est en 1793, pendant la Révolution française que cet immense château est devenu un musée. Aujourd'hui, le Louvre est un des endroits les plus visités de France – et même du monde entier. Les visiteurs peuvent découvrir ses galeries sur 72 000 m² et admirer environ 35 000 objets d'art: des sculptures et des statues, des tableaux au plafond , des meubles de toutes les époques. Alors, il est nécessaire de bien préparer votre visite! Regardez les horaires du musée: le Louvre est ouvert tous les jours de 9h à 18h, sauf le mardi. Le mercredi et le vendredi, on peut faire des visites nocturnes jusqu'à 21h45. L'entrée du Louvre se trouve sous la célèbre pyramide en verre. Achetez votre billet en ligne pour éviter la foule de touristes à l'entrée. Téléchargez le plan du musée et choisissez les salles que vous voudriez voir absolument, comme par exemple la salle de la célèbre Joconde. Mais n'oubliez pas: le Louvre, c'est grand comme plusieurs musées et ce n'est pas possible de tout visiter en un jour!

Bonus 2

S. 119, Plaisir de lire

Individuelle Antwort.

Unité 6

Un peu d'entraînement

S. 120, Nr. 1

1.→ d 2.→ j 3.→ e 4.→ i 5.→ h 6.→ b
7.→ a 8.→ f 9.→ c 10.→ g

S. 120, Nr. 2

1. Avec combien de pays est-ce que la Suisse a des frontières communes? x 5
2. L'un des plus célèbres personnages littéraires suisses est x Heidi
3. Comment s'appelle le héros national suisse? x Guillaume Tell
4. Quel pays n'a pas de frontières avec la Suisse? x la Slovénie
5. La Suisse est divisée en 26 x cantons.
6. La Suisse est x moins grande que la Bavière.
7. La capitale de la Suisse est x Berne.
8. Quel est le plus grand lac de la Suisse? x le lac Léman
9. Quel est le plus haut sommet de Suisse? x la pointe Dufour
10. Quelle langue n'est pas une langue officielle en Suisse? x le suisse

Bilan

S. 129, Nr. 1

1. Ça sent bon/mauvais.
2. J'aimerais bien faire une objection.
3. J'espère que je t'ai convaincu(e).
4. Ça vaut le coup de prendre le funiculaire.
5. Je descendrai dans la vallée à pied.
6. Ce musée fait appel à tous les sens.
7. J'aimerais bien goûter ce fromage.
8. Ce lac est vraiment fait pour le paddle.

S. 129, Nr. 2

1. Avant de partir en Suisse, il faut changer de l'argent parce que les Suisses ont leur propre monnaie.
2. Les deux tiers des Suisses parlent au moins deux langues, ils sont bilingues.
3. On peut faire du ski même en été grâce aux glaciers.
4. Il y a des touristes qui arrivent avec une valise presque vide et au départ, elle est pleine de chocolats et d'autres souvenirs.
5. Ils montent sur les montagnes et prennent des photos avant de redescendre dans la vallée.
6. Dans les chalets, ça sent souvent le fromage parce qu'on y mange la fondue suisse.

S. 129, Nr. 3

Bonjour. Je m'appelle Alexia, j'habite à Ratisbonne, j'**ai** 15 ans et je viens de **faire** un échange d'une semaine avec un collège à Genève. Je **m'entendais** super bien avec ma corres et sa famille et j'ai **appris** beaucoup de choses sur la vie en Suisse. Saviez-vous **par exemple** que **chaque** Suisse mange environ 10 kilos de chocolat par **an** et qu'en Suisse, il y a 1500 lacs! Ma corres avait deux cochons d'Inde et je **lui** avais demandé pourquoi elle **en** avait deux. Eh bien, surprise: En Suisse, on n'a pas le droit **d'avoir** un seul! Est-ce que la Suisse a plus ou moins **d'**habitants que la ville de New York ? Vous **trouverez** la réponse bientôt ici sur mon blog! A + Alexia

DELF

Um die DELF-Prüfung zu bestehen, musst du 50 Punkte oder mehr erzielen. Außerdem musst du in jeder Teilprüfung mindestens 5 Punkte erreicht haben. Überprüfe deine Antworten mit den Lösungen, trage rechts neben jeder Übung die erzielten Punkte ein und zähle sie für die 4 Prüfungsteile zusammen. Pro Prüfungsteil kannst du maximal 25 Punkte erhalten. Arbeite mit deinem Partner zusammen, in Zweifelsfällen fragst du deinen Lehrer. Am Ende gibt es keine Note wie im Unterricht.

S. 130–131, 1 Compréhension de l'oral

Lege dir vor dem Hören Bleistift und Füller, Radiergummi und Textmarker bereit. Schreibe bei der Hörübung zunächst mit dem Bleistift, das erleichtert dir die Korrekturen. Stelle dich nach dem Lesen der Fragen schon auf das Thema der Hörübung ein.

Ex. 1: 1. C; 2. B; 3. A; 4. A; 5. Il veut passer une année à l'étranger. 6. Il chantera au festival «FIMU».

Ex. 2: 1. B; 2. A; 3. Parce qu'il travaillait trop/elle ne voulait pas d'un copain pour qui le week-end n'existe pas. 4. A; 5. Il l'a vendue. 6. A, B;

Ex. 3: 1. C; 2. B; 3. «Rencontre des générations»; 4. A, B; 5. Quelques élèves chantent (depuis longtemps) dans la chorale St-Joseph. 6. C; 7. ne pas oublier ceux qui sont seuls, ouvrir son cœur. 8. de chimie et il parle de «chimie humaine».

S. 132-134, 2 Compréhension des écrits

Bevor du die Fragen beantwortest, lies die ganzen Texte jeweils zweimal durch und mache dir klar, worum es genau geht.

Ex. 1: **1.** C; **2.** A; **3.** Faux; **4.** Vrai; **5.** Vrai, *Justification:* La Rance d'hier et d'aujourd'hui; **6.** Faux; **7.** Vrai, Justification: randonnées de la Rance fluviale; **8.** Vrai, Justification: Découvrir et observer la faune et la flore; **9.** Faux, Justification: De l'école maternelle au lycée; **10.** On paie 12 €; **11.** Il faut cliquer sur les horaires d'ouverture.

Ex. 2: **1.** B; **2.** Angers se trouve dans la région «Pays de la Loire». **3.** Vrai, Justification: Cyril est très motivé pour parler l'allemand. **4.** Faux, *Justification:* partager beaucoup de choses; **5.** 2 ou 3 semaines; **6.** A, C; **7.** Vrai; **8.** B; **9.** B

S. 135, 3 Production écrite

Möglichkeit: Faire un stage pour découvrir la vie professionnelle: GENIAL!

J'ai fait mon stage dans la maison de retraite de notre ville. Mais je ne me suis pas occupé(e) des personnes âgées parce que j'ai travaillé dans la cuisine. C'était une très bonne expérience pour moi. J'adore découvrir des nouvelles choses.

Pendant ces deux semaines, j'ai pu travailler en équipe et j'aime bien ça. En plus, ce stage m'a montré que travailler dans un restaurant, c'est ce que je veux faire après le bac. Faire la cuisine, c'est vraiment la chose la plus importante pour moi.

Mais j'ai compris que ce n'est pas facile de travailler vite et bien dans un restaurant. Et il faut souvent travailler le soir ou le week-end. Ce n'est pas toujours drôle. Pour moi, ce stage était vraiment intéressant. (131 mots)

Zur Punktevergabe: Wenn du zu wenig schreibst, werden dir Punkte abgezogen. Wenn du viel zu viel schreibst, können dir Punkte abgezogen werden, weil du die Aufgabenstellung nicht richtig beachtest. Vielleicht fehlt dir dann auch bei einer anderen Aufgabe Arbeitszeit.

Am besten lässt du deine Texte durch deine Lehrerin/deinen Lehrer korrigieren. Wenn dies nicht möglich ist, bitte einen Partner, deinen Text mit der Musterlösung zu vergleichen und dir die Punkte zu geben.

Vorschlag für die Punktevergabe im Detail:

1. Ist die Aufgabenstellung beachtet (richtiges Thema, richtige Textsorte, alle Punkte des Schreibauftrags berücksichtigt)? Dafür gibst du max. 2 Punkte.

2. Für korrekte Grammatik und vielfältiges und passendes Vokabular: max. je 4 Punkte.

3. Für Verbindungswörter, z. B. „en plus", vergibst du ebenfalls max. 4 Punkte.

4. Die restlichen Punkte verteilst du auf die Aussagen, die laut Aufgabenstellung erfragt wurden (passen sie inhaltlich?).

Tipp: Achte darauf, dass du die Sätze variierst,

denn dadurch erarbeitest du dir mehr Punkte bei der Bewertung: Begründe mit „parce que"; füge Zeitangaben am Satzanfang hinzu „Pendant ces deux semaines", schreibe deine Gefühle auf („J'aime bien ça") und setze Konjunktionen (z. B. „mais") ein.

S. 136, 4 Production orale

A: *Möglichkeit:*

Je m'appelle Célia, j'ai 15 ans et je vais au lycée XY. J'ai deux frères qui ont 19 et 21 ans. Ils n'habitent plus à la maison. J'aime beaucoup le sport (je fais du judo), mais aussi la musique classique. Je joue du piano. Avec mon père et une copine, on joue aussi du jazz. C'est fantastique. Donc, après l'école et les devoirs, je fais de la musique. L'été prochain, ma famille et moi, on va passer deux semaines en Angleterre: à Stonehenge et à Land's End. Ça va être cool parce que nous allons rencontrer des amis anglais là-bas.

(Stelle dich darauf ein, dass der Prüfer an einigen Stellen nachfragt, Erlebnisse oder deine Gefühle wissen möchte.)

B: *1. Möglichkeit:*

(Der Prüfer benutzt Wörter, die du noch nicht gelernt hast. Versuche sie aus dem Zusammenhang zu erschließen.)

Du: Bonjour, madame.

Prüfer: Bonjour. Qu'est-ce que je peux faire pour vous?

Du: Nous voudrions louer deux vélos. Quel est le prix pour une journée?

Prüfer: Ça fait 12 € pour la journée par vélo.

Du: D'accord. Avez-vous aussi des VTT?

Prüfer: Normalement oui, mais là, aujourd'hui, il ne me reste qu'un seul VTT.

Du: Ah, dans ce cas, nous prenons un vélo normal. Quels modèles avez-vous?

Prüfer: Nous en avons à 3, à 7 ou à 21 vitesses. Lequel voudriez-vous prendre?

Du: Je prends ce modèle à 3 vitesses. Ce vélo est un peu comme le vélo de ma grand-mère.

Prüfer: Très bien. On a contrôlé tous les vélos ce matin et ils roulent tous très bien.

Du: Et s'il y a un problème, est-ce que nous pourrions téléphoner chez vous?

Prüfer: Bien sûr. Voilà. Je vous donne notre carte tout de suite.

Du: Merci, c'est gentil. Et votre magasin ferme à quelle heure?

Prüfer: Nous fermons tous les jours à 20 heures. En principe, je reste encore au magasin jusqu'à 20 h 30.

Du: Et qu'est-ce que nous devons faire si nous voulons prendre les vélos jusqu'à demain?

Prüfer: Alors, c'est très facile. Vous me téléphonez pour que je le note. C'est tout.

Du: Très bien.

Prüfer: Vous me donnez votre carte d'identité, s'il vous plaît?

Du: Voilà ma carte et les 24 €.

Prüfer: Merci. Je vais vous chercher les deux vélos. Voilà. Bonne journée.

Du: Merci et au revoir, madame.

B: *2. Möglichkeit:*

Du: Bonjour, monsieur.

Prüfer: Bonjour, monsieur. Qu'est-ce que je peux faire pour vous?

Du: J'ai un gros problème. J'ai oublié mon sac à dos dans l'avion et je ne peux pas y retourner. Est- ce que vous l'avez trouvé?

Prüfer: C'était quel vol?

Du: C'était le vol Air France n° 123 de Berlin à Paris de ce matin.

Prüfer: Vous avez de la chance. On nous a déjà apporté les objets trouvés de ce matin. Votre sac à dos, il est comment?

Du: C'est un petit sac à dos noir «East Pack» qui est déjà vieux. Dans le sac à dos, il y a une casquette noire, le livre «Le Seigneur des Anneaux» et un plan de Paris. Et du chocolat! Dans la poche du sac, il y a un médicament.

Prüfer: Est-ce qu'on trouve votre nom dans ou sur le sac à dos, dans le livre, par exemple?

Du: Non, mais sur le plan de Paris, ma mère a écrit son nom, c'est Martine Grasset.

Prüfer: Alors, c'est facile de le reconnaître. Regardons un peu. Est-ce que vous le voyez déjà?

Du: Oui, il est là, derrière ce sac rouge. Puh, je suis vraiment content d'avoir retrouvé mon sac à dos.

Prüfer: Oui, oui, je comprends. En effet, c'est votre sac à dos: voilà le plan de Paris avec le nom de votre mère dessus. Maintenant, il vous faut remplir ce formulaire.

Du: Voilà. Merci, monsieur, au revoir.

Prüfer: Au revoir.

C: 1. *Möglichkeit*:

Dans le document, Léna parle de la mode. Pour elle, les vêtements ne sont pas très importants. Pour moi, dans quelques situations, les vêtements sont très importants, par exemple quand je vais au théâtre ou au concert. Je trouve que c'est bien de porter une belle robe quand je vais au théâtre un samedi soir. Si mon copain portait un jean et un t-shirt qui ne sont pas très beaux, je ne serais pas contente. Et aussi quand je suis allée au bureau pour demander une place pour mon stage, j'ai

porté un beau jean avec un beau pull. Mais ça, ce sont des situations que nous connaissons bien: les fêtes de famille ou des anniversaires, par exemple. Normalement, les vêtements ne sont pas trop importants pour moi. Comme pour Léna, ça m'est égal ce que mes amis portent et je trouve ça bien qu'ils ne portent pas de vêtements qui coûtent très cher. Ma copine et moi, nous avons fait déjà des pulls nous-mêmes. C'est trop chic et cool de faire ses pulls soi-même! J'aime bien faire du shopping, mais pas toujours et pas dans toutes les villes.
En plus, c'est trop cher. Je n'aime pas les gens qui portent des vêtements trop chic à l'école. Pour finir, je veux dire que les vêtements donnent une image assez précise de notre caractère. La chose la plus importante pour moi, c'est de savoir si la personne est sympathique. Avec mes amis,on veut rire, faire du sport ensemble, écouter de la musique, discuter etc.

C: 2. *Möglichkeit*:
Dans le document, on parle de la possibilité des élèves d'avoir un petit boulot. Ahmed, par exemple, travaille pour pouvoir payer des petits «extras», quand il veut aller à un concert, par exemple.
Quand on est élève, on doit travailler pour l'école. Normalement, on n'a pas le temps d'avoir un petit boulot. Il faut faire les devoirs, etc.
En plus, quand on est très jeune, on n'a pas le droit de travailler. Je trouve qu'après l'école, on doit faire du sport, lire, regarder la télé et jouer avec les copains. On peut travailler longtemps dans sa vie après le bac. Mais qu'est-ce qu'on fait quand on veut acheter quelque chose ou faire un voyage? Avec l'argent de poche, on ne peut pas se payer un billet d'avion. Si on a 16 ans et si on est bon à l'école et si les parents sont d'accord, on peut très bien travailler, par exemple, le week-end.
On peut aider un élève qui n'est pas bon en maths, par exemple, ou bien on peut faire du babysitting. Je crois que c'est aussi intéressant d'être avec d'autres personnes et de découvrir la vie professionnelle. Je fais du baby-sitting chez une famille qui habite dans notre rue et c'est vraiment sympa avec les 3 enfants qui me connaissent déjà bien. Je gagne 8 € par heure et ça fait 32 € pour un samedi soir. Moi, je suis content(e), les enfants sont très contents et les parents aussi.
Alors, tout le monde est content et moi, je peux, par exemple, aller à un concert avec un copain. Pour finir, je voudrais dire que les petits boulots, c'est une très bonne chose pour tous.

Tipps:
Die ersten beiden Teile kannst du nicht vorbereiten. Am besten vorbereitet bist du, wenn du im Unterricht regelmäßig zu sprechen übst.
Dadurch hast du schon an Sicherheit gewonnen. Wenn du ein Wort nicht weißt, dann versuche es zu umschreiben oder durch ein ähnliches zu ersetzen. Du kannst auch immer auf Französisch um Hilfe bitten. Nimm Kontakt zum Prüfer auf.
Reagiere auf seine Zwischenfragen. Achte beim dritten Prüfungsteil darauf, dass du das Thema nennst, ohne den Text nachzuerzählen. Wenn du danach deine eigene Position darstellst, ist es gut, den Vortrag klar zu strukturieren. Dabei kannst du Verbindungswörter wie „en plus", „pour finir" verwenden und auch Ausdrücke wie „Je trouve que/ Je crois que".
Wenn du den Prüfer einmal nicht verstehst, darfst du immer nachfragen: „Pardon, mais je n'ai pas compris le mot …"/„Pouvez-vous répéter, s'il vous plaît?"
Stelle dich darauf ein, dass der Prüfer nachhakt und gezielt Fragen stellt, sodass ein Gedankenaustausch entsteht.
Zur Punktevergabe:
Falls es nicht möglich ist, dass deine Lehrerin / dein Lehrer den Prüfer spielt, könnt ihr diesen Teil in einer Dreiergruppe üben.
Du spielst mit einer Partnerin/einem Partner die Dialoge, der dritte Mischüler beobachtet und vergibt die Punkte. Er schätzt dabei ein, wie verständlich und flüssig du die Prüfungsaufträge erfüllst. Vorschlag für die Punktevergabe im Detail (du kannst auch hier halbe Punkte vergeben):
1. Für den ersten Teil vergibst du max. 4 Punkte: 2 Punkte für Aussagenvielfalt und 2 Punkte für die Flüssigkeit des Vortrags.
2. Für die Darstellung im 2. Teil vergibst du max. 8 Punkte: Klarheit und Korrektheit der Aussagen (max. 4 Punkte), Flüssigkeit des Vortrags (max. 2 Punkte) und Reaktion auf den Prüfer (max. 2 Punkte).
3. Im 3. Teil können max. 13 Punkte erlangt werden: 2 Punkte für „Thema erfasst und Fragestellung klar formuliert", 2 Punkte für die Verknüpfung der Aussagen; je 3 Punkte für: 1. Inhalt der Aussagen, 2. Flüssigkeit und Aussprache, 3. sprachliche Korrektheit und Vielfalt.

Consignes: Arbeitsanweisungen

Que veut dire cette **abréviation**?	*Was bedeutet diese Abkürzung?*
Les syllabes **accentuées** sont soulignées.	*Die betonten Silben sind unterstrichen.*
N'oublie pas d'**accorder** les mots.	*Vergiss nicht, die Wörter anzugleichen.*
Imagine de quel genre de roman **il s'agit**.	*Stell dir vor, um welche Art Roman es sich handelt.*
Les **annotations** peuvent t'aider.	*Die Worterklärungen können dir helfen.*
Parle de plusieurs **aspects**.	*Sprich über mehrere Aspekte / Gesichtspunkte.*
Ecris les mots corrects **au-dessus**.	*Schreibe die korrekten Wörter darüber.*
Donne ton **avis**.	*Sage deine Meinung.*
Caractérise le personnage principal.	*Charakterisiere die Hauptperson.*
Le mot fait partie du **centre d'intérêt** «lire».	*Das Wort gehört zum Sachfeld „lesen".*
Note les **chiffres**.	*Notiere die Zahlen. / Schreibe die Zahlen auf.*
Mets les mots suivants dans la bonne **colonne** du tableau.	*Ordne die folgenden Wörter in die richtige Spalte der Tabelle ein.*
Ces mots sont importants pour la **compréhension du texte**.	*Diese Wörter sind für das Textverständnis wichtig.*
Teste tes **connaissances.**	*Teste deine Kenntnisse.*
Résume le **contenu** du document.	*Fasse den Inhalt des Dokuments zusammen.*
Continue l'histoire.	*Führe die Geschichte fort.*
Mets les verbes à la forme **correcte** de l'imparfait.	*Setze die Verben in die korrekte Form des Imparfait.*
Trouve les expressions **correspondantes**.	*Finde die entsprechenden Ausdrücke.*
Corrige les fautes.	*Korrigiere die Fehler.*
Fais une **croix** dans la bonne case.	*Mache ein Kreuz in das richtige Kästchen.*
Décris l'image.	*Beschreibe das Bild.*
Relis la **description** des rôles.	*Lies noch einmal die Rollenbeschreibungen.*
Discute le problème.	*Diskutiere / Sprich über das Problem.*
… avant l'**écoute** …	*… vor dem Anhören …*
Résume le texte **par écrit**.	*Fasse den Text schriftlich zusammen.*
Quel mot va avec quelle **explication**?	*Welches Wort passt zu welcher Erklärung?*
Explique pourquoi le personnage est en colère.	*Erkläre, warum die Person zornig ist.*
Voici un **extrait** du livre.	*Hier ist ein Auszug aus dem Buch.*
… une **façon** d'écrire et de prononcer …	*… eine Art zu schreiben und auszusprechen …*
Corrige les parties **fausses.**	*Korrigiere die falschen Teile.*
Relie les deux parties par une **flèche**.	*Verbinde die beiden Teile durch einen Pfeil.*
Imagine une petite scène qui se termine par un **geste**.	*Erfinde eine kleine Szene, die mit einer Geste endet.*
lire un texte **inconnu**	*Einen unbekannten Text lesen*
Les mots **indiqués** vont t'aider.	*Die angegebenen Wörter werden dir helfen.*
… une **justification** …	*… ein Beleg / ein Nachweis …*
Je connais ce mot aussi dans une autre **langue**.	*Ich kenne dieses Wort auch in einer anderen Sprache.*

… avant la **lecture** …	*… vor dem Lesen …*
… sur la même **ligne** à droite …	*… auf derselben Linie rechts …*
Utilise un dictionnaire **en ligne**.	*Verwende ein Online-Wörterbuch.*
Souligne les **mots-signaux**.	*Unterstreiche die Signalwörter.*
Ajoute une préposition, si **nécessaire**.	*Füge, falls nötig, eine Präposition hinzu.*
Résume le texte **oralement**.	*Fasse den Text mündlich zusammen.*
Attention à l'**orthographe**!	*Achte / Achtet auf die Schreibung!*
Travaille avec un **partenaire.**	*Arbeite mit einem Partner.*
Fais le portrait du **personnage** principal.	*Stelle die Hauptperson vor. / Beschreibe die Hauptperson.*
Pliez la feuille au milieu.	*Knickt das Blatt in der Mitte.*
Quelquefois, il y a plusieurs **possibilités**.	*Manchmal gibt es mehrere Möglichkeiten.*
Mets la bonne **préposition**.	*Setze die richtige Präposition ein.*
Quel est le problème **principal**?	*Was ist das Hauptproblem?*
Décris tes **projets**.	*Beschreibe deine Pläne / Vorhaben.*
Note trois **propositions**.	*Notiere drei Vorschläge. / Schreibe drei Vorschläge auf.*
Lis le **prospectus**.	*Lies den Prospekt.*
Remplis le **questionnaire**.	*Fülle den Fragebogen aus.*
De quoi est-ce que le texte va parler?	*Wovon wird der Text handeln?*
Raconte l'histoire.	*Erzähle die Geschichte.*
Les chiffres **se rapportent** aux catégories de la liste.	*Die Zahlen beziehen sich auf die Kategorien der Liste.*
Avant de **rédiger** ton texte, fais un plan.	*Mache ein Konzept, bevor du deinen Text verfasst.*
… deux **règles** pour inventer un nouveau mot …	*… zwei Regeln, um ein neues Wort zu erfinden …*
Remplis les cases.	*Fülle die Kästchen aus.*
Les phrases forment le **résumé** du texte.	*Die Sätze geben das Resümee des Textes wieder.*
Résume l'action de l'histoire.	*Fasse die Handlung der Geschichte zusammen.*
Trouve une **rime**.	*Finde einen Reim.*
Trouve le **sens** de ces mots.	*Finde die Bedeutung dieser Wörter.*
Choisis la bonne **signification**.	*Wähle die richtige Bedeutung aus.*
Note dans un **tableau** le mot et sa traduction.	*Notiere das Wort und seine Übersetzung in einer Tabelle.*
Ajoute les **terminaisons** de l'imparfait.	*Füge die Imparfait-Endungen hinzu.*
Est-ce que le **thème** de la chanson t'intéresse?	*Interessiert dich das Thema des Liedes?*
Traduis en français.	*Übersetze ins Französische.*
Tu as fait une faute **typique**.	*Du hast einen typischen Fehler gemacht.*
Vérifie avec les solutions de la page 100.	*Überprüfe mit den Lösungen der Seite 100.*
Qu'est-ce que ce mot **veut dire**?	*Was bedeutet dieses Wort?*
… avant le **visionnage** …	*… vor dem Ansehen …*
Trouve les bonnes **voyelles**.	*Finde die richtigen Vokale.*

Übersicht über die Tondokumente

Abkürzungen:

SB	Schülerbuch	**E**	Entraînement	**C**	Atelier C	**Ep**	En plus
CdA	Cahier d'activités	**A**	Atelier A	**P**	Pratique	**Sta**	Station
Dé	Découvertes	**B**	Atelier B	**Bi**	Bilan		

Die MP3-Tracks beziehen sich auf den diesem Cahier d'activités beiliegenden Datenträger.
Die Audio-Tracks beziehen sich auf die Audio-CD, die unter der Klettnummer 622359 angeboten wird.

Aufgabe im SB / im CdA	Titel	Track (MP3)	Track (Audio)
Unité 1			**CD 1**
SB Dé	Pages Découvertes	1	1
SB A 3	Reims: une soirée magique!	2	2
SB A 6	Du champagne ... seulement en Champagne!	3	3
SB A 8	Verdun: triste souvenir de l'histoire	4	4
SB B 2	Un jeu de piste dans le quartier européen (1)	5_1	5
	Un jeu de piste dans le quartier européen (2)	5_2	6
	Un jeu de piste dans le quartier européen (3)	5_3	7
SB B 6	Une visite franco-allemande	6	8
SB B 8	Un Alsacien raconte ... (1)	7_1	9
	Un Alsacien raconte ... (2)	7_2	10
SB Bi 4	Ecouter	8	11
CdA A 8	Interview de Pascale Erhart	9	12
CdA B 13	Français ou alsacien? (A)	10_1	13
		10_2	14
		10_3	15
		10_4	16
		10_5	17
		10_6	18
		10_7	19
		10_8	20
	Français ou alsacien? (B)	11	21
CdA B 14	Was Sie in Straßburg unbedingt sehen müssen!	12	22
CdA B 15	Strasbourg au fil de l'eau	13	23
CdA Ep 5	Français ou alsacien? (A, B)	10_1	24
		10_2	25
		10_3	26
		10_4	27
		10_5	28
		10_6	29
		10_7	30
		10_8	31
	Français ou alsacien? (B)	11	32
CdA Ep 6	A la découverte de Strasbourg	14	33
Bonus 1			
SB	Chanson «Riche»	-	34
	Chanson «Papaoutai»	-	35
Unité 2			
SB A 1	Les relations franco-allemandes au cours de l'histoire (A)	15_1	36
	Les relations franco-allemandes au cours de l'histoire (B)	15_2	37
	Les relations franco-allemandes au cours de l'histoire Allemagne (C)	15_3	38
	Les relations franco-allemandes au cours de l'histoire (D)	15_4	39
	Les relations franco-allemandes au cours de l'histoire (E)	15_5	40
	Les relations franco-allemandes au cours de l'histoire (F)	15_6	41
	Les relations franco-allemandes au cours de l'histoire (G)	15_7	42
	Les relations franco-allemandes au cours de l'histoire (H)	15_8	43
	Les relations franco-allemandes au cours de l'histoire (I)	15_9	44
	Les relations franco-allemandes au cours de l'histoire (J)	15_10	45
SB A 4	Les Français sous l'Occupation	16	46
SB B 2	Images et clichés	17	47
SB B 5	C'est différent.	18	48
SB B 7	Histoires berlinoises (1)	19_1	49
	Histoires berlinoises (2)	19_2	50
SB Ep 2	Charles de Gaulle: l'appel du 22 juin 1940	20	51
CdA A 3	Oradour-sur-Glane	21	52
CdA B 6	La brigade franco-allemande	22	53
CdA B 8	Wilfried N'Sondé et l'Allemagne	23	54
CdA Ep 2	Fernsehsender Paris	24	55
Unité 3			**CD2**
SB Dé	Une famille très occupée (1)	25_1	1
	Une famille très occupée (2)	25_2	2
	Une famille très occupée (3)	25_3	3
	Une famille très occupée (4)	25_4	4
	Une famille très occupée (5)	25_5	5
SB A 1	La journée d'orientation au collège	26	6
SB A 4	J'en ai marre! (1)	27_1	7
	J'en ai marre! (2)	27_2	8
	J'en ai marre! (3)	27_3	9
SB A 8	Une soirée chez les Azemour (1)	28_1	10
	Une soirée chez les Azemour (2)	28_2	11
SB B 1	La porte s'ouvre (1)	29_1	12
	La porte s'ouvre (2)	29_2	13
	La porte s'ouvre (3)	29_3	14

SB B 6	Un métier passionnant	30	15
SB Bi 2	Ecouter (A)	31	16
	Ecouter (B) (1)	32_1	17
	Ecouter (B) (2)	32_2	18
	Ecouter (B) (3)	32_3	19
	Ecouter (B) (4)	32_4	20
	Ecouter (B) (5)	32_5	21
	Ecouter (B) (6)	32_6	22
SB Ep 6	Un métier passionnant (1)	33_1	23
	Un métier passionnant (2)	33_2	24
	Un métier passionnant (3)	33_3	25
	Un métier passionnant (4)	33_4	26
	Un métier passionnant (5)	33_5	27
SB Ep 7	Devinettes	34	28
CdA E 2	Rouler vert en France	35	29
CdA A 5	Sondage sur les métiers	36	30
CdA A 9	Mes parents m'énervent.	37	31
CdA B 13	Un métier d'avenir	38	32
CdA Bi 2	Ecouter	39	33
CdA Ep 2	Rouler électrique, c'est logique? (1)	40_1	34
	Rouler électrique, c'est logique? (2)	40_2	35

Plateau			**2**
SB Plaisir de lire	L'histoire d'un amour franco-allemand (1)	41_1	36
	L'histoire d'un amour franco-allemand (2)	41_2	37
	L'histoire d'un amour franco-allemand (3)	41_3	38
SB Révisions 6	Les impressions de Théo	42	39
CdA	Parler d'une région	43	40

Bonus 1			
SB	An Binh se rebelle (1)	31_1	21
	An Binh se rebelle (2)	31_2	22
	An Binh se rebelle (3)	31_3	23
	An Binh se rebelle (4)	31_4	34
	An Binh se rebelle (5)	31_5	25

Unité 4			
SB Dé	Pages Découvertes	44	41
SB A 1	Comment je suis devenue youtubeuse … (1)	45_1	42
	Comment je suis devenue youtubeuse … (2)	45_2	43
	Comment je suis devenue youtubeuse … (3)	45_3	44
	Comment je suis devenue youtubeuse … (4)	45_4	45
	Comment je suis devenue youtubeuse … (5)	45_5	46
SB A 5	Mathilde chez elle (B)	46_1	47
	Mathilde chez elle (C)	46_2	48
SB B 1	En direct du festival de Cannes (1)	47_1	49
	En direct du festival de Cannes (2)	47_2	50
SB Bi 2	Ecouter	48	51
CdA Dé 1	Les jeunes et les médias (1)	49_1	52
	Les jeunes et les médias (2)	49_2	53
	Les jeunes et les médias (3)	49_3	54
	Les jeunes et les médias (4)	49_4	55
	Les jeunes et les médias (5)	49_5	56
CdA A 7	Je suis une youtubeuse!	50	57
CdA B 17	Ma vie de courgette	51	58
CdA Bi 2	Ecouter	52	59

Unité 5			**CD 3**
SB Dé	Pages Découvertes (1)	53_1	1
	Pages Découvertes (2)	53_2	2
SB A 1	Un château pas comme les autres	54	3
SB B 1	La journée du Roi-Soleil	55	4
SB B 6	Les châteaux de la Loire (1)	56_1	5
	Les châteaux de la Loire (2)	56_2	6
	Les châteaux de la Loire (3)	56_3	7
	Les châteaux de la Loire (4)	56_4	8
CdA A 1	Interview avec un roi de France	57	9
CdA B 11	Notre projet (1)	58_1	10
	Notre projet (2)	58_2	11
CdA Ep 1	Madame Palatine	59	12

Bonus 1			
SB	Enigme à Versailles (1)	60_1	13
	Podcast de l'émission de radio «Les dernières heures de Marie-Antoinette à Versailles» (Seite 253)	60_2	14
	Enigme à Versailles (2)	60_3	15

Unité 6			
SB Dé 3	Des vacances en Gruyère (1)	61_1	16
	Des vacances en Gruyère (2)	61_2	17
	Des vacances en Gruyère (3)	61_3	18
	Des vacances en Gruyère (4)	61_4	19
SB Dé 5	Elias Läderach, le meilleur chocolatier du monde	62	20
SB Seite 253	Chanson «Répondez-moi»	-	21

Stratégies			
SB Seite 141	A la gare	63	22

DELF			
SB	Compréhension de l'oral	64	23
CdA	Compréhension de l'oral, exercice 1	65_1	24
CdA	Compréhension de l'oral, exercice 2	65_2	25
CdA	Compréhension de l'oral, exercice 3	65_3	26

Quellennachweis

Action Press GmbH, Hamburg (Laurent Benhamou/SIPA), **99.01**; Action Press GmbH, Hamburg (SIPA PRESS), **90.02**; AFP Agence France-Presse Gmb, **34**; AFP Agence France-Presse GmbH, **34.01**; akg-images, Berlin, **43.02**; **116.01**; akg-images, Berlin (George (Jürgen) Wittenstein), **35.03**; akg-images, Berlin (Philippe Ledru), **74.01**; Alamy stock photo, Abingdon (Allstar Picture Library Ltd.), **119.01**; Alamy stock photo, Abingdon (Andia), **31.05**; Alamy stock photo, Abingdon (André Quillien), **64.02**; Alamy stock photo, Abingdon (BNA Photographic), **31.04**; Alamy stock photo, Abingdon (dominic dibbs), **32.1**; Alamy stock photo, Abingdon (Dominic Dudley), **20.01**; Alamy stock photo, Abingdon (FayesVision/WENN.com), **82.01**; Alamy stock photo, Abingdon (Geoffrey Taunton), **6.04**; **25.01**; Alamy stock photo, Abingdon (Oliver Gutfleisch), **6.02**; Alamy stock photo, Abingdon (Photo 12), **47.01**; Alamy stock photo, Abingdon (Pictorial Press Ltd), **31.06**; Alamy stock photo, Abingdon (PictureLux/The Hollywood Archive), **87.01**; Alamy stock photo, Abingdon (Prisma by Dukas Presseagentur GmbH/Schultz Reinhard), **43.06**; Alamy stock photo, Abingdon (RSZOOM), **31.03**; Alamy stock photo, Abingdon (ton koene), **64.04**; Alamy stock photo, Abingdon (United Archives GmbH/Roba Archiv), **74.02**; Alamy stock photo, Abingdon (ZUMA Press, Inc.), **31.01**; ARTE, Strasbourg Cedex, **30.01**; **43.03**; Ärzte ohne Grenzen e. V. / Médecins sans Frontières, Berlin, **60.01**; **64.01**; AU FIL DE L'HISTOIRE : « Kurt Hinzmann crée la première télévision franco-allemande » (c) Radio France / France Inter / Léo Koesten / Réalisation Michel Sidorov, **47**; **47**; AU FIL DE L'HISTOIRE : « Madame Palatine » (c) Radio France / France Inter / Léo Koesten / Réalisation Jean Couturier, ; Back in Summer by Nicolas Heidlas, **92**; Bridgemanimages.com, Berlin, **31.02**; **35.02**; **43.04**; **45.01**; **124.02**; Bridgemanimages.com, Berlin (Marcel Bernard), **35.01**; Davot, Francois, Troyes, **5.02**; **26**; **28.01**; **36**; **43**; **72.1**; **72.2**; **72.3**; **72.4**; **72.5**; **72.6**; **83**; **96.1**; **96.2**; **96.3**; **96.4**; **101.1**; **102.1**; **112.1**; ddp media GmbH, Hamburg (Günzel/Engelm), **92.01**; dfi - deutsch-französisches Institut Erlangen, Erlangen, **71.01**; DFJW-OFAJ, Paris, **30.03**; **48.01**; Edouard Hannoteaux - Auftragsfotograf, Restinclières, **2**; **79.01**; **79.02**; **79.03**; Ernst Klett Verlag GmbH, Stuttgart, **43.10**; Ernst Klett Verlag GmbH, Stuttgart (Gilles Floret), **54.01**; gemeinfrei, **6.05**; **110.01**; Getty Images Plus, München (hsvrs), **13.07**; Getty Images Plus, München (Tree4Two), **15.03**; Getty Images RF, München (PhotoDisc), **14.01**; Getty Images, München (Alex Kraus/Bloomberg), **19.01**; Getty Images, München (Pool BENAINOUS/DUCLOS/Gamma-Rapho), **86.01**; Hachette Livre S. A., VANVES CEDEX, **49.01**; https://creativecommons.org/licenses/by-nd/4.0/, Mountain View ; CC-BY-ND-4.0 Lizenzbestimmungen: https://creativecommons.org/licenses/by-nd/4.0/legalcode, siehe *2, **44.01**; imago images, Berlin (Photo12), **12.01**; imago images, Berlin (Sven Simon), **74.03**; imago images, Berlin (teutopress), **6.09**; imago images, Berlin (Winfried Rothermel), **43.09**; imago images, Berlin (Xinhua / Zheng Huansong), **35.03**; iStockphoto, Calgary, Alberta (Linda Steward), **33.01**; Julien Montbabut, Paris, **14.08**; Komponist(en): Lully, **87**; LA RIEUSE PRODUCTION ET DIFFUSION, Colombiers sur Seulles (Chaunu), **38.01**; **38.02**; laif, Köln (Xinhua News Agency/Ajmal/eyevine), **64.02**; Lohß, Sandy, Chemnitz, **20.03**; Martaguet, Priska, **50.1**; Oser, Liliane (Daten: Addict Group), **84**; Photographic service of the Council of the EU © European Communities, **20.02**; Picture-Alliance, Frankfurt/M. (Christoph Schmidt/dpa), **91.01**; Picture-Alliance, Frankfurt/M. (dpa), **85.01**; Picture-Alliance, Frankfurt/M. (Geisler-Fotopress), **39.01**; **43.07**; Picture-Alliance, Frankfurt/M. (Jens Kalaene/ZB), **92.02**; Picture-Alliance, Frankfurt/M. (Sueddeutsche Zeitung Photo/Wildgruber, Josef), **104.01**; Picture-Alliance, Frankfurt/M. (Thomas Warnack/dpa), **117.01**; Picture-Alliance, Frankfurt/M. (Winfried Rothermel), **37.01**; Revilla López, David, Barcelona, **76.01**; ShutterStock.com RF, New York (aapsky), **43.05**; ShutterStock.com RF, New York (Alexander Sorokopud), **21.02**; ShutterStock.com RF, New York (AND Inc.), **6.06**; ShutterStock.com RF, New York (Angel Simon), **14.05**; ShutterStock.com RF, New York (bellena), **29.02**; ShutterStock.com RF, New York (Chris worldwide), **29.05**; ShutterStock.com RF, New York (David Leotard), **9.01**; ShutterStock.com RF, New York (Delpixel), **90.03**; ShutterStock.com RF, New York (Denis Makarenko), **90.01**; ShutterStock.com RF, New York (Featureflash Photo Agency), **90.04**; ShutterStock.com RF, New York (flocu), **126.02**; ShutterStock.com RF, New York (footageclips), **109.01**; ShutterStock.com RF, New York (HP_photo), **33.04**; ShutterStock.com RF, New York (Hydromet), **21.01**; ShutterStock.com RF, New York (imageBROKER.com), **29.03**; ShutterStock.com RF, New York (images72), **33.02**; ShutterStock.com RF, New York (jorisvo), **43.08**; ShutterStock.com RF, New York (Julia Sudnitskaya), **04**; ShutterStock.com RF, New York (Keith Tarrier), **30.02**; ShutterStock.com RF, New York (Kitamin), **33.05**; ShutterStock.com RF, New York (Maugli), **105.01**; **114.02**; ShutterStock.com RF, New York (Michal Stipek), **128.06**; ShutterStock.com RF, New York (penofoto), **29.04**; ShutterStock.com RF, New York (Richard Semik), **10.02**; ShutterStock.com RF, New York (Shmitt Maria), **16.01**; ShutterStock.com RF, New York (Sketchphoto), **127.01**; ShutterStock.com RF, New York (S-F), **114.01**; ShutterStock.com RF, New York (Takashi Images), **103.01**; ShutterStock.com RF, New York (TKBstudio1985), **14.02**; stock.adobe.com, Dublin (Alexi Tauzin), **7.01**; stock.adobe.com, Dublin (alex9500), **13.06**; stock.adobe.com, Dublin (al62), **13.09**; stock.adobe.com, Dublin (Andrey Cherkasov), **14.07**; stock.adobe.com, Dublin (anecaroline), **29.05**; stock.adobe.com, Dublin (AnnaC), **4.01**; stock.adobe.com, Dublin (artfocus), **27.01**; stock.adobe.com, Dublin (A_Lein), **30.04**; stock.adobe.com, Dublin (carballo), **58.01**; stock.adobe.com, Dublin (Carmen Steiner), **14.03**; stock.adobe.com, Dublin (Coprid), **124.01**; stock.adobe.com, Dublin (Countrypixel), **55.01**; stock.adobe.com, Dublin (creativefamily), **13.05**; stock.adobe.com, Dublin (Delphotostock), **62.01**; stock.adobe.com, Dublin (Dirk Czarnota), **73.01**; stock.adobe.com, Dublin (Dmitrii), **33.06**; stock.adobe.com, Dublin (ellisia), **69.02**; stock.adobe.com, Dublin (ExQuisine), **13.02**; stock.adobe.com, Dublin (Fotolia RAW), **128.05**; stock.adobe.com, Dublin (fotoXS), **55.04**; stock.adobe.com, Dublin (frizio), **5.01**; stock.adobe.com, Dublin (Gerhard1302), **15.01**; stock.adobe.com, Dublin (Gorilla), **122.01**; stock.adobe.com, Dublin (hassan bensliman), **6.07**; **21.03**; stock.adobe.com, Dublin (HJBC), **69.03**; stock.adobe.com, Dublin (inka schmidt), **5**; stock.adobe.com, Dublin (jetlagmat), **6.07**; stock.adobe.com, Dublin (karepa), **10.03**; stock.adobe.com, Dublin (Keitma), **51.01**; stock.adobe.com, Dublin (kite_rin), **52.01**; stock.adobe.com, Dublin (Konstantin Kulikov), **65.01**; stock.adobe.com, Dublin (Kzenon), **53.01**; stock.adobe.com, Dublin (k_samurkas), **55.02**; stock.adobe.com, Dublin (lamio), **55.03**; stock.adobe.com, Dublin (last19), **128.01**; stock.adobe.com, Dublin (Laura), **15.02**; stock.adobe.com, Dublin (Laurent Renault), **13.01**; stock.adobe.com, Dublin (Laurent), **6.01**; stock.adobe.com, Dublin (LIGHTFIELD STUDIOS), **14.04**; stock.adobe.com, Dublin (lucid_dream), **66.01**; stock.adobe.com, Dublin (Luiza), **98.01**; stock.adobe.com, Dublin (miwa), **13.10**; stock.adobe.com, Dublin (mmphoto), **126.01**; stock.adobe.com, Dublin (monregard), **29.01**; stock.adobe.com, Dublin (Nelea Reazanteva), **6.04**; stock.adobe.com, Dublin (oka), **55.05**; stock.adobe.com, Dublin (oldesign), **24.01**, stock.adobe.com, Dublin (photocrew), **33.03**; stock.adobe.com, Dublin (photogra4you), **128.03**; stock.adobe.com, Dublin (pigprox), **17.01**; stock.adobe.com, Dublin (Printemps), **6.06**; stock.adobe.com, Dublin (Production Perig), **52.04**; stock.adobe.com, Dublin (Ranimiro), **52.05**; stock.adobe.com, Dublin (robin-clouet.fr), **69.01**; stock.adobe.com, Dublin (sardinelly), **52.02**; stock.adobe.com, Dublin (savoieleysse), ; stock.adobe.com, Dublin (Silvia Bogdanski), **13.04**; stock.adobe.com, Dublin (Simon Dannhauer), **6.03**; stock.adobe.com, Dublin (Sonja), **13.08**; stock.adobe.com, Dublin (Stefan Arendt), **125.01**; stock.adobe.com, Dublin (stevanzz), **2.1**; **3.1**; stock.adobe.com, Dublin (Takacs Szabolcs), **52.03**; stock.adobe.com, Dublin (Tortuga), ; stock.adobe.com, Dublin (tycoon101), **14.06**; stock.adobe.com, Dublin (visuall2), **121.01**; stock.adobe.com, Dublin (watcherfox), **128.02**; stock.adobe.com, Dublin (WavebreakmediaMicro), **128.04**; stock.adobe.com, Dublin (Yvann K), **114.03**; stock.adobe.com, Dublin (zmijak), **63.01**; Suhrkamp Verlag, Berlin, **42.01**; Texter: Barbara Brodi; Verlag/Subverlag: Metropolitaines Editions; Rolf Budde Musikverlag GmbH, **73.02**; Texter: Francois Bernheim; Verlag/Subverlag: Back to Paris Music Sa./Zone Music Sarl Edition Templar Music Germany , Berlin Sony/ATV Music Publishing (Germany GmbH) Berlin, **73.03**; Texter: Georges Charles Brassens; Verlag/Subverlag: Universal Music Publishing GmbH, Berlin, **73.01**; Thinkstock, München (Nicholas Rjabow), **13.03**; Thinkstock, München (Photos.com), **6.05**; Thinkstock, München (Sa'a Prudkov), **22.1**; Thomas Weccard Fotodesign BFF, Ludwigsburg, **2**; ullstein bild, Berlin (AP), **43.01**; ullstein bild, Berlin (Granger collection), **4.02**; „Comme un lion" de Samuel Collardey (c) Pyramide International, Paris, **79**; (c) Agence France Press, **34**; (c) dFi Erlangen, ; © ALSACE | Chaîne YouTube officielle pour tous ceux qui aiment une des plus belles régions d'Europe !, **18**; **18.01**; © Esther Delord / AFPTV / AFP, **87**

*2 Lizenzbestimmungen zu CC-BY-ND-4.0 siehe: http://creativecommons.org/licenses/by-nd/4.0/legalcode